Chef

GAUTIER BATTISTELLA

Chef

Tradução de JULIA DA ROSA SIMÕES

Texto de acordo com a nova ortografia.

Título original: *Chef*

Tradução: Julia da Rosa Simões
Capa: Ivan Pinheiro Machado
Preparação: Mariana Donner da Costa
Revisão: Patrícia Yurgel

CIP-Brasil. Catalogação na publicação
Sindicato Nacional dos Editores de Livros, RJ.

B338c

Battistella, Gautier, 1976-
    Chef / Gautier Battistella ; tradução Julia da Rosa Simões. –
1. ed. – Porto Alegre: L&PM, 2023.
    264 p. ; 21 cm.

    Tradução de: *Chef*
    ISBN 978-65-5666-354-8

    1. Ficção francesa. I. Simões, Julia da Rosa. II. Título.

23-82376   CDD: 843
                     CDU: 82-3(44)

Gabriela Faray Ferreira Lopes - Bibliotecária - CRB-7/6643

© Éditions Grasset & Fasquelle, 2022.

Todos os direitos desta edição reservados a L&PM Editores
Rua Comendador Coruja 314, loja 9 – Floresta – 90.220-180
Porto Alegre – RS – Brasil / Fone: 51.3225.5777

Pedidos & Depto. Comercial: vendas@lpm.com.br
Fale conosco: info@lpm.com.br
www.lpm.com.br

Impresso no Brasil
Verão de 2023

"Nós nos matamos de trabalhar para estar à altura. Mas sete palmos do chão é uma altura terrivelmente baixa."

Louis Outhier, 1930-2021,
Chef do L'Oasis, em La Napoule
(três estrelas de 1969 a 1988)

"Quando os deuses querem perder um homem, eles realizam todos os seus desejos."

Oscar Wilde

"Terra, sol, vales, bela e doce natureza,
Eu vos devo uma lágrima à beira de meu túmulo;
O ar está tão perfumado! A luz tão pura!
Aos olhos de um moribundo o sol é mais bonito!"

Alphonse de Lamartine,
"O outono"

Se medirmos a grandeza de uma civilização por sua capacidade de produzir e prezar coisas *a priori* inúteis, a França sem dúvida nenhuma terá sido uma das mais triunfantes e refinadas. Este romance pretende ser uma modesta homenagem a esses artistas da sombra que chamamos de cozinheiros.

Capítulo 1

Todos estavam de branco. No início, a garganta coça, o nariz escorre, sete horas da manhã é quase madrugada. Depois das dez horas tudo melhora, a barriga começa a se encher e sorrir. Homens e mulheres se serviam de grandes doses de bebida, até as crianças – uma coisa dessas estrutura a infância, ora. Ao meio-dia começava o serviço, e com bom humor, senhoras e senhores! Claro que as coisas às vezes esquentavam, porque o álcool atiça os ânimos. O pessoal marcava encontro atrás da estalagem para resolver suas pendengas. A única coisa que Yvonne pedia era que eles não se machucassem demais, contamos com vocês, rapazes, temos um negócio a tocar. E ela o tocava bastante bem. Todos os dias, com exceção das segundas-feiras, o navio levantava âncora. Mas o restaurante nunca fechava de verdade. Se algum andarilho de passagem, às vezes um caixeiro-viajante com produtos manufaturados muito em voga no final dos anos 1950, destinados a facilitar a labuta diária das donas de casa (ferro de passar, sabão em pó, utensílios de cozinha "de última geração"), se um deles, perdido nas estradas do departamento de Gers, tocasse a campainha à noite, Yvonne Renoir descia de roupão com a lamparina na mão e buscava o pão, a linguiça e uma garrafa de vinho rascante. Se estivesse tarde, ou o estrangeiro quisesse passar a noite, ela abria um dos pequenos quartos acima do restaurante, em geral reservados aos rapazes do serviço. E isso com toda a naturalidade do mundo, sem pedir garantias nem adiantamentos. Yvonne era minha avó. Impossível se dizer *chef*, hoje em dia, sem evocar uma avó de bochechas redondas ou a lembrança de uma torta de maçã esfriando no parapeito da janela. Nada muito original, mas terrivelmente eficaz. E se você não tem uma, você inventa uma Gertrude ou uma Germaine e pronto. Nunca precisei fazer isso: minha avó paterna domina minhas recordações de infância. Ela reinava sobre um bando de piratas e glutões ou preparadores, assadores e amassadores, dos quais era a imperatriz.

 Yvonne tinha nascido com o coração leve, numa noite de fevereiro de 1910, em Castéra-Lectourois, subúrbio da comuna de Lectoure. Nos campos gascões, nada realmente mudava desde o final do século XIX. A eletricidade chegara aos vilarejos, mas a maioria das casas ainda era iluminada com lamparinas a querosene. Então viera "a primeira", como Yvonne dizia. Ela falava da guerra sem particular emoção, como de um temporal ou de um vírus, um fenômeno quase inevitável. Os homens aptos tinham partido e os campos foram deixados em pousio, enquanto heras e espinheiros invadiam os celeiros. A pequena Yvonne cultivava um pequeno jardim nos fundos de casa e pescava trutas ilegalmente com amigos sagazes. A guerra também é oportunidade de se fazer bons negócios. Seu pai, André, era um sujeito estranho, amolador de facas, localizador de fontes de água, um homem taciturno. Diziam que se ferira para evitar o alistamento: impossível encontrar o caminho das Ardenas com um olho só. Permanecendo na região, André comprara nossa fazenda num "leilão de vela", quinze hectares por um punhado de milho. Ele cuidava dos campos e dos pomares, e sua mulher, Maria, natural de Córdoba, criava algumas galinhas, talvez um porco. Maria cozinhava bem, o fato logo se tornou conhecido. No fim da guerra, curiosos, peregrinos a caminho de Santiago e vizinhos se instalavam, lado a lado, numa comprida mesa escalavrada (quando eu era menino, meu pai a usava como bancada de trabalho) e, por uma quantia módica, enchiam o pandulho com torta de batata e bolinhos fritos com açúcar. Os soldados que voltavam do front eram convidados para uma refeição. A única fotografia de infância de Yvonne que sobreviveu a mostra sentada sobre os joelhos de um cabo do exército, que ela contempla como um semideus. Quando Foch e os outros declararam que pronto, chegava de estupidez, Yvonne tinha oito anos e ocupava um banco da escola elementar de Lectoure. Ficar recitando as lições não era para ela, *As meninas exemplares* a entediavam mortalmente, ela preferia o barulho dos fogões, o cheiro das carnes quentes e o assobio das gorduras. Dotada de um apetite formidável, ela tinha entendido que o melhor lugar para se servir era na fonte, ainda mais quando servimos a nós mesmos. Ela começou a aprender os gestos de canto de olho, os mesmos que me ensinaria muitos anos depois. Como pelar uma lebre, torcer o pescoço de uma galinha ou engordar um pato. Ela debulhava favas e ervilhas, trançava coroas de alho-rosa. Quando colocava os feijões de molho, sentava-se ao lado deles e, enquanto inchavam, contava-lhes seu dia. Era o que me dizia, ao menos.

Sua mãe, Maria, acabara construindo uma honrada reputação, apesar da mania de acrescentar chouriço a todos os pratos. As pessoas vinham das colinas vizinhas, depois da igreja, para a caçarola de domingo. Na época, ainda não se falava em grandes restaurantes, mas em pequenas cozinhas conduzidas por grandes corações. Uma lareira, alguns banquinhos, um cozido de feijão-branco com gordura de pato, temperado com alho, *saucisse de couenne* – e chouriço. Às vésperas dos anos 1930, minha avó se tornara uma mulher corpulenta, de bochechas fartas, com o peso ideal para o noivado. Seus pais arranjaram para ela um jovem sério e tímido que seria professor, um certo Marcel Renoir da aldeia vizinha. No Gers, um rito de passagem determinava que o noivo se apresentasse para trinchar o frango de domingo. Marcel deve ter se saído com louvor, pois os pombinhos se casaram no ano seguinte. Quando eu era pequeno, uma fotografia reinava na entrada do restaurante, a única emoldurada: os jovens noivos no dia do casamento, lado a lado, Marcel duro como um poste telegráfico, Yvonne risonha. Ao fundo, a fazenda toda enfeitada, com flores nas janelas e um banquete ao sol, em mesas com toalhas brancas, sustentadas por cavaletes.

Segundo a lenda familiar, Marcel trinchara aves por uma semana inteira, para treinar – o coitado devia estar perdidamente apaixonado. Conheci vovô já todo retorcido, como uma cepa de vinha. Sua pele craquelada lembrava um pedaço de argila seca, eu o regaria de bom grado se ele mesmo não fizesse isso com qualquer líquido com teor alcoólico superior a 35 graus. Meu avô esculpia pequenos animais em madeira para os garotos da vizinhança. Para mim, ele fez um urso-cinzento de pé sobre as patas traseiras, com os dentes arreganhados. No resto do tempo, ele observava vovó Yvonne passando para lá e para cá, sentado com seu cachimbo numa cadeira de palha, à soleira da porta, fumando um tabaco claro com cheiro de mel. Yvonne e Marcel tiveram um filho, André, meu pai, assim chamado para lembrar o de Yvonne, recém-falecido. Maria esperou que o marido fosse enterrado e que os custos de seu próprio enterro fossem pagos para morrer algumas semanas depois. Na família, já se tinha o senso de responsabilidade. E de economia.

Com a morte dos pais, Yvonne herdou a casa e a fazenda: quinze vacas, três porcos e umas cinquenta galinhas e patos.

Ela tinha um monte de ideias, que amadurecia em segredo. Enquanto isso, enchia o pequeno Dédé de amor e tortas de ruibarbo. Yvonne e Marcel sonhavam com uma família numerosa. O ano de 1939 decidiu outra coisa. Marcel foi enviado à Bretanha como caporal e caiu numa emboscada. Na prisão, aprendeu marcenaria com um companheiro e, em troca, o iniciou na poesia. Eles fugiram, viraram cada um para um lado numa encruzilhada e nunca mais se viram. Como vovô dizia sobriamente, ele passou o fim da guerra "pedalando para a Resistência". Yvonne, por sua vez, não saiu da fazenda: "A guerra veio me convocar no fundo de meu estábulo. Meu rebanho foi requisitado pela gendarmaria francesa para alimentar as tropas, ou o que restava delas. Desculpei-me com cada uma das vacas: com um pouco de sorte, vocês serão comidas por oficiais! Me deixaram uma velha leiteira. A época das vacas magras começou no dia em que elas foram levadas". Meu pai guardava, em contrapartida, excelentes lembranças daqueles tempos. Para um jovem desenvolto, a guerra é uma dádiva. O fim das aulas e dos tapas de régua nos dedos. Tudo fica mais simples: ninguém precisa ir à escola. A garotada vive de roubos, trocas, artimanhas e água fresca. Observei esse desejo insaciável de liberdade nas pessoas que viveram privações. Elas não têm tempo a perder. Yvonne abriria um restaurante, um lugar para o qual as pessoas viriam não apenas das colinas, mas das aldeias vizinhas, de Lectoure, quiçá de Fleurance. Ela sabia que os pratos fortificantes de sua mãe careciam de elegância. Costeletas de porco, batatas e feijões enchiam a barriga, não o espírito. Um dia, ela contava a Marcel, as pessoas falariam de Yvonne Renoir na capital, aquela ilha distante e estranha. Ele não acreditava nem sequer por um segundo, mas ouvia com ternura, e nunca ousava recitar para Yvonne os versos desajeitados que ela lhe inspirava.

Infelizmente, é difícil cozinhar quando os galinheiros estão vazios e os campos desertos, a guerra devorara tudo. Yvonne comprou algumas galinhas e um porco, replantou a horta, podou as árvores frutíferas. Ela se armou de uma enxada e de paciência. Paulatinamente, o cultivo forneceu o suficiente para uma produção comestível. Restava o problema da mão de obra. Sua cozinha acolheu metade dos pilantras da região, conheci alguns, que não eram más pessoas – com fome e de tanto pilhar os campos, acabava-se brincando de gato e rato com a polícia, só isso. Padre Jean, pároco de Lectoure, os batizava aos borbotões. Ele repovoava os campos de bons católicos: um policial, meu filho, pensará duas vezes antes de prender um filho de Deus. "Ande logo com isso, padre", resmungava Yvonne, "o ragu está no fogo." Minha avó, que precisava de mão de obra, arrebanhava suas ovelhas, com a testa ainda úmida, no adro da igreja. Ela lhes entregava um avental e pronto. Yvonne nunca deixava de levar patê ou torresmo ao padre, e fornecia até o vinho da missa, um *petit cru* de Gaillac, bastante decente, como muitos diáconos confirmarão. Marcel, por sua vez, reformou uma ala abandonada da fazenda, o antigo depósito, antes guardado por morcegos e aranhas. Minha avó preparou uma dezena de mesas, pratos de porcelana e, na parede, pendurou um grande quadro negro, no qual escreveu com capricho: "Chez Yvonne, onde tudo é bom".

    Meu nome é Paul Renoir, sou cozinheiro. Esta é minha história.

Capítulo 2

Chez Yvonne? Nunca ouvi falar! Essa *hosteria* recebeu alguma estrela?, murmura Diego, olhando para a sequência de imagens por cima do ombro do editor de vídeo. Dá zoom numa fotografia antiga com as bordas onduladas, um homem e uma mulher de mãos dadas, Marcel e Yvonne parecem felizes. Diego só conheceu uma de suas avós, uma velha mais seca que um pedaço de bambu, que passava o dia na frente da televisão e só saía para jogar na loto. A única coisa que ela cozinhava eram palitos de peixe empanado. Paul Renoir está voltado para a câmera, seu rosto olha com curiosidade para a tela. Atrás dele, as ondulações de uma colina, ao longe um campanário. Uma luz ocre alonga as sombras. É um fim de tarde cheio de andorinhas e cricrilar de grilos. Renoir espanta um inseto suavemente: "As abelhas são como nós... capazes de morrer trabalhando porque essa é sua natureza".

– *Are you ready, Diego?*

A equipe de filmagem está instalada no aquário envidraçado com visão de 360 graus para a cozinha e em geral reservado aos clientes prestigiosos do Les Promesses, celebridades e políticos famosos. Por enquanto, técnicos e cameramen mantêm os olhos fixos em suas telas. Do outro lado do vidro, o sous-chef Christophe transmite ordens silenciosas. Ele nunca se sente à vontade diante das câmeras. Os jornalistas distorcem as palavras e simplificam os pensamentos. Quando o chef Paul lhe disse ter sido contatado pela Netflix, ele expressou suas dúvidas. Já tomei minha decisão, Paul respondera ao assistente, este será meu testamento.

Diego Morena, chef de partie, seção carnes. Um metro e sessenta e nove, moreno, robusto, sotaque marcado, 28 anos.

Diego se concentra para não dizer asneiras. Ele pensou em insinuar que se achava merecedor de um aumento, mas Christophe rondava por ali. O sous-chef às vezes o assustava, não da mesma forma que o chef, mas de uma maneira mais insidiosa. Outro dia, Chris pediu que ele colhesse ervas e flores lá no alto, no maciço de Aravis. Maldita montanha, sempre subindo. Nos arredores de Annecy, não se pode avançar dois metros sem subir quatro. Diego é natural de Llorà, um pequeno vilarejo nos arredores de Girona, triste de chorar e mais feio que um cruzamento, mas pelo menos, com exceção dos quebra-molas, plano. Sem falar que ele mal sabe como é um alho-de-urso e um cerefólio-tuberoso – esse negócio parece o nome de uma doença medieval. E o polipódio comum, se fosse tão comum assim, não teria que ser buscado no topo do Himalaia. No restaurante onde trabalhava antes, ele usava as plantas do refrigerador e ninguém nunca se queixava. No litoral, os clientes não criam caso. Christophe o mandou subir a montanha às seis horas da manhã por causa de sua história com a pequena Yumi: ele banca a fera de sangue frio, mas é mais ciumento que um piolho! Com chef Renoir ao menos sabe o que esperar: seu humor do dia está sempre afixado no rosto. Quando as nuvens se acumulam, basta se precaver. Diego sabe como: refugiar-se em sua bancada, abaixar a cabeça e desossar uma peça complicada. A tempestade passa reto. Mas há sempre duas pessoas que saem incólumes de tudo: Yumi, a queridinha, e sua majestade Gilles, mais orgulhoso que um cirurgião porque trabalha com peixes. O sujeito de boné diz "*cut, very good*". Ao menos alguém reconhece seus talentos. O problema é que Diego já não se lembra mais do que disse. A produção se aproximara de Renoir, o espreitando antes de ele passar adiante a touca branca. O diretor do programa dissera: "Sua vida é um romance, nós a transformaremos numa epopeia". Paul Renoir não tentara contradizê-lo. Sua glória agora se conjugava no passado. Seus colegas internacionais acabavam de lhe conferir o título de "melhor chef do mundo". Só lhe restava a aposentadoria e a morte. A medalha do crepúsculo lhe seria entregue por um monstro midiático, saído das entranhas do futuro. Fazia três meses que Paul Renoir vinha trabalhando discretamente com as equipes da Netflix: ele desenterrara fotografias antigas e recordações de infância, eles queriam saber tudo. O grande chef os levara até Yvonne e vertera uma lágrima: o produtor exultava. O ato final seria encenado no Les Promesses, na cozinha. Para conseguir algumas imagens, ficara combinado que um "serviço ao vivo" seria especialmente organizado para o canal. Enquanto o chef não aparecia, Bobby, com uma touca à la *Ratatouille* enfiada na cabeça lisa como uma bola de boliche, entrevistava cada membro da brigada.

Gilles Saint Croix de Vie, chef de partie, seção peixes. Um metro e setenta e três, cabelos loiros, olhos azuis, 29 anos.

Gilles pisca os olhos. As luzes ofuscantes o incomodam, ele se sente encurralado. Elas lhe lembram o dia em que os policiais o levaram, seminu, junto com o rapaz cuja braguilha ele acabara de abrir. Uma noite na delegacia, cercado de vagabundos embriagados que sujavam as calças durante o sono. Ao amanhecer, seu pai o buscara de Mercedes; o trajeto de volta fora percorrido em silêncio. Sua mãe o abraçara, com uma mágoa ainda recente. Vista de longe, a infância de Gilles fora serena, banhada pela luz ocre dos outonos da Borgonha. Durante as vindimas, toda a família se reunia no solar familiar de Cluny. Uma noite, a língua de Gilles fora parar na boca do primo, e cada vez mais para baixo. Assombro, portas batendo, meu filho, o que você fez? Gilles se tornara aprendiz aos dezesseis anos, para punir sua família e a si mesmo. Paul Renoir recebera um garoto mirrado, que tinha as mãos pegajosas de entranhas de peixe, irritadas pelas escamas. O chef o levara para pescar o atum vermelho na Córsega e o espadarte na Sicília. Mais tarde, lhe ensinaria o abate do peixe por Ikejime e como esvaziar um badejo passando o indicador por trás das guelras. Gilles devia tudo a Paul Renoir – sua posição, seu orgulho, sua presença no mundo. Onde está o patrão, aliás?

– *Chief Renoir, no news?*

– Não, ainda não – responde Christophe.

Bobby Ratatouille dá de ombros, então continuamos; sente-se.

Christophe Baron, sous-chef. Boxeador amador, um metro e oitenta e três, 37 anos.

Christophe fora o único informado da vinda dos jornalistas (desnecessário distrair a brigada), mas não se preparara para responder a perguntas. Bobby sai metralhando. Seu relacionamento com Renoir? Excelente. Sua infância? Distante. Bobby franze o cenho e lhe pede para fazer um esforço. A

cozinha? Um acidente. Christophe conhecera Paul Renoir vendendo legumes e este decidira contratá-lo. Decididamente, sua vida antes do Les Promesses não tinha nenhum interesse. Melhor falar com aquela mulher: ela é uma grande confeiteira. Como? Se penso em abrir meu próprio restaurante? Que pergunta! Já me sinto em casa no Les Promesses!
– Aqui, todos nos sentimos em casa!
A voz clara vem de um jovem de terno, o mais elegante de todos. Christophe se esquiva, os técnicos se movimentam, aquele ali parece falante.
– *Name and position, sir?*

Yann Mercier, diretor do restaurante. Um metro e oitenta e oito, moreno claro, 33 anos.

O seu sorriso contagiante consegue eliminar as pequenas indelicadezas de seus traços. Antes de se tornar motivo de orgulho, o seu reflexo no espelho fora seu pior inimigo. Ele ainda era rechonchudo quando cruzara o caminho de Natalia Orlov. A futura sra. Renoir fora a primeira a perceber seu potencial, a estátua sob a pedra bruta. Paul Renoir o fizera sair do mármore. Yann Mercier se tornara um rapaz esportivo, charmoso e, ao contrário do resto da equipe, bebia com comedimento e não fumava. Acrescentemos, por fim, que não havia ninguém como ele para sugerir aos clientes ricos uma porção extra de caviar ou uma garrafa prestigiosa. Quando o chef era mencionado, portanto, Yann Mercier não poupava elogios, mas era em sua mulher que ele pensava. Sem ela, ele não passaria de um terno vazio, um fantasma. Natalia Renoir: um dia, ela devoraria sua alma. O que ela está fazendo, lá longe? Por que não se junta a eles? Parece pálida. *Excuse me* e Yann sai com pressa do aquário. Yumi o detém: "A sra. Renoir pediu para ver Christophe e ninguém mais".

Yumi Takeda, chef confeiteira, japonesa, um metro e sessenta e oito, 24 anos.

Yumi nasceu em Osaka. Ela nunca consideraria sua própria pessoa como digna de interesse. Por que chamá-la para falar sobre seu chefe? Suas mãos se torcem, ela se remexe na cadeira, enrubesce. A câmera mal consegue arrancar uma confidência de seus lábios: Yumi conheceu Paul Renoir em Tóquio, há cerca de oito anos. O chef foi levado ao Japão pelo grupo hoteleiro Nikko para assinar o cardápio de seus restaurantes. Na primeira noite, Paul organizou uma refeição para trezentas pessoas. Em torno dele, os chefs japoneses se mantinham em posição de sentido. Durante um momento de desatenção, o chef deixou cair um raminho de salsinha num dos pratos de entrada fria. Seu telefone tocou. Quando ele voltou, cinco minutos depois, um raminho de salsinha tinha sido colocado no mesmo lugar, nos outros trezentos pratos! O chef não ousou corrigir o erro, mas solicitou a presença de uma tradutora. Yumi, que conhecia algumas palavras de francês, levantou a mão. Ela nunca lhe confessaria que colocara os ramos de salsinha.

Duas horas de atraso. Bobby está preocupado. Ele quer um cigarro, embora não fume há cinco anos. Durante os dois meses de filmagem, ele constatara que Paul Renoir era um homem de palavra. E o chef dissera que o receberia ao nascer do dia; ele sabia da importância da cena final, dentro do restaurante. O produtor repassava a última conversa entre eles. "Quando os *boys* chegarem ao Les Promesses, se o senhor puder soltar um pequeno resmungo para a câmera, coisa pequena, seria *amazing*", pedira Bobby, com o polegar levantado. Paul Renoir o tranquilizara, ele lhes reservaria uma pequena surpresa.

*

Na noite da véspera, o chef do Les Promesses volta para Annecy pouco depois da meia-noite. Ele entra no carro sem se trocar. Suas roupas estão secas, mas ele sente frio. Paul Renoir fica dentro do Porsche, no estacionamento do restaurante, com as mãos ao volante. Uma parte de sua mente continua lá, sob as folhagens: deitado no chão, a terra tocando sua nuca, o húmus invadindo suas narinas, ele fecha as pálpebras. Quando abre os olhos, a imensa construção encostada na montanha o encara com maldade. Renoir a julga feia, esmagadora. Uma catedral de pedra fria, saindo da rocha. Chamam-na de *Castelo*. Uma fortaleza. Do alto, dizem, a vista é esplêndida; Paul nunca a suportou, sente vertigens. Ele coloca nas costas a mochila de pano com a espingarda, uma Verney-Carron com seu nome gravado, o colete e as munições, e desliza até as portas de seu império: um hotel cinco estrelas com nove quartos, dos quais cinco suítes, todas com vista para o lago, e um spa de mil metros quadrados no subsolo; uma ideia de Natalia, para seduzir a clientela russa. Ele gosta dos russos, ainda que eles bebam garrafas de Haut-Brion como xarope de groselha. Os piores são os clientes do Golfo, que desembarcam em grupos de vinte e pedem conhaque em chaleiras. Os eslavos ao menos não são hipócritas em seu alcoolismo.

 O salão principal fica no primeiro andar. A sala de jantar se abre escancarada para o incrível panorama do Col de la Forclaz, que culmina a 1.147 metros. As pessoas vêm de Delhi, Singapura, Vegas e Seul para ter a chance de ocupar uma das nove mesas que levitam acima das margens prateadas do lago de Annecy. O Les Promesses, de Paul Renoir, eleito melhor restaurante do mundo por três anos seguidos, tem uma média de 19,2/20 nos principais guias gastronômicos. Três estrelas zelam por seu destino há cinco anos. Uma bolha de excelência, suspensa entre a água, o silêncio e a rocha.

    Paul Renoir atravessa a sala deserta, alinha um *sousplat*, alisa o canto de uma toalha e num passo lento se dirige ao elevador que o deixa silenciosamente no quarto e último andar, mergulhado na penumbra. Paul e Natalia Renoir compartilham duzentos metros quadrados, separados por um longo corredor: um lado para cada um. O quarto da filha do casal, Clémence, fica ao lado do quarto da mãe. O chef construiu um palácio mas esqueceu de habitá-lo. Não há fotografias nas paredes, apenas "objetos de arte" sobre pedestais de granito e quadros com formas geométricas, sem dúvida superfaturados, que ele mal consegue diferenciar das colagens da filha da época do jardim de infância.

    Tudo ali custa caro e isso se percebe, esse é o objetivo – ainda que Natalia negue. Ela tem bom gosto e, acima de tudo, dinheiro. Ele deveria impor algum tipo de racionamento, mas não tem coragem. Desde que ele lhe deu um Austin Mini com a marca Chanel, ela parece mais realizada, sai para passear. Paul se preocupa porque ela dirige rápido e as estradas são escarpadas, mas entende. Ele sempre teve o coração mole. Yvonne avisara, as mulheres bonitas o farão sofrer, meu Paulo, você precisa é de uma mulher da região, sensata e razoável. Natalia não é nem uma coisa nem outra. A futilidade, nela, é coisa séria. No fim, ele também satisfez um pequeno desejo excêntrico ao conceber, no centro do apartamento, uma câmara fria envidraçada, para suas carnes, e uma cozinha imensa, com ilha central Silverline em aço escovado, cuba de água fria e de água quente, fogão doze bocas, grill e wok integrados, gás e eletricidade, e até uma fritadeira, porque Clémence se alimentava exclusivamente de fritas e iogurtes. Aquela instalação deveria realizar seus sonhos de menino, preencher um vazio afetivo. Ele só a utilizara para fazer ovos fritos e uma costeleta de boi. Renoir se imaginara organizando grandes festas, que repercutiriam no vale até o outro lado do lago, mas percebera que, com exceção de sua brigada, ele não conhecia ninguém.

Renoir entreabre a porta do quarto de Clémence, adivinha na penumbra seu corpo magro, agarrado a um bichinho de pelúcia. Sua filha cresceu. Ela parece triste nos últimos tempos. Amanhã, ele tentará falar com ela. Uma luz dourada brilha por baixo da porta de Natalia. Ele se prepara para dizer que chegou, mas constata que esqueceu de tirar as botas. O outono o seguira dentro de casa. Pegadas enlameadas sujavam o chão encerado: um ladrão numa casa morta. Não havia nada para roubar, nem mesmo uma lembrança. O chef tira as botas e, de pés descalços, se dirige para seu quarto. Ele retira a espingarda do estojo e a deixa encostada na parede, atrás da porta – amanhã a colocaria no mostruário –, e atira a bolsa cáqui num canto. Paul se deita na cama e puxa as cobertas frias até o nariz. Ele treme de frio. Mas pega no sono.

Desde que está instalado no Domaine du Paron, Paul Renoir sempre acorda antes da pequena igreja de Montmin. Faz dez anos que ele desperta sozinho e aguarda deitado, de olhos abertos, que o sino bata seis vezes. Esse tira-gosto matinal é crucial: minutos preciosos para planejar as grandes etapas do dia e avaliar as urgências. A maioria das decisões é tomada antes mesmo que o sol nasça. Paul Renoir detesta ser surpreendido, um velho hábito de camponês. Ele conhece intimamente o dia que tem pela frente, os seguintes também, e todos os outros. Em suma, ele tem uma ideia bastante clara das tarefas que realizará no tempo que o separa da morte.

Naquela manhã, o relógio marca oito e quinze. Em toda sua vida, ele nunca dormiu até tão tarde. Ele se senta na cama, de frente para o espelho. Suas pernas pálidas o fazem pensar em dois aspargos de Ardèche (estão fora de época, ele ri). Ele emagreceu. Um chef que chega à maturidade deve ser gordo, sua circunferência é a embaixadora de seu talento. Ele olha para os pés, que acha feios, principalmente o dedão, que tem um calo que ele não consegue cortar nem ao sair do banho. Ultimamente, algumas partes de seu corpo lutam por independência. A mão direita treme durante a montagem de um prato, a vista se turva. Quando ele começou a perder o equilíbrio, o médico ficou preocupado. Vou tirar uns dias de folga em breve, prometo. "Comece tomando esses remédios." Renoir estende a mão até a mesinha de cabeceira e pega uma caixa azul retangular, compartimentada. Ele engole os comprimidos e vê um percevejo no teto. Dois dias antes, ele tinha matado uma dúzia no restaurante. Que coisa insuportável. Enquanto escreve algumas palavras num bloco de notas, a porta se abre e o rosto de uma mulher deslumbrante aparece. Paul ainda se surpreende com a beleza de Natalia.

"Está tarde." Paul não responde. Ele sente sede. Em geral, os sons da vida se insinuam pela porta entreaberta, o tinido dos talheres indica a hora do café da manhã; no subsolo, os ajudantes de cozinha descascam legumes, as camareiras conversam entre os andares. Hoje, tudo está silencioso, o restaurante está fechado. A pequena foi para a escola, continua Natalia, séria. Renoir segue sentado na cama, de frente para ela, desgrenhado, de cueca, com a boca seca. Ele sente sobre seu corpo o peso do fim do dia. Ela acrescenta: "Estou com o contador, precisamos conversar". E, vendo a arma encostada na parede: "E guarde seu brinquedinho, antes que se machuque". Quando Natalia fecha a porta, a espingarda cai ao pé da cama. Paul Renoir se abaixa para juntá-la.

Capítulo 3

Ainda posso vê-la debruçada sobre o caldeirão, com uma enorme colher de pau. Sua sombra fantástica se alongava até o teto e bradava ordens de romper os tímpanos. A cozinha era seu antro, sua caverna. Em seu centro reinava a divindade tutelar da casa: um tacho de cobre de cem litros. Tudo havia começado com aquele caldeirão, e tudo acabaria nele. A mãe de minha avó o herdara de sua avó. Maria nele cozinhava seus "pratos de partilha", reservados aos banquetes, casamentos e comunhões: *cassoulet*, *bouillabaisse* catalã e o famoso cozido galego de calamares com chouriço. Yvonne trocara o caldeirão por panelas, mais fáceis de manejar, e o esquecido recipiente agora só recebia os produtos descartados, que ela se recusava a jogar fora, lembrança das privações da guerra, talvez. Carcaças de aves, espinhas de peixe, pães dormidos, restos de carne, gordura, tomates maduros demais: sem jamais se queixar, o tacho absorvia tudo o que podia ser cozido. Na base, estava equipado com uma pequena torneira: bastava abri-la para ver correr um suco escuro e viscoso que a magia da linguagem e uma pitada de má-fé permitiam chamar de "molho" sem corar. Um dia, Yvonne esfregava sua grande circunferência com um pano que ficava pendurado no forno e disse para eu me aproximar, me estendendo uma carcaça de ave: vamos, pequeno, pode botar. Por mais que eu me esticasse na ponta dos pés, o caldeirão continuava inacessível, até que fui levantado no ar – não se preocupe, o caldeirão vai esperar que você cresça.

Nasci na fazenda, no dia 6 de abril de 1958, junto com a Quinta República e a primeira estrela de Paul Bocuse. Para Yvonne também foi um ano auspicioso. Primeiro, fui adotado por ela na mesma hora e carregado como um saco de batatas, sob o olhar assustado de minha pobre mãe, que corria atrás dela, com os braços estendidos. Depois, foi o ano em que o general De Gaulle decidiu voltar ao poder, depois dos "acontecimentos argelinos". Ela tinha um fraco pelo grande homem, por seu passo de albatroz, seu fraseado arrastado e poético, suas constantes ressurreições. Ao longo da vida, ela só deixava a cozinha para ouvir *seu* general. Naqueles dias, ela se plantava a poucos centímetros do enorme televisor do térreo. Como era um pouco surda, aumentava o volume ao máximo, a voz do oráculo de quepe ecoava pela fazenda como a do padre na missa. Ao fim da transmissão, Yvonne se levantava com um gemido de decepção e voltava para seus molhos. Vovô Marcel, antigo professor (de esquerda, obviamente), via aquela paixonite com perplexidade, "se eu cruzar com esse veterano, ele vai levar um puxão de orelha", ele praguejava, com o cachimbo na boca. O ano de 1958 também marcou uma virada na vida da estalagem: pela primeira vez desde que fora inaugurada, Chez Yvonne teve casa cheia o ano todo.

As ambições culinárias de minha avó logo se chocaram com os hábitos alimentares dos estômagos do Gers. O fígado de vitela refogado com cebola-pérola e um filete de vinagre ainda passava, mas fundos de alcachofra recheados com cogumelos porcinos e fígado de frango, ou truta defumada com urtigas, não combinavam com o repertório gastronômico da região. Ela criava pratos nobres que os clientes nunca pediam. Mas

Yvonne era tenaz, já provara isso. Então cumpria sua missão com dedicação – alimentar o homem do campo não é pouca coisa –, sem deixar de testar seu pequeno laboratório de sabores. Minha avó oferecia o que havia de melhor, levando em conta os meios à sua disposição. As mercadorias perecíveis eram armazenadas entre sacos de gelo, dentro de geladeiras de madeira. Os refrigeradores, encomendados a marceneiros, custavam fortunas. Meu avô Marcel concebeu o nosso. Uma obra de arte de meia tonelada e carvalho maciço. Yvonne cortava as carnes sobre um cepo de nogueira marcado pelo uso, que meu pai aplainava para tirar os filamentos de carne ou camadas de gordura calcificada. Os chefs que tinham meios usavam pedras talhadas – granito azul coberto por uma camada de resina nos arredores de Annecy, mármore italiano nas mesas prestigiosas da Côte d'Azur, como no Le Negresco, em Nice. Certamente mais elegante, mas nada higiênico: os líquidos acabavam se infiltrando na pedra porosa e as bactérias se disseminavam. Imagine uma liga insensível à corrosão e à ferrugem, um material que revolucionou a medicina, a cirurgia, a aeronáutica, a construção naval. O aço inoxidável! Ele propulsionou o mundo da gastronomia à modernidade, embora não tenha melhorado seu dia a dia. Na época, o calor das cozinhas, que ficavam nos subsolos, era quase insuportável, os rapazes respiravam uma fumaça gordurosa e transpiravam um líquido preto. Os olhos ardiam, os pulmões queimavam. Que os mineiros me perdoem, mas o inferno dos cozinheiros devia pouco ao das minas, acredite. Fornos e altos-fornos, mesmo combate. A pele de minha avó estava impregnada de um denso aroma de entrecôte grelhado. Seu corpo cozinhava em fogo baixo.

Quando cheguei à idade de me lembrar das coisas, o restaurante tinha treze anos, os clientes vinham de Auch além de Lectoure, e a chef transparecia sob o avental da cozinheira. Yvonne reinava sobre um pequeno bando fiel, como o Capitão Fracasso, um grupo heterogêneo, fruto do feliz encontro entre talento e circunstância. A cada noite, uma nova apresentação. Minha avó soprava o texto a Caruso, seu auxiliar, que por sua vez anunciava os pratos do dia rolando os "r", primeiro na cozinha, depois no salão. Boca Preta trabalhava duro. Na ausência da patroa, ele era o mestre do flambado, o único capaz de aguentar as temperaturas de fim do mundo. Boca Preta tinha sido adestrador de ursos e cuspidor de fogo: os ursos tinham desaparecido, restavam as chamas. Aquele que chamávamos de Artista era escultor e, para sobreviver, cuidava dos pães. Em toda a região, não havia melhor amassador. Amputado de uma perna, perdida na guerra, Pirata passava os dias sentado, lavando legumes e descascando batatas; nunca ouvi o som de sua voz, mas lembro de sua tosse, cavernosa, pré-histórica. Bébert, o faz-tudo, me aterrorizava, seu olho direito brigava com o esquerdo, eu nunca sabia para qual olhar: até hoje, quando corto um pregado, esse peixe sartriano, lembro dele. Quase esqueci de Rosalie, a lavadeira, que eu seguia até o tanque porque ela era doce e cheirava a lavanda.

    Por fim, havia meu pai, encarregado das provisões, da preparação dos molhos, do corte dos peixes, da manutenção do pomar e de um grande número de tarefas que seria cansativo enunciar. Minha avó era mais dura com ele do que com qualquer outro membro da equipe. E acredite, nada lhe escapava. Ela tinha o dom de estar em todos os lugares ao mesmo tempo, passava da cozinha à sala, garantia o serviço e o espetáculo, cortava uma carne na bancada e flambava pastis com armanhaque diante de uma plateia assombrada. Assim que eu conseguia escapar à vigilância de minha mãe ou de meus professores, eu corria para me unir à tropa. Minha presença era tolerada. Quando me enxotavam, como fazemos com um cachorro afetuoso demais, eu subia numa caixa para acompanhar o espetáculo. Minha avó trabalhava a massa como um tecido e, com a ponta da faca, desenhava motivos rendados. Seus dedos curtos de fazendeira eram dotados de uma precisão de miniaturista. Eu me perguntava por que ela dedicava tanto zelo a receitas que os glutões locais engoliam com afobação. Demorei para entender que aquela era justamente a marca de uma grande cozinheira: ela se entregava por inteiro a todas as coisas. Nada de arranjos ou economias suspeitas quando se tratava de contentar os clientes, nenhuma concessão. Yvonne criava arte como o sr. Jourdain sua prosa, sem perceber. Ela teria rido às gargalhadas ao ouvir uma coisa dessas, não acreditaria em seu interlocutor.

    Todo ano, no dia 10 de novembro, no dia de São Martinho, os festejos se propagavam pelos campos, de Castéra a Miradoux, de Castelnau d'Arbieu a Saint-Mère. Celebrava-se o fim das colheitas com o sacrifício de um porco. Na noite anterior, eu dormia mal, num sono impaciente cheio de apreensão. O animal chorava a noite toda, com pequenos guinchos agudos, como uma criança perdida. Seus companheiros ficavam tranquilos, deitados num canto de lama, de onde não se moviam, com os focinhos quase imóveis. A sra. Renoir nunca matava pessoalmente seus porcos. Ela seria incapaz de fazer isso, chamava-os pelo nome, conhecia seus hábitos alimentares, suas preferências, alimentava-os com a mesma atenção que conferia aos clientes.

    Ela chamava um forasteiro, eremita das montanhas, metade lobo metade feiticeiro. Ninguém sabia seu nome e ninguém pensaria em perguntá-lo. Quando ele surgia na estrada, o porco parava de gemer. O homem chegava com as facas previamente afiadas, ao contrário do açougueiro, aquele bruto, que afiava as suas na frente dos animais aterrorizados. Cumprida sua missão, ele se deitava no fundo do celeiro, de onde não saía antes da manhã seguinte, ocupado que ficava, eu pensava, estudando a anatomia dos corvos ou dos gatos selvagens. Ele nunca participava da festa. Como retribuição, recebia vários pedaços do animal, embalados em sal grosso. Nos dias seguintes, sua sombra assombrava as estradas e as crianças evitavam sair depois do anoitecer. Os vizinhos e a família distante, da Montagne Noire e do Périgord, se encontravam em nossa casa por dois dias. Aproveitávamos os braços disponíveis para guardar a lenha ou os fardos de palha. Enquanto Boca Preta preparava costeletas e assados, Caruso e meu pai lavavam as tripas em grandes bacias de água quente; elas seriam utilizadas para fazer salsicha ou chouriço. O sangue do porco era colocado para ferver no caldeirão, que eu mexia suavemente para evitar que coagulase. Patês e salames temperados eram deixados ao cuidado das mulheres. No cardápio do dia, guisado de javali, frango assado, batatas nas cinzas e grossas fatias de presunto do porco do ano anterior, cortado para a ocasião. Todos iam embora com pernis e *crépinettes*, galantinas e *rillettes*.

A obstinação de minha avó acabou dando frutos. Cada vez mais as pessoas comentavam que em seu restaurante se comia melhor que em outros lugares, e que se saía com a barriga leve e as ideias claras, que seu garrafão de vinho tinto, servido fresco, não dava dor de cabeça. Os clientes vinham de Toulouse, Bergerac e Mont-de-Marsan para comer no Chez Yvonne, era uma boa ocasião para passar o dia no campo, as crianças colhiam ovos sob a palha e corriam atrás dos patos, enquanto seus pais bebericavam café com aguardente sob o grande carvalho, comentando o Tour de France ou as notícias do mundo. No início, eu não ousava me juntar a eles, achava aqueles meninos de bermuda e camiseta justa limpos e perfumados demais, como nos livros da coleção Martine, mas no fim do dia tínhamos nos tornado melhores amigos, eles seguiam cegamente o dono do lugar, eu conhecia todos os animais e esconderijos secretos. Deixar meus novos amigos, à noite, me arrancava lágrimas, que eu dissimulava no fundo do peito. Eles partiam em belos automóveis e eu ficava para trás, sentado na cerca, suspirando na escuridão, com o coração partido.

Minha avó tinha acertado na aposta: recebia pessoas numa época em que a cidade ao lado era considerada um país estrangeiro. Saía-se de casa para ir à igreja, no domingo de manhã, e ao moinho, última ágora camponesa dos tempos da Idade Média – lugar que alimentava as conversas pelo resto da semana. Casamentos eram combinados sob suas pás, as pessoas selavam o acordo com um aperto de mãos, combinavam que Marguerite se casaria com Pierre e que as ovelhas seriam cuidadas. As coisas teriam continuado assim por muitos anos, se o destino não tivesse batido à porta, num sábado à noite. Foi no fim do serviço. Uma velha senhora saiu de um carro dirigido por um jovem. Ela usava um vestido amplo e tinha os cabelos brancos, presos em coque. A única coisa que me disseram foi que vinha de Lyon e estava indo para Andorra. Ela tinha ouvido falar do Chez Yvonne, por isso parara. Minha avó e a desconhecida passaram a noite fechadas na cozinha. Morto de curiosidade, saí da cama e espiei pela fechadura; as sombras das duas dançavam lado a lado. Elas falavam em voz baixa e pareciam preparar o golpe do século. Na manhã seguinte, antes do almoço, minha avó a acompanhou até o carro. Elas se abraçaram como velhas amigas. O carro deu a partida e eu puxei o avental dela.

– Quem era?
– Uma fada, caída do céu.
– Uma fada? Nossa, pensei que fossem mais bonitas.
– Ela se chama Eugénie. Eugénie Brazier.

Capítulo 4

Christophe está parado no meio da cozinha, com a mandíbula cerrada, os braços cruzados ao peito à la Clint Eastwood, em silêncio. Todos estão ali: Yumi, Gilles, Diego, o sr. Henry, mordomo, Cassandre, diretora de sala júnior, ajudantes de cozinha, lavadores de louça, camareiras, todos reunidos sob as luzes mortiças do lugar. A tensão imobiliza os rostos. Alguns murmuram: o que a patroa quer? Ela finalmente entra, seguida de Yann. Ela não tem pressa, mede o grupo de alto a baixo. O diretor de sala se mantém à parte, com os olhos fixos no chão. Suas mãos tremem. A sra. Renoir mantém melhor as aparências. Ela tem o rosto cansado, como se tivesse passado a noite em claro, mas não evita os olhares de ninguém. "Paul deu um fim a seus dias esta manhã, em seu quarto." *Madre de dios*, Alonzo, o lavador de pratos mexicano, beija seu crucifixo e faz o sinal da cruz, imitado desajeitadamente por Diego. Yumi sente uma tontura. "Os bombeiros estão lá em cima, a perícia deve chegar a qualquer momento. Pedi que estacionassem na frente da entrada de serviço." Natalia Renoir não menciona a espingarda de caça. Sua voz avança sobre uma corda bamba estendida no vazio. "Haverá uma investigação. É praxe. Não sei direito. Nunca precisei lidar com..." Ela se interrompe. Cassandre se aproxima, mas ela já ergueu o rosto. "Peço-lhes o mais estrito sigilo. Esta informação não deve sair daqui." Naquele momento, o mordomo, sr. Henry, entra ofegante: "A equipe da Netflix voltou. Bobby quer falar com o chef. Imediatamente".

*

Christophe mentiu a Bobby com uma altivez de senador: o chef se atrasou por uma emergência familiar, impossível saber quando voltará, *we are very sorry*. O produtor fez uma careta: ele precisa voltar para a Califórnia no dia seguinte, no voo da noite. Yann escondeu o Porsche. Diego, por sua vez, foi encarregado de vigiar os técnicos de som e evitar que eles bisbilhotem nos arredores. Cassandre aproxima os lábios do ouvido do sous-chef: tudo sob controle, o corpo foi levado. Christophe gosta de Cassandre, ela vai longe. Ninguém, exceto ele, apostara naquela garota franzina, que se tornara indispensável na sala. Se um dia Yann decidisse ir embora...
 – O que fazemos, agora? – pergunta Diego.
 – Vamos chamar todo mundo.
 Esse cara me dá calafrios, pensa Diego. Paul Renoir lhe ensinou tudo, ele deveria estar arrasado, mas não, nenhum sinal de emoção em seu rosto, embora ele seja tão pálido que seria difícil notar a diferença. Diego reuniu a tropa, Christophe pediu que todos se aproximassem.
 – Pessoal, nunca fui bom em discursos, mas uma coisa é certa: o chef teria desejado que garantíssemos o serviço, que fizéssemos os americanos ficar de queixo caído. O cardápio do dia está afixado acima do passa-prato. Cada um sabe o que deve fazer. E silêncio absoluto. Quero gestos e nenhuma palavra.
 – Chef!
 Diego segura Christophe pelo braço.

– Eles vieram para ver Renoir. Eu vi esses caras trabalhando, eles são profissionais, vão perceber o embuste.

– Pode ser que sim. Mas não temos escolha. Eles não vão embora, então vamos mantê-los ocupados. Preciso de você, agora mesmo. Esse é o papel de um chef de partie. Ser chef. Agora coloque o avental, prepare o pombo e a vitela.

Vendo que o resto da brigada fingia não escutar, ele bateu palmas secamente: "O que estão esperando? Os *amuse-bouche* precisam sair em dez minutos!".

Yumi ouvira tudo dentro de uma esfera gelatinosa, à qual as palavras do sous-chef chegavam abafadas. O mundo se acelerara brutalmente, mas tudo acontecia em câmera lenta. Hoje deveria ter sido um dia de alegria e orgulho. Ela se preparava para apresentar ao chef Renoir a sobremesa na qual trabalhava há três meses. "Invente algo novo", ele lhe pedira, "surpreenda-me". Ela fizera vários testes, rabiscara inúmeros desenhos, perdera o sono. O chef queria trabalhar com o amargor, ela preferira a acidez. Ela sonhava com cremes, açúcares, proporções. Como expressar sua sensibilidade feminina, sua alma japonesa, e ao mesmo tempo prestar homenagem à incrível história da confeitaria francesa? Ela finalmente conseguira, mas Paul Renoir nunca saberia.

"A pessoa vê a vida passar como um filme, quando se mata? Isso também funciona em suicídios?", pergunta um ajudante de cozinha, agachado na frente de um forno. Outro dá de ombros: "Vá saber, talvez dependa da vida que a pessoa levou. Com você, talvez seja rapidinho". Ele começa a rir, até que a cabeça de Diego aparece entre eles: "A partir de agora, bico fechado. Ou rua". O silêncio se instala, os atores entraram em cena. Que o espetáculo comece.

– *Guys, look up.*

Cinco rostos se erguem. Do outro lado do vidro, num silêncio aquático, dez corpos começam um balé de relojoeiro. As costas se tocam, as mãos se entrelaçam, a coreografia é minuciosa, precisa, repetida até a obsessão. "*They are dancing!*", exclama uma voz. Bobby pula da cadeira.

– *I want that, now, NOW!* – ele pede numa voz surda, estalando os dedos na direção das câmeras.

A porta se abre e um tinido metálico se faz ouvir, perturbado apenas pelo zumbido da ventilação. Microfones tinham sido colocados na lapela dos aventais, as varas dos microfones se aproximam das panelas. As câmeras penam para seguir os acrobatas, que rodopiam, se agitam e se tocam, mas nunca se batem. As teleobjetivas captam os detalhes, uma gota de suor, o piscar de um cílio, a superfície granulosa da manteiga clarificada.

– Como está indo, Christophe?

Natalia Renoir envelheceu. Seu perfume caro se dissipou. Por enquanto, tudo certo, ele murmura. Desde a manhã, Christophe finge estar no controle da situação, mas suas costas estão geladas, suas têmporas queimam.

– Paul não me avisou sobre a Netflix.

– Ele não queria alarmar a equipe – responde o jovem, distraído com os gestos pouco firmes do ajudante de cozinha que grelhava no maçarico as plumas recalcitrantes de um pombo.

Uma câmera se aproxima da chama azulada, simulacro de violência naquele laboratório da precisão, em que dedos sagrados acariciam grãos de caviar e pescam flores com as pontas de uma pinça.

– Não sou da equipe – replica Natalia secamente. – Vocês deveriam ter me contado.

Ele não respondeu. Contentou-se em manter sua promessa.

– Desligue o fogo, caramba, assim vai contaminar a carne! Finalize com a pinça de limpar peixe.

Quando ele se vira, Ratatouille Bob substituiu Natalia. Seus olhos reptilianos perscrutam o rosto do sous-chef e, num francês com sotaque texano, ele sibila: "*Young man*, você está me escondendo alguma coisa".

Dezessete horas. A equipe de televisão desocupou o restaurante, filmou a horta e os quartos, as montanhas, o lago, um esquadrão de parapentes, abriu os refrigeradores e os armários de legumes. Bob foi claro: viemos para ver o chef, que ele esteja aqui amanhã ou processaremos vocês, releiam o contrato. Agora me digam onde comer um *decent burger* nas redondezas. Encontro marcado para o dia seguinte, nove horas. A brigada, exausta, come em silêncio sua porção de espaguete à bolonhesa. Os pratos das filmagens foram refrigerados para as tomadas extras. Yumi não toca em seu prato, Diego sente vontade de fechar um baseado enorme, só para apagar. Yann serve pequenas doses de armanhaque a todos, eles saem juntos, trocam cigarros e fumam nos fundos, perto da composteira. Eles sabem o que os aguarda em casa: um sofá vazio, no melhor dos casos um gato, a solidão para a maioria. Mas o que os aterroriza, e que ninguém ousa falar, são os próximos dias. Do aprendiz ao sous-chef, todos tinham suas vidas ligadas à de Paul Renoir. O que será deles agora?

Dezoito horas, o dia escurece, as equipes estão acabando de limpar as cozinhas quando um telefone se faz ouvir na recepção e, em eco, no escritório do chef. Em pouco tempo, todos os celulares da sala começam a vibrar. Diego atende e logo desliga: "Todo mundo está sabendo". Christophe mergulha com raiva sua taça na água suja da pia. Natalia Renoir não pôde esperar.

Capítulo 5

A beleza de Josette Mansart era conhecida do outro lado dos Pirineus, dizia meu pai. Eles tinham se conhecido no baile da aldeia. Acho que, no início, eles se amavam de verdade, pelo menos tão verdadeiramente quanto era possível se amar à época. Nada de grandioso, nada de desvairado, apenas duas pessoas unidas em torno de valores comuns e que decidem trilhar uma parte do caminho juntas até que a morte as separe. Não é pouco. Minha mãe sonhava em abrir uma galeria de arte. Ela adorava pintura, Paris e a Montmartre de Aristide Bruant e de Toulouse-Lautrec. A coitada errara de cidade e de época. Ela comprava caixas de livros de segunda mão, que guardava por toda parte, mas o espaço logo começou a ficar pequeno, então ela pediu a meu avô que construísse algumas prateleiras, assim a sala do restaurante, e até o estábulo, se viram mergulhados em literatura – e foi dessa forma que conheci Frédéric Dard, Arsène Lupin e D'Artagnan. Na primavera, ela colocava seu pequeno cavalete no pátio. Os rapazes em botas de borracha a cumprimentavam como uma grande dama, exageravam nas reverências, mamãe ficava encantada com essas atenções, eles também, sem dúvida, pois viam suas pernas. Ela adquiria então um olhar distante e sonhador, e nada podia distraí-la, nem mesmo as galinhas que vinham bicar seus dedos do pé. Minha mãe pintava arrozais e pagodes, templos dourados e rios vermelhos, mas nunca viajara para além de Pyla. No início do verão, ela ajudava com as ervilhas e feijões. Cuidado para não estragar seus lindos sapatinhos, princesa, provocava minha avó. Nas raras vezes em que nos víamos sozinhos na hora do lanche, ela me observava com tristeza, como se quisesse me dizer alguma coisa e desistisse na última hora. A verdade é que se entediava na minha presença. Ela imaginara outra coisa. É difícil admitir isso, quando se é criança, mas ela estava decepcionada que eu fosse seu filho. Minhas caras e bocas não mudavam nada. Com meu pai era mais simples, não conversávamos. Podíamos passar horas em silêncio, lado a lado, picando chalotas ou raspando aspargos. André Renoir não era do tipo falante nem afetuoso, mas uma vez por mês ele tirava uma tarde para me levar à feira, aos antiquários ou ao cinema da aldeia, para ver o último filme de Bourvil ou Louis de Funès. Quando ele ria, suas orelhas se mexiam como duas folhas de alface ao vento.

    Eu convivia pouco com meus pais, cada um tratava de seus assuntos. Naquela época, as crianças viviam numa realidade periférica, elas eram vestidas, alimentadas e a escola se encarregava do resto. No campo, crescíamos na direção de nossos instintos. Minha sala de aula acolhia os filhos dos ilustres locais e dos camponeses. Alguns grandes fazendeiros superavam em riqueza o prefeito ou o médico, mas não bastava: o nascimento ditava o que éramos. Os pobres ficavam na primeira fila, os ricos nos fundos, como generais enviando a infantaria para ser dizimada. Eu não tinha nada contra a escola, ela era aquecida no inverno e abríamos as janelas no início de abril, o ar suave turbilhonava dentro da sala, todos sentíamos aquele chamado irracional, eu não sabia como entendê-lo, era algo tão forte que me ultrapassava, eu sentia calafrios e tristezas. Os professores logo me consideraram uma causa perdida. Eu gaguejava assim que subia no estrado, as risadas de meus colegas me aterrorizavam. Impossível colocar as palavras em ordem, eu não tinha nenhuma autoridade sobre elas. Na época, eu daria tudo para passar despercebido e me parecer com os outros. Desaparecer na multidão, que sonho! Mas Renoir soava esnobe demais, quase afeminado, pretensioso. Eu estava cercado de nomes de boxeadores, criados a tabefes, regados a aguardente: Montagnac, Carcenac, Loustal, Roumegou. Yvonne só falava na Mère Brazier. Que belo sobrenome de cuspidor de fogo! Como Bocuse, o homem do bosque, ou Troisgros. Verdadeiros nomes de cozinheiros, que exalavam *terroir*, esforço e alforjes cheios de perdizes. Mas Renoir era mortalmente tedioso, lembrava a noite, nada que se pudesse cultivar. Ninguém se lembraria.

Quando os meninos voltavam para casa para brincar, eu começava minha segunda jornada na fazenda. Alguns giravam a meu redor com bicicletas rutilantes. Eu cavalgava o velocípede de Marcel que eu consertara, uma coisa blindada que devia pesar quinze quilos. Eu instalara uma gaiola no bagageiro, que eu usava para carregar os sacos de batatas, cenouras e cebolas que meu pai me pedia para entregar na casa de uns e outros. Os maliciosos não se aproximavam muito porque eu tinha uma boa estatura (aos nove anos, parecia três anos mais velho), mas seus sarcasmos doíam mais que picadas de vespa. *Renoir a les doigts noirs*, Renoir tem os dedos pretos!, era o que eles cantavam, me cercando. Não era justo: todas as noites, eu escovava as unhas até sangrar. Eu considerava meu pai culpado por aquilo. Mas estava enganado. Eu tinha nascido sujo, assim permaneceria. Hoje, não há um cidadão que não reivindique ter um pouco de lama na sola do sapato, a terra se tornou tendência. Ela confere densidade. Quando garoto, eu dispensaria de bom grado ter que ficar preso na fazenda o ano todo, porque a única folga que os camponeses tiravam era justamente embaixo da terra. As férias de verão pareciam um longo corredor, monótono e silencioso. As aldeias dos arredores se esvaziavam; os únicos que ficavam, espalhados pelas colinas, eram os estranhos, os azarados, o filho do ferreiro, do tanoeiro e os ladrões de frutas como eu. Até o pequeno Taussac tinha direito a uma semana de camping. A fazenda era meu reino e minha prisão. Eu ia e vinha à vontade, adorava sorver um ovo cru no galinheiro, apesar dos protestos de Napoleão, que sempre tentava me bicar; ele me perseguia às vezes até o estábulo, onde eu colocara um colchão velho. Eu passava a maior parte do tempo livre sem fazer nada, apenas respirando, com os olhos para o céu, deitado na grama ou no fundo de um bote. Ele deslizava pelo pequeno lago, que se dava ares de oceano. Às vezes, eu partia ao ataque da ilha dos patos: as aves fugiam indolentemente quando eu corria atrás delas, armado com a espada de madeira que meu avô talhara para mim num tronco de cerejeira-brava. Eu enganava o tédio esperando por Aurélia.

Aurélia é a meia-irmã de minha mãe. Ela era três anos mais velha que eu e vinha todos os verões, como uma ave migratória, de Rennes, outro continente. Aurélia me chamava de "pequeno Paul". A partir do final de julho, o pequeno Paul espreitava a chegada de sua tia a partir da tela que cercava a horta. Esse posto avançado oferecia uma vista inexpugnável para a única estrada que subia até a fazenda. Aurélia era curiosa a respeito de tudo, um pouco moleca, e não temia arranhar os joelhos brancos. Juntos, descíamos correndo as encostas até nossos pulmões arrebentarem, perseguíamos as ovelhas, nos empanturrávamos de bagas de sabugueiro até enjoar. Crescíamos juntos. Até que, num verão, mal a reconheci. Seus cabelos loiros acinzentados caíam em cachos macios, seu lábio superior se tornara desdenhoso, parecia um pêssego: corei ao vê-la. A nova Aurélia celebrava o insolente triunfo da adolescência sobre a infância. Imagine uma princesa de contos de fada desembarcando de short justo e regata numa estalagem medieval. Em quinze minutos, todos os malandros dos arredores apareceram. Para vê-la, os garotos estavam dispostos a abrir mão de seus sacos de caramelos. Meu negócio de doces cobrava tarifa máxima na hora da ducha. Era preciso ver aqueles garotos, os terrores das trilhas, alinhados como cebolas atrás dos arbustos, de boca aberta, disputando o melhor lugar, mesmo que suas roupas rasgassem... Psiu, ela está chegando! Eles vislumbravam um pedaço de pele, um calcanhar, e iam embora fascinados, impacientes para voltar na manhã seguinte, enquanto eu calculava o peso do butim do dia. Guardei segredo de uma anedota até hoje. A cena aconteceu num 14 de julho. Todos os anos, a família assistia aos fogos de artifício nas muralhas de Lectoure, uma tradição. Mas ninguém encontrava Aurélia. Eu tinha ouvido um carro deixá-la na fazenda pela manhã, mas não disse nada. Não a vi o dia inteiro. Sou enviado para procurá-la. Uma intuição me leva ao celeiro. Dentro, a escuridão é suave, um pouco úmida. Descubro-a no primeiro andar, deitada sobre meu colchão. Seu vestido amassado revela o alto de sua coxa, com marcas de palha. É carne demais para um garoto da minha idade. Sinto um desejo doloroso, tamanha a sua beleza e tamanha a proibição. Roço seu antebraço com o dorso da mão, assim, de leve, ainda fico arrepiado de lembrar. No segundo seguinte, olho paralisado para meus dedos, que sobem até sua bunda – corte isso na edição, hein? É nesse momento que ela se espreguiça e sorri: "Agora deu, pequeno Paul?". Meus pais me veem passar como uma flecha, sem entender nada. Corro para me esconder no único lugar onde ninguém me procuraria: na cozinha. E ali fiquei.

Capítulo 6

O último dos grandes. Chef Paul Renoir acaba de nos deixar, aos 62 anos. Homem simples e generoso, ele ficará para sempre em nossas memórias. Nossos profundos pêsames à sua esposa, à sua filha e a seus amigos @mairieannecy

Minutos depois do tuíte do prefeito de Annecy (afiliado à direita), o do presidente do conselho regional da Occitânia (de pendores radicais-socialistas) lembrava que Paul Renoir era "um filho da Gasconha e que sua terra ficaria orgulhosa de receber seus restos mortais", mensagem à qual um eleito da Savoia próximo do primeiro não deixou de reagir, denunciando a indecência da proposta. A França inteira acabava de saber da morte de Paul Renoir e seu cadáver já era disputado. Christophe passou a noite nas redes sociais. A informação se propagava como uma nuvem de gafanhotos. Em meio a uma barulheira infernal, todos falavam ao mesmo tempo, uns depois dos outros e contra os demais. Uma multidão de anônimos publicava fotografias com o morto #adeuschef #gratidãoeterna. Os que não podiam fornecer uma prova tangível de sua proximidade com o defunto se contentavam com um prato emblemático, o frango de Bresse *en vessie* ou o lavagante grelhado com epícea. Robert De Niro e

Madonna compartilharam sua *great sadness*, Depardieu postou uma foto em que aparecia com Renoir, às gargalhadas, no meio de um rebanho de porcos pretos de Bigorre.

Christophe toma uma ducha gelada e um café forte. Dois minutos depois, sua Ducati Monster 797 entra troando no trânsito. Presos em seus carros, os motoristas têm os olhos fixos na bruma das margens do lago. Christophe está furioso. Um capitão não abandona seu navio. O senhor nos abandonou, chef. O que devo fazer agora? A moto quase derrapa, um imbecil buzina quando ele freia bruscamente no acostamento. Uma inspiração profunda, o mau humor se acumula no fundo de sua garganta. Ele enfia o queixo no peito e pega a estrada que sobe ao Col de la Forclaz. Lá em cima, o céu é de um azul cortante. Minutos depois, ele passa os olhos por algumas linhas do comunicado à imprensa. Natalia Renoir se mantém ereta à sua frente. Com a mão esquerda, ela alisa uma dobra de sua saia. Eles estão num dos salões privativos reservados aos políticos ou aos cônjuges infiéis. Acima deles, Paul criança faz uma pose ao lado da avó, na frente do La Tour d'Argent.

– Precisamos acrescentar as datas de fechamento do restaurante – observa Christophe.

– Não fecharemos – declara a jovem viúva, calmamente.

– Pensei numa fita preta nas lapelas. Todos os membros da brigada a usarão, do lavador de pratos ao valete do estacionamento.

O patrão se matou, mas não se preocupe, vamos usar um bóton. O pessoal vai adorar.

– O restaurante está lotado pelos próximos dez meses – continua Natalia. – As pessoas vêm do Japão e da Nova Zelândia. Como pedir que voltem no ano que vem? Paul nunca toleraria isso. O cliente acima de tudo.

– Inclusive da própria morte?

– Vamos correr esse risco. O restaurante permanecerá aberto. A não ser que vocês não se sintam à altura.

Christophe não está nem aí para o que é certo ou sensato. Parece-lhe impossível continuar como se nada tivesse acontecido.

– As equipes estão em choque, Natalia. Conseguimos conter os estragos ontem porque não dei tempo para ninguém pensar. Uma noite se passou...

Natalia lhe dirige um olhar impaciente.

– Observei tudo ontem. Ninguém seria capaz de diferenciar aquele serviço dos outros. Dadas as circunstâncias, vocês se saíram até melhor. Nós dois queremos a mesma coisa: salvar esta casa e preservar a memória de Paul. Para isso, precisamos de uma brigada a cem por cento. Sem isso, a tempestade varrerá tudo ao passar. Você e eu inclusive.

Christophe várias vezes se perguntara o que Renoir via naquela mulher, seu oposto em tudo – para além da simples atração física, que nunca bastaria para satisfazer o chef. A resposta talvez estivesse justamente nas diferenças. Paul Renoir amava Natalia por sua capacidade de impor um julgamento, pela força, pela astúcia ou pela sedução. Ela compensava as próprias insuficiências, em suma. Christophe sempre respeitou a hierarquia: a última coisa que permanece quando o resto desmorona. Ele não lutaria contra as decisões de Natalia. Mas não sou obrigado a lhe contar tudo, ele pensou, abrindo maquinalmente a mensagem de Ratatouille Bob em seu celular. "*May chef Paul rest in peace. He was a good man.*" Bob podia demonstrar elegância, pois Renoir lhe dera um presente inestimável, uma renda vitalícia: cem horas de gravação, suas últimas confissões.

*

Betty Pinson está começando seu terceiro quilômetro quando a notícia a deixa sem ar. Ela desce tremendo da esteira ergométrica e se aproxima da televisão suspensa no teto para ler o texto completo na barra de notícias. O mundo desaba a seu redor, com uma única frase. Paul morreu. *Seu* Paul. Ela sufoca, arqueja, um funcionário da academia lhe pergunta se está tudo bem, ela não consegue responder. A notícia passa sem parar na televisão, silenciosa, durante uma reportagem dedicada às próximas reformas escolares. Nenhuma mensagem no celular. Ninguém a avisara. Ela liga para Mathias: caixa postal. Ela não tem coragem de lhe contar numa gravação. Ele não sabe, já teria telefonado. Melhor que seja eu a lhe dizer, então ela escreve: "Me ligue logo, é sobre seu pai". Na televisão, a BFM anuncia uma transmissão ao vivo do Col de la Forclaz, em poucos instantes. Betty muda de ideia e digita: "Ligue a televisão".

Nas imagens, um homem e uma mulher estão diante de um grande portão. Eles parecem minúsculos. Em volta deles, tudo é desmesurado, a grade, o hotel, as montanhas, o céu. Mas os microfones se precipitam sobre eles, flashes estouram, chef, chef, uma palavra, por favor, em que circunstâncias o sr. Renoir morreu? Ele estava doente? Por favor, senhora, olhe para a câmera, o que está sentindo num momento como este? Betty reconhece a pequena russa e o sous-chef, cujo nome esqueceu – um ex-jardineiro, ela pensa se lembrar. Ela se mantém a poucos centímetros da tela, hipnotizada por aquela que foi, à distância, sua rival. Sem nunca a ter visto, ela a conhecia de cor, todas elas se pareciam, não? Um documentário da M6 mostra que as antigas escolas destinadas a formar espiãs durante a Guerra Fria tinham sido transformadas em "institutos especializados", onde bonitas e jovens senhoritas aprendiam rudimentos de sedução ocidental (não parecer ambiciosa demais, sempre deixar o homem ter a última palavra etc.). Ela gravara o programa numa fita VHS mas não ousara enviá-la a Paul, a fita ainda devia estar no envelope original. De todo modo, Betty não era do tipo combativo. Nela, tudo treme e foge, seu corpo parte em debandada. A outra deve ser botox e companhia... Ah, pronto, ela decidiu falar... Betty se aproxima da tela e aumenta o volume para cobrir o barulho do ar-condicionado e dos arquejos dos colegas de transpiração. Do outro lado da tela, a jovem fixa os olhos azuis na câmera. "Encontrei meu marido inerte, ontem de manhã, no quarto dele. Ele tinha acabado de se matar com a espingarda de caça..." Betty sente uma agulha sendo enfiada em seu corpo, uma queimadura que aniquila cada órgão; ela não vai se recuperar, mas, em vez de fugir, fica ali, paralisada, com o rosto vermelho, suada dentro de uma roupa fitness apertada demais, à espreita do sofrimento da outra, de um passo em falso, de uma lágrima, de alguma coisa, ela já não sabe. Ela tem os olhos fixos na tela, os outros olham para ela, que chora, soluça, parece uma louca, o ar da sala fica irrespirável. Betty se enrosca no chão, fecha os olhos. Se o mundo acaba de desaparecer, melhor desaparecer com ele. Ela mergulha a cabeça entre as mãos e continua em voz baixa uma discussão interrompida há muito tempo: o que deu em você, Paulo? Por que não me disse nada?

A declaração dura menos de três minutos. A voz não treme. Os olhos continuam secos. Natalia conclui: "O restaurante ficará fechado a partir de hoje, até nova ordem. Pedimos a nossos clientes que nos desculpem". Christophe, surpreso, se volta para ela. Natalia Renoir está sem fôlego. Christophe observa o rosto dos jornalistas, não vê nenhum sinal de empatia em seus olhares. Ela também percebe aquela surda animosidade? Natalia se afasta sobre o cascalho, quase fugindo até a porta principal. Ele se esgueira rapidamente entre as portas do portão automático, perseguido por milhares de perguntas. Lá dentro, o silêncio volta. Por que mudou de ideia sobre o fechamento?, pergunta Christophe. Precisamos ligar para os clientes, ela responde. Natalia tira os sapatos, dá dois passos e cai sobre o carpete macio.

Capítulo 7

Aos dez anos de idade, eu não estava nem aí para o mundo da cozinha. Eu queria uma bicicleta nova e rever Aurélia, minha felicidade não necessitava mais do que isso. Das estrelas eu só conhecia a do pastor, porque precisava guardar as ovelhas quando ela aparecia. Mas eu era um garoto curioso e me informei sobre aquela Eugénie que intimidara nossa Yvonne. Logo entendi. Ela não era uma simples cozinheira, a Brazier era uma divindade. Um pedaço da história da França, como Vercingetórix ou o roquefort: a primeira mulher, ao lado de Marie Bourgeois, com três estrelas no Guia, em 1933. Ou seja, doze anos antes de as mulheres obterem o direito de voto na França! Hitler tomava o poder, Eugénie servia tordos ao foie gras. Quando menina, ela cuidava das vacas e dos porcos, um pouco como eu. Ela deixou o filho Gaston com uma ama de leite para partir à conquista de Lyon. Muitos anos depois, o prefeito Édouard Herriot declararia: "Ela faz mais do que eu pelo renome de nossa cidade". E adivinhe com quem o jovem Paul Bocuse, desmobilizado na Segunda Guerra, cumpriu seus anos de aprendizado? Dizem que ela inspecionava os produtos que utilizava tão a fundo que seu fornecedor de aves temia ter que levar as galinhas à pedicure antes de vendê-las. Eugénie Brazier era uma lenda, a padroeira de todos os cozinheiros.

No restaurante de Yvonne, tudo mudou da noite para o dia. A sala, o cardápio, o serviço – em uma palavra: a ambição. Uma tarde, ao voltar da escola, corri para abraçá-la e, para meu estupor, as mesas estavam postas como para uma festa, com toalhas de tecido e pratos de porcelana com motivos de caça, cercados por talheres de prata. Caí na gargalhada.

– O que está acontecendo? Está esperando o presidente?

Yvonne se aproximou de mim, com os olhos brilhantes. Eu nunca a vira daquele jeito, parecia que tinha cruzado com o General nas escadas.

– Gostou? Bem-vindo a nosso novo restaurante, Paulo.

Um dia, bastará dizer que conheceu o Chez Yvonne e todo mundo o respeitará.

Foi o fim dos leitões no espeto, dos confits de pato, do focinho ao vinagrete. Agora, no Chez Yvonne, comeríamos linguado *bonne femme*, filé Rossini, codorna *pochée* à la Richelieu e sela de vitela Orloff, receitas sonoras como os estandartes nas cores da gastronomia francesa. Havia até o lavagante de Roscoff, que meu pai ia buscar uma vez por semana em Bordeaux no Renault 4L tinindo de novo que ele tinha acabado de comprar. Na época, ele acordava às três horas da manhã, minha mãe preparava térmicas de café preto e ele aproveitava para trazer robalos, dourados, salmonetes, às vezes tilápias e enguias, em caixas de madeira cheias de gelo. Certo dia, um crustáceo mais vingativo que os outros deixou os bancos em frangalhos. Eu sempre corria para abrir as caixas cheias de tesouros fervilhantes, imaginava tempestades e mundos distantes: em meu imaginário infantil, a perfeição de uma carapaça de lavagante azul superava em beleza as escamas de uma sereia.

Todos os domingos, Yvonne prestava homenagem a Eugénie. Um dia era a *poularde demi-deuil*, cozida em bexiga de porco com trufas, no outro, lagosta *belle aurore* (o animal inteiro era embebido em molho de conhaque e creme de leite), acompanhados com batata e trufa negra sob as brasas. Ela trocara a gordura de pato e o óleo de oliva pela manteiga e pelo creme de leite. Tanta gente afluía ao restaurante que ele começou a ficar pequeno. Precisamos de mais mesas e, para isso, utilizamos uma parte do celeiro, onde ficavam os retardatários, em torno de um prato de pepinos em conserva oferecidos pela casa. Eu ajudava no serviço, colhia legumes, temperos e frutas da estação, pilotava a grelha e o refrigerador, carregava garrafões de vinho tinto no inverno e de rosé no verão. Pelo que lembro, havia seis pessoas na cozinha e duas na sala. O Chez Yvonne chegava aos oitenta couverts por dia, uma enormidade. Sem que percebêssemos, o restaurante se aburguesava. Eu já não podia correr ou abraçar os clientes. Os antigos desertavam, embora minha avó não tivesse aumentado os preços, ou só um pouco. O alegre burburinho dava lugar a um rumor civilizado: a época das toalhas sucedia à era da madeira.

Impossível esquecer a primavera de 1968. Yvonne não gostava nem um pouco de ver seu ídolo, o herói da Libertação, tratado sem consideração, pelo amor de Deus, o mundo está de ponta-cabeça. No sábado, 23 de março, nosso general duas estrelas jantava no chef três estrelas Paul Bocuse: no cardápio, consomê madrilenho; quenelle lionês de lúcio com caudas de lagostim; frango de Bresse e morangos Melba; a refeição regada a um Moët & Chandon 1959 e um côte-de-brouilly Domaine de Conroy 1967. Enquanto isso, herdeiros desafiavam os cassetetes. "Uns garotos, que estão brincando de causar medo. Espere até junho, todos vão sair de férias." Yvonne não se enganara. Aurélia não veio naquele verão: eu a imaginava guiando o povo, com o torso nu sobre as barricadas, e tremia por ela. Tudo isso para dar o contexto. Num domingo de maio, portanto, dois homens se apresentam, eles não têm reserva, já é tarde. A sala está lotada, mas Yvonne arrasta uma cadeira, o grande quadro-negro e consegue um lugar para eles, o suficiente para matar duas fomes. Eu os acomodo, eles agradecem educadamente. Acho os dois um pouco estranhos, arrumados demais, o mais jovem não para de alisar a gravata, como que impressionado com sua própria aparência; posso ver que não são daqui. Nada, no entanto, que desperte nossa desconfiança. Naquela noite, enfrentamos um grande problema: a cozinha está com poucos produtos. Sem peixe nem carne vermelha, sem nenhum crustáceo, apenas o suficiente para cozinhar um magret de pato e um fígado de vitela. Sou encarregado de lhes comunicar o ocorrido: o mais velho me tranquiliza, façam o que quiserem. Transmito o que ouço à minha avó, que me manda colher vagens imediatamente. Os dois homens não dizem nada, mas raspam o prato e o cesto de pão (lembro de ter pensado que deviam estar morrendo de fome). Eu já tinha esquecido deles quando, três meses depois, meu pai, ao voltar da aldeia, entra correndo na cozinha e, sem abrir a boca, estende o jornal para sua mãe. A notícia ocupava a capa do *Sud-Ouest*: Chez Yvonne tinha acabado de receber sua primeira estrela no Guia.

Eu nunca acreditara de verdade na existência do Guia, cuja menção, sempre em voz baixa, bastava para alarmar até o cozinheiro mais robusto. Falava-se da mesma maneira que de um ogro, escondido no fundo da floresta, prestes a acabar com o infeliz cozinheiro que tivesse a ousadia de abrir uma taberna. Aquela criatura fantástica se debruçara sobre nossa modesta estalagem e assim nos tornávamos, do dia para a noite, "a melhor mesa da região". Todos os importantes do departamento começaram a desfilar à nossa porta. Yvonne recebia aqueles verdadeiros comilões com a mesma gentileza de sempre, eles vinham primeiro com as esposas, depois voltavam com a família, mais tarde com amigos. Um editor regional nos pediu dinheiro para publicar um livro de receitas, meu pai o expulsou. Minha avó piscava sob os flashes, ah, vocês sabem, sempre cozinhei do mesmo jeito, como minha mãe antes de mim, e seu pai antes dela. A lenda familiar estava em marcha. Certa manhã, o carteiro chegou com uma carta vinda de Lyon, assinada por Eugénie Brazier. Ela a parabenizava pela distinção e anunciava que passaria o bastão a seu filho Gaston. Yvonne virou o rosto e enxugou os olhos com um pano de prato. O mais engraçado é que ela não ganhara a estrela por causa de seu lavagante, seu linguado ou seu faisão, que ela gostava de grelhar até borbulhar, mas com uma "salada de vagem crocante, foie gras e vinagre da casa". Vagens que eu fora colher minutos antes e que tinham chegado ainda vivas ao prato dos avaliadores: "As vagens tinham um perfume de orvalho noturno e jardim. O vinagrete era leve, um pouco adocicado. Um prato excepcional, de extrema simplicidade. Experimentamos a cozinha do futuro, consumimos a natureza no prato". Então eu tinha comido pratos estrelados a infância toda! Eu não conseguia acreditar. Naquele dia, Yvonne se tornou oficialmente a "Mère Renoir".

"Uma estrela, rapazes!" A Mère Renoir tinha lágrimas nos olhos, sua voz engasgava. "Estudei até o primário, vivi a guerra, o racionamento. Essa estrela é nossa, ela pertence a todos nós, a vocês e aos que nos deixaram, Caruso, Pirata e mesmo Paulo, que abre a torneira do molho." A equipe se alegrava de vê-la tão feliz, mas ninguém sabia para que servia uma estrela: eles ganhariam mais dinheiro? Dias de descanso adicionais? A única resposta honesta seria: problemas. Tornou-se impossível para a Mère Renoir abandonar o navio. Um decreto real acabava de nomeá-la comandante. Paris solicitara nossa tripulação para servir aos interesses superiores da gastronomia francesa. Ela morreria no convés, com um capão na mão direita e um pombo na esquerda. Todas as forças à disposição seriam necessárias. Então Yvonne inspecionou as tropas e seus olhos acabaram pousando sobre mim, venha cá pequeno. "O que acha de se tornar meu aprendiz, de ter um lugar na cozinha?" Yvonne era a única com poder de me aliciar. Balancei a cabeça sorrindo. Minha chegada oficial aos fogões foi saudada com um concerto de garfos e panelas. Minha avó me estendeu um avental três vezes maior do que eu. Amarrei-o febrilmente, todos riram ao me ver tão desajeitado. Na cozinha, todo embaraço desapareceu – era o que deviam sentir os cavaleiros medievais ao vestir a armadura. A partir daquele momento, mais nada poderia me atingir. Meu pai avançou em minha direção e me abraçou. A vida talvez tivesse planos para mim, no final das contas.

Capítulo 8

Natalia acorda, deitada sobre um leito estreito, contra uma parede. À frente dela, dez jaquetas Bragard de um branco ofuscante, com três estrelas, pendem de cabides de nogueira. A sala retangular, com pouquíssimos móveis, era o refúgio de Paul. Ele às vezes se fechava ali, entre dois serviços, para uma sesta rápida – aprendiz, ele aprendera a dormir até de pé. Por meio de oito câmeras de segurança, ele vigiava o que acontecia dentro e fora do restaurante. Ultimamente, era onde passava a maior parte de seu tempo livre. Natalia se endireita e se apoia na parede. Sobre uma mesinha de cabeceira, um copo d'água, uma caixa de paracetamol 1000, uma salada de frutas coberta com filme plástico e um pacote de biscoitos Digestive. Ela engole um comprimido, sem convicção: a enxaqueca começara na véspera. Quando entrara no quarto, Paul estava deitado na cama, os braços ao longo do corpo. Parecia dormir. A espingarda caíra do lado direito. Nenhuma mancha nas paredes ou no teto. Somente um forte cheiro de pólvora e sangue nos lençóis. Ela não viu o rosto dele. Os bombeiros chegaram vinte minutos depois.

Paul se suicidou como Dimitri Orlov, o pai de Natalia, com a diferença de que este utilizara a arma de trabalho do Serviço Federal de Segurança, uma pistola TT-30. Natalia fugira de Moscou com a mãe, primeiro para a Inglaterra, depois para Paris. Quando ela o conheceu, Paul Renoir era apenas um chef de província que crescera rápido demais. A ex-mulher não estava à sua altura, uma pessoa muito esforçada mas desprovida de ambições. Natalia se limitara a encorajá-lo a se tornar o homem que ele deveria ter sido há muito tempo. Ela lhe ensinara a desconfiar. Apesar de alguns embaixadores bonachões, o mundo da gastronomia se aparentava com o do luxo, do qual seria, de certo modo, o primo rechonchudo. Natalia conhecia seus mistérios por ter sido o rosto de uma marca de cosméticos durante os estudos de Direito: um meio minúsculo, estreito demais para a quantidade de pretendentes e egos. Aqui, como lá, o talento importava menos que a posição, as vaidades venciam a elegância e os "amigos" mediam nosso triunfo pelo tamanho de nossa queda. Ninguém com quem contar. Ninguém em quem confiar.

Natalia, que se orgulhava de conhecer o espírito dos homens, não vira aquilo chegando. Nos últimos tempos, ele parecia ausente, somente na companhia de Clémence parecia despertar. Um cansaço passageiro, o desgaste do trabalho: ela não se preocupara. Se todos os russos que sentissem um vazio na alma fossem se atirar pela janela, a Rússia seria uma grande planície cheia de cadáveres. As pessoas lhe pediriam explicações, ninguém se compadeceria dela. É assim: as mulheres sempre são culpadas e as russas mais que as outras. Mas Paul e Natalia Renoir tinham se amado, e aquele restaurante era um projeto *deles*. Natalia não poupara nenhum esforço para que ele nascesse. Annecy fora ideia sua. Ninguém roubaria o que eles tinham construído. Ela se prometera isso ao sair para reconhecer o corpo do marido no necrotério. Vou fazer isso por nós, Paul, e ela falava sério. Alguém bate suavemente à porta. Natalia se levanta, arruma o tailleur. Nas telas, os caminhões da televisão circundam a propriedade.

Les Promesses, fortaleza sitiada. Os inimigos montaram acampamento atrás das grades do castelo. O relatório policial acaba de confirmar o suicídio num breve comunicado. Os resultados da autópsia serão informados à família. Tudo beira o folhetim outonal, talvez não tão palpitante quanto o Caso Flactif ou a Matança de Chevaline, mas é preciso reconhecer na Alta Savoia um certo senso do trágico. Para a mídia, o período outonal é medonho. Sem eleições ou qualquer atentado a disseminar. Nesse contexto deprimente, a morte de Renoir é um prato apetitoso. A hashtag #paulrenoir vai parar no top 10 dos trends do Twitter. Especialistas invadem as telas. Sempre os mesmos: um "blogger influente" e baixinho, um *foodista* musculoso e barbudo, embaixador do *street and slow food*, sempre de camiseta polo, e o incontornável Gérard Legras, jornalista local à moda antiga, um sujeito tão guloso que chegava a comer as próprias palavras. Cada um defende seu ponto de vista, disso depende a credibilidade de seu posicionamento midiático. Discussões por ninharias, socos sobre a mesa e muitos perdigotos, quem perder mais saliva ganha. Nos bastidores, os responsáveis pelas redes sociais tuítam as *punchlines* de seus campeões. A morte de um chef da estatura de Paul Renoir é uma dádiva. Menciona-se o assédio nas cozinhas, o preço absurdo dos restaurantes estrelados, o aquecimento climático, os conspiradores da trufa negra. E o morto, em tudo isso? Que descanse em paz, coitado. A grande feira da audiência já não precisa dele.

No alto do Col de la Forclaz, espreita-se o fim da tempestade. Os homens que repintaram o quarto de Paul saem discretamente. As equipes do hotel e do restaurante são obrigadas a tirar férias atrasadas. Natalia concede uma única entrevista a uma jornalista do *Yomiuri Shimbun*, vinda especialmente de Tóquio: "A morte de Paul não afetará a qualidade de nosso restaurante", ela insiste. Sua atitude não transparece nenhum nervosismo. Uma viúva muito profissional. No entanto, ela não responde à única pergunta que realmente importa: o que levou o grande Paul Renoir ao precipício, meses depois de ser sagrado o melhor chef do mundo? Este último, que descanse em paz, não facilita as coisas. Na opinião de todos, era um homem gentil e discreto. Ele cumprimentava os presentes quando entrava na padaria e quando saía também. Nem um pouco pretensioso, longe disso, e conhecido até mesmo na América. A mídia não sabe o que fazer com um cliente desses. Sem amantes, sem herdeiros ilegítimos. Ela precisa esperar até a manhã de quinta-feira, ou seja, 48 horas depois do anúncio oficial da morte, para finalmente conseguir lançar a bomba que o público esperava. Estava na hora. Como em Edgar Allan Poe, o culpado era tão evidente que ninguém o vira.

O suicídio do chef Paul Renoir, na manhã de segunda-feira, a três meses da publicação do Guia, lembra tristemente o de Benoît Violier, em 31 de janeiro de 2016, e de Bernard Loiseau, em 24 de fevereiro de 2003. Os três chefs, que se mataram com espingardas de caça, tinham sacrificado tudo para obter a recompensa suprema: as míticas três estrelas que os fizeram entrar para a História. Mas Paul Renoir estava prestes a perder sua terceira estrela.

Gérard Legras se afasta da tela e coloca a mão sobre a barriga. Da mãe bretã, ele herdara o pescoço de touro, o amor pelo *crème fraîche* e um estômago do tamanho do Coliseu. Do pai, ele tinha um pequeno copo de prata e o senso da frase de efeito. Fazia vinte anos que sua caneta assassinava alegremente as mesas indignas de receber seus favores. O mistério Renoir será seu Watergate. Ele acrescenta um título: "Paul Renoir: crônica de uma morte premeditada". Seu texto produz o efeito de uma pequena bomba. A mais alta instituição gastronômica internacional divulgara no Twitter uma mensagem de pêsames bastante sóbria, com uma fotografia em preto e branco do chef. Legras, inspirado, decide arriscar tudo e, no mesmo dia, no jornal da uma da tarde na televisão, olhos nos olhos, com a voz vibrante, ele intima o Guia a "se explicar o mais rápido possível": Paul Renoir seria rebaixado, sim ou não? O Guia não responde. A direção aceita ceder em sua discrição apenas para publicar um comunicado de três linhas declarando que "se recusa a participar de polêmicas, por respeito ao falecido e à sua família". O jornalista local ergue um dedo para o céu e revira os olhos: "O Guia detém uma informação capital, que se recusa a divulgar. Porque só pode ser culpado". Depois disso, ele se empertiga, orgulhoso de sua verve, e as luzes se apagam.

 O estacionamento do Les Promesses se esvazia em duas horas. Alonzo junta os maços de cigarros, as latinhas, os copos de plástico, as embalagens de Pasta Box e enche três sacos de lixo. Os jornalistas decidem dar uma chance ao último ato: o enterro, no sábado seguinte, em Annecy.

Capítulo 9

Uma feliz maldição. Era assim que minha avó, no fim da vida, definia a obtenção da estrela. A medalha costurada em sua jaqueta se tornara cada vez mais difícil de carregar. Primeiro, precisamos nos adaptar a um tipo de clientela, urbana e burguesa, que pouco conhecíamos. Contratamos um valete de estacionamento, plantamos árvores ao longo da alameda, asfaltamos o estacionamento. Depois, contratamos. Os jovens ajudantes de cozinha dos restaurantes da região chegavam em busca de aventuras, mas a maioria desaparecia no fim do dia, o mais resistente aguentou um mês. No restaurante, tornar--me aprendiz mudou minha condição. Agora todos podiam me pressionar sem temer as reprimendas de minha avó: lá dentro, estamos presos uns aos outros e qualquer passo em falso de minha parte corria o risco de fazer o edifício inteiro desmoronar. Nossos novos clientes não hesitavam em ignorar certas imprecisões com verdadeira gula. Na época, percebi que precisamos nos antecipar a suas vontades. O diretor de sala deve sufocar a menor centelha. Ele precisa saber, antes do próprio cliente, o que este deseja e antecipá-lo em tudo, até no banheiro.

 Depois de um mês, nossa clientela próxima desaparecera. A estrela inspirava tanto respeito quanto temor. Os clientes dos arredores temiam não estar à altura. Particularmente afetada, a Mère Yvonne decidiu organizar, um domingo por mês, um cardápio "estalagem", de trinta francos, com vinho e café inclusos – nada ambicioso, carnes assadas e a colheita da horta. Qual não foi sua surpresa ao se deparar com os mesmos que, na véspera, estavam dispostos a desembolsar o triplo! Para favorecer os vizinhos, ela decidiu parar de aceitar reservas. Os primeiros a chegar eram os primeiros a ser servidos. Mais uma vez, porém, os clientes abonados chegavam às onze horas. Yvonne colocava mesas na rua e horas depois todos continuavam confraternizando, com tapinhas amigáveis nas costas. Os domingos "estalagem" muitas vezes se prolongavam até ficar escuro. Alguns sesteavam no carro, para continuar à noite. Enquanto isso, minha avó encolhia em silêncio. Ela caminhava mais devagar e se apoiava numa bengala para colher acelgas e vagens. Meu pai instalou uma poltrona para ela no canto da cozinha, de onde ela dirigia o serviço, com a ponta dos dedos, como um maestro. Ela inspecionava os molhos, mordia os legumes, apalpava as carnes. Apesar da visão prejudicada por um glaucoma inoperável, nada lhe escapava. Ela já não dava golpes de espátula no ajudante de cozinha que esmagava as flores das abobrinhas, mas cuidava de tudo. Nas tardes de sexta-feira, ela ia a Auch com meu pai, consultava especialistas ou fazia exames. Ela nunca mencionava seu estado de saúde. Uma noite, ao voltar de uma dessas consultas, meu pai ficou com ela dentro do carro, estacionado na frente do restaurante, por uns bons vinte minutos. O suave canto dos grilos preenchia a noite. Ao sair, Yvonne abraçou o filho com força.

    Na semana seguinte, eu estava sentado num banco do Toulouse-Montparnasse, vagão 7, segunda classe, ao lado de Marcel, que fumava um cachimbo, o cenho franzido, rosto voltado para as paisagens que passavam. Minha avó, em contrapartida, ocupava o silêncio. De Paris, ela tinha uma imagem nebulosa, fantasiosa, inspirada em antigos cartões-postais e nos relatos dos que voltavam de lá – e que, necessariamente, exageravam. Ela tinha ouvido a descrição de botequins enfumaçados, nos quais bastava puxar um banquinho ou um tonel vazio para ser servido de uma tigela de feijões-brancos cozidos demais e uma taça de vinho verde que fazia chorar de tão ácido. Ela também tinha ouvido falar das mulheres elegantes, dos grandes hotéis repletos de mármore, dos salões cobertos de tapeçarias, no fundo dos quais a boa sociedade se encontrava para beliscar merengues molhados no chá. Chegara a hora de ver tudo com os próprios olhos. Eu ouvia, mudo de excitação, pois também nunca tinha saído da aldeia. Eu apenas esperava que meu coração aguentasse até o fim da viagem. Fomos ao Quai de la Tournelle naquela mesma noite, às oito horas em ponto. Eu não sabia para onde olhar. Tudo brilhava. Nenhum sinal de escuridão, apenas uma ínfima promessa de sombra numa ruela adjacente. A noite fora expulsa, a cidade era aquela luz, projetada por postes que lembravam flamingos cor-de--rosa, que, com seus pescoços intermináveis, observavam com curiosidade o pequeno garoto que eu era. Notre-Dame, à frente, habitava o céu com sua massa escura e inquietante.

No número 15-17 do Quai de la Tournelle ficava o mais antigo restaurante do mundo: La Tour d'Argent. Diabos, como era estreita aquela entrada, quase tímida, escondida! No entanto, fora de fato ali que o rei Henrique III conhecera o garfo com três dentes, usado por aristocratas milaneses que estavam de passagem por Paris e cuja cortesia (um fidalgo o presenteara com um) abalaria para sempre a gastronomia francesa. Fora ali que Luís XIV comera um ganso com ameixas, o prato favorito do cardeal Richelieu. O La Tour era especialista em aves: o *canard au sang*, servido numerado, reinava majestosamente desde o final do século XIX. Depois de Franklin D. Roosevelt, de Édith Piaf e da rainha da Inglaterra, o La Tour d'Argent se preparava para receber Yvonne Renoir, dona de estalagem. Na época, se tivéssemos conhecido a ilustre identidade de nossos predecessores, teríamos hesitado antes de entrar. Mas não muito. Minha avó estendeu sua bengala a Marcel e foi a primeira a passar pela porta, como uma aventureira tomando posse de um território inexplorado. Ela usava um vestido preto e, preso no topo da cabeça, um coque grisalho. Apareceu um senhor de bigode, gravata-borboleta, cheio de vagar e afetação, imagino que os senhores tenham uma reserva. Minha avó assente com convicção. Renoir, Yvonne Renoir. Cenho franzido, o sujeito pede que minha avó repita. "Renoir, como o pintor, ora!", eu digo. O sujeito me encara, perplexo. Por aqui, por favor.

Marcel dá passinhos miúdos na sala de cortinas pesadas, talvez tomando consciência das roupas que está usando, um pouco puídas nas mangas, ele pensou que passaria despercebido mas vê que não. Conheço Marcel como a palma da minha mão. Ele gostaria de desaparecer, cavar um buraco e sumir, que ideia Yvonne foi ter também, eles poderiam ter festejado a estrela no salão de festas da aldeia junto com todos os moradores, o salão de festas está bonito depois que foi renovado, as obras foram financiadas pela associação de belote e pelo Chez Yvonne, é claro. Mas não, Yvonne quis marcar a ocasião. Aquilo vai custar um rim. Yvonne não tem pressa. Ela atravessa a sala em câmera lenta. Eu a observo de canto de olho. Ela mal se move, seus olhos dançam, ela inspira, imagina as preparações, as cozinhas brilhantes, o chef, capitão à frente de uma brigada de oficiais. E ali, bem no meio de uma janela, Notre-Dame de Paris! Só existe um restaurante assim no mundo. E ela, Yvonne Renoir, filha de uma lavadeira que se tornara cozinheira e de um amolador de facas com bom faro, está dentro dele.

O garçom puxa as cadeiras para nós, de modo que só precisamos pousar delicadamente nossos traseiros, primeiro minha avó, depois vovô, eu por último. Sob meus pés, o carpete, espesso e macio, me lembra os marshmallows da infância. "Meu jovem, poderia fazer a gentileza de recolocar os sapatos?" Risadas na sala. Abaixo a cabeça, envergonhado, e deslizo os pés dolorosamente para dentro dos sapatos novos comprados na véspera. Yvonne sorri: Paulo, meu pequeno, vá lavar as mãos. Um garçom me acompanha ao banheiro. Por um momento, temo que ele me espere na frente da porta. Quando saio, não há ninguém. Vejo à direita uma grande sala fechada, com uma escotilha na altura de um adulto – as cozinhas! Ergo-me na ponta dos pés para avistar um pedaço de touca, deve haver umas cinquenta pessoas lá dentro! Mais silenciosas que padres. Então é assim um grande restaurante? A porta de dois batentes se abre bruscamente e mal tenho tempo de me colar contra a parede e ver dois discos voadores, levados na ponta dos dedos por um jovem apressado. Eles não lembram nada do que conheço, tudo parece simples, justo e organizado, nenhum ingrediente toca o outro. Nossos pratos eram tempestades, uma balbúrdia de sabores, aqueles são pacíficos.

Assim que coloco as pernas para baixo da mesa um garçom nos apresenta o menu com ênfase, quase batendo os calcanhares no chão. Meu avô abre o cardápio de couro, lentamente, o mais lentamente possível, como se temesse que os pratos o atacassem, ele espia ali dentro com prudência, seu coração se aperta contra o peito, ou é sua carteira, se encolhendo de preocupação. Ele começa aos poucos, pelas entradas: sua mandíbula cai no prato. Como é possível que um alho-poró custe tão caro? E eles vêm do lado de nossa casa, talvez até do campo dos Toulousi. Se ele soubesse, teria trazido uma caixa. Yvonne sorri, recita em voz baixa, os olhos semicerrados. A cada nome, ela se encolhe de satisfação. Está com fome, Paulo? Balanço a cabeça. Muito bem, ela diz, queremos o *grand menu*. Excelente escolha, senhora! Que audácia! Meu avô sufoca, desabotoa a camisa. Enfim, está bem, se é o que ela quer. Ele nunca a viu daquele jeito, Yvonne tem velas bruxuleantes nos olhos, quase ficou com ciúme; nem no casamento deles ela esteve tão feliz.

Ovos mexidos com trufas, quenelles de lúcio, pato Mazarine com laranja para dois e suflê princesa Elizabeth: cinquenta anos depois, ainda lembro de tudo que comi naquela noite. A refeição acontece em meio a um silêncio meditativo. Tudo me fascina e me impressiona, a passagem dos bastidores para o palco, os corpos elásticos, o prato morno que o diretor de sala gira um quarto de volta sob os olhos atentos dos convivas, e até a luz filtrada que só ilumina o prato, centro das atenções, paisagem em miniatura, razão única daquela maquinaria desmesurada que um grão de poeira poderia arruinar. Meu avô paga a conta estratosférica sem pestanejar e, com certo garbo, deixa uma gorjeta. Ora, Marcel, não seja pão-duro, murmura Yvonne com sua voz sonora, deixe uma nota a mais para ele. Meu avô revira os olhos, não tem mais nada. A situação é salva *in extremis* por um senhor quarentão. Ele se apresenta: Claude Terrail. E abraça minha avó. "Yvonne Renoir! Em seu restaurante comi o melhor *pâté en croûte* da minha vida!" Ela fica vermelha e começa a gaguejar. A senhora teria um instante?, ele pergunta, para conversar entre colegas. Alexandre, leve-os para o pequeno salão, um conhaque para o senhor, docinhos para o jovem rapaz. E Terrail se afasta, de braço dado com Yvonne. Marcel não diz nada, ele sente um zumbido nos ouvidos, confere de novo e de novo a conta, mentalmente. Quando minha avó reaparece, longos minutos depois, Marcel lhe devolve a bengala. O homem de suíças nos escolta até a

entrada, nos agradece e nos devolve à noite. Está frio, estamos sozinhos. Então, pergunta Marcel, o que ele queria?
– Saber minha receita de patê Richelieu.
– Você deu?
– Por que não daria? E também a de pato de Sologne, com legumes em vinagrete e creme de caça. E até da minha salada de vagem.
– A da estrela?
Marcel engasga. Maldito! E a pobre Yvonne, deslumbrada, não entende nada. A Mère Yvonne dedica o ano seguinte a refinar seus molhos e depurar suas apresentações, em outras palavras, a moderar sua generosidade. Um cozinheiro generoso demais é como um escritor que sorri: inconfiável. Quando há muito no prato, é porque ganhamos em quantidade o que perdemos em qualidade. Quando o escritor parece feliz, é porque não sofreu o suficiente, embora esteja aqui para passar maus bocados. Yvonne reduz as porções, com um único pedaço de porco serve dois pratos, decide cortar os legumes em *brunoise*, em cubinhos bem pequenos, "mais refinados", diz ela. A experiência no La Tour a marcou para sempre. Outro incidente ocorreu no Quai de la Tournelle, ah, um acontecimento minúsculo, imperceptível, ignorado por todos os protagonistas e pelo principal interessado: naquela noite, um garoto de onze anos cruzou seu destino.

Capítulo 10

Christophe tinha vestido terno uma única vez na vida: por ocasião do enterro de sua mãe. Paletós o deixam desconfortável, ele se sente fantasiado. O jovem encolhe a barriga, prende a respiração, fecha o botão superior – deve dar. Ele engordou, pois se alimenta mal, como todos os cozinheiros, incapazes de comer refeições decentes em horas adequadas. A náusea volta. Ele mergulha a nuca sob a água gelada e se deixa engolir pelo sofá. O teto adquiriu uma cor azulada, as fissuras, lá no alto, desenham uma complexa rede hidrográfica. A noite começa a clarear, logo o sol nascerá. Christophe não dorme há 24 horas. O dia será longo.

Na véspera, uma nota de falecimento fora publicada no *Le Courrier Savoyard*.

> Annecy, Les Promesses. Natalia, sua esposa; Clémence, sua filha; Mathias, seu filho, seus familiares e amigos, bem como todos os fiéis colaboradores do Les Promesses têm a profunda dor de comunicar a morte de Paul Marie Renoir, cozinheiro e hoteleiro, aos 62 anos. A cerimônia fúnebre será realizada no sábado, às 11h30, na Basílica da Visitação. Todos os annecianos, próximos ou não, estão convidados a

prestar suas homenagens. Pede-se que os colegas de profissão vistam sua jaqueta branca de cozinheiro. P.S.: Sugerimos a substituição de flores e coroas de flores por doações aos serviços de emergência e aos bombeiros da região.

A mensagem também é compartilhada nos sites da região da Alta Savoia, bem como na plataforma *Libra Memoria*, na aba "Mortos Famosos". Como Paul Renoir não deixara nenhuma instrução específica a respeito de sua morte, o enterro seria no pequeno cemitério de Saint-Germain-sur-Talloires. Com um algodão úmido, Yumi limpa as pálpebras. Aquele é seu primeiro enterro. Ela está nervosa. Gilles tentou tranquilizá-la, o importante é manter a dignidade. Caminhe lentamente, não sorria, seja japonesa e se sairá muito bem! De todo modo, estaremos todos juntos. Yumi, na frente do espelho, arruma a gola da camisa de seda, as pregas da calça creme. Depois de uma última passada no banheiro (desde a infância, sua bexiga é o barômetro de sua ansiedade), ela desce os dois andares que a separam da calçada, a tempo de ver aparecer a Ducati vermelha. Christophe levanta a viseira e estende um capacete para a chef confeiteira: "Já subiu numa moto?". Sua resposta é abafada pelo barulho do motor. Propulsionada para trás, ela agarra a jaqueta de couro do sous-chef, cuidando para não passar o braço pela barriga dele. Ela fecha os olhos e se deixa levar. Minutos depois, Yumi pisa no chão de um estacionamento cinza com o estômago embrulhado, mas viva. Ela levanta os olhos, boquiaberta. Construída na Crista do Mouro, a Basílica da Visitação inspira respeito imediato, como um reflexo: o passante abaixa a cabeça e roga a Deus que não o fulmine ali mesmo. Acima do campanário, uma cruz de bronze encara bravamente o maciço de Semnoz e os Dentes de Lanfon. Logo abaixo, um vulto apaga o cigarro com o pé e caminha até eles. Terno listrado Delaveine, barba de quatro dias, rosto tomado por tiques nervosos. Diego faz uma careta ao perceber a presença de Yumi: "Desde quando você vem com ele?".

A jovem não ouve. O imenso retrato de Paul Renoir, acima do adro, bate ao vento. Quando ela o conheceu, em Tóquio, não passava de uma jovem aprendiz, tímida e sem experiência, mas com um sonho. Ela quase desmaiou quando Paul Renoir a convidou para ser aprendiz confeiteira. Agora que era chef, Yumi pressentia que nunca encontraria um restaurante à altura do Les Promesses. Aquele lugar era um privilégio, uma bolha de temperança: falavam-se cinco línguas diferentes, os talentos se manifestavam segundo as personalidades e estações. Yumi sabia o que acontecia em Paris, Bordeaux, Le Mans ou Angoulême, seus amigos japoneses lhe falavam das brincadeiras de mau gosto, dos trotes, do óleo fervente, do "golpe da colher". Um chef incensado fechava a porta do banheiro à chave, os aprendizes eram obrigados a usar fraldas durante o serviço. Todo mundo sabia, ninguém falava. O que se deveria dizer? Que os chefs são egocêntricos, violentos e autodestrutivos? Ossos do ofício. A busca da perfeição está, por definição, fadada ao fracasso. Excelência diária? Uma miragem alimentada por um punhado de iluminados e perpetuada por discípulos mais doidos que seus patrões. #MeToo? Sinto muito, não se fala sobre isso. O mundo da cozinha continua sendo a ilustração moderna mais eloquente do darwinismo social: os que triunfam não são os mais dedicados nem os mais talentosos, mas os que conseguem sobreviver. A alta gastronomia é uma arena, os chefs são gladiadores, e seu *morituri te salutant* poderia ser traduzido da seguinte forma: se não estiver disposto a arriscar a própria pele, torne-se pizzaiolo.

Yumi contrai a bexiga, olha em volta, sente um incômodo, as pessoas começam a chegar. E nenhum banheiro. Ela avista um pequeno bosque, afastado, sai correndo, abre os botões, se agacha. Galhos estalam atrás dela, que mal tem tempo de puxar a calcinha. Dois homens descem uma pequena encosta e passam por ela sem vê-la. "É triste para o velho, mas só podia. Assim vai criar espaço. A região começa a ter gente demais. A corrida pela terceira estrela foi lançada. O sous-chef não vai mantê-las por muito tempo. Não tem força mental, vontade..." O homem de sotaque estranho e riso desagradável ela nunca tinha visto. O segundo, em contrapartida... Ela reconhece imediatamente a nuca limpa de Yann, o diretor de sala. Os dois se separam, para não serem vistos juntos. Quando Yumi volta para a praça, dois oficiais de uniforme abrem caminho para um Mercedes azul metalizado que desliza em silêncio até os degraus da igreja. Yann Mercier corre para abrir a porta do carro. A rainha-mãe pousa um salto no asfalto, seguida pela filha Clémence. O prefeito e sua esposa lhes dão os pêsames, Natalia Renoir agradece quase sem mexer os lábios. Yumi admira sua inteligência no vestir. Um casaco de lã de caxemira escuro, vestido tubinho preto, um discreto Saint Laurent. Sem joias, rosto pálido, nenhum sinal de maquiagem: uma potência silenciosa e intimidante. Natalia aperta a mão da confeiteira, Clémence a abraça.

"Todo mundo está aqui", sussurra Yann à sra. Renoir. O sr. Henry MacRury, o mordomo, usa um kilt escocês sob um paletó xadrez. Diego zomba do colega, eu deveria ter vindo de toureiro! Gilles assoa o nariz ruidosamente, sinto muito, não consigo evitar, estou assim desde que acordei. Alonzo toca um joelho no chão, ao pé da igreja, que a Virgem perdoe nosso chef e o livre de seus sofrimentos. Natalia Renoir passa por eles, pede notícias a alguns, pergunta como vão os outros, eles respondem que estão "aguentando firme", um pouco surpresos, ela nunca era tão atenciosa. Um aprendiz acha que a entrada da basílica parece o foguete da HQ *Rumo à lua*, de Tintim. O silêncio se instala. Os maços de Marlboro circulam, uma garrafa de rum também. O vento sopra. A poucos metros, outro grupo, mais ruidoso. Abraços e beijos sonoros entre "os de Annecy", os barões locais. Laurent Petit, do Clos des Sens, Yoann Conte, do La Maison du Lac, Jean Sulpice, do La Maison Bise, Maxime (sem René, acamado), do La Bouitte, e também Stéphane Buron, do Black Bass, em Sévrier. Mestre Veyrat não desceu, observa Emmanuel Renaut, sorrindo de canto de lábio, chegado de Megève num jato particular. Élodie, Magali e as outras esposas se mantêm a poucos metros de distância. Os de Annecy se juntam aos do Les Promesses, eles se conhecem bem e se admiram o suficiente para se espionarem. Christophe se mantém à parte. Ele não está com humor para gentilezas, não está com humor para nada. Tudo é tão lento, cada segundo parece se esticar até o limite do tolerável. Uma consulta ao relógio. São dez e quinze quando tem início o balé dos senhores e dos cortesãos. Que demora.

– Se o chef queria um enterro modesto, se deu mal – comenta Gilles. – Está parecendo *O poderoso chefão*...

Uma dezena de sedãs de vidros escuros se aproximam com lentidão, algumas BMW, vários Porsche, dois Audi SUV. Os policiais se afastam respeitosamente diante daqueles claros indicadores de sucesso social. Eles vieram, os grandes nomes da gastronomia francesa estão todos estão ali, Ducasse, Blanc, Guérard, colarinhos azul-branco-vermelho, o grupo de Frechon, a gangue dos lioneses, até Pierre Gagnaire, cercado por Roellinger e Michel Bras, de muletas. Depois, obviamente, Jacques Tardieu, o confidente, velho amigo. Todos de avental branco, condecorações no peito. Uma verdadeira abóbada estrelada. Atrás das grades de proteção se amontoa uma multidão anônima. Os amigos imaginários, os colegas de aprendizado, um bando de caçadores em roupas de caça com trompas e trompetes, vizinhos, curiosos, jovens, um punhado de maçons também. As pessoas são revistadas, têm as bolsas abertas, as garrafas plásticas confiscadas. Elas chegam de toda parte. O trânsito é interrompido. Somente o círculo mais próximo e os chefs amigos são autorizados a adentrar o lugar santo. Os outros seguirão a cerimônia fúnebre pelos telões instalados na rua. Os jornalistas poderão entrevistar os protagonistas à saída da igreja. Um ajuntamento se forma um pouco abaixo, ouvem-se gritos. Um carro esportivo buzina e freia ruidosamente. Um homem abre a porta, de gravata-borboleta torta e camisa de seda azul-marinho. Ele usa jeans. Resquícios de uma arrogância adolescente erguem ligeiramente seu lábio superior. Seus gestos são entrecortados, como se ele estivesse drogado. Seu sucesso é como ele: insolente. Hong Kong, Milão e Singapura, não há um estabelecimento que ele compre que não ganhe uma estrela. Chamam-no de "queridinho" do Guia, o jovem é invejado. Ele afirma não estar nem aí para prêmios e reconhece apenas um mentor: ele mesmo. "Não venho de nenhuma escola!", ele brada em todas as entrevistas. Ele não tem palavras suficientes para denunciar o domínio de seus colegas, que teriam "sequestrado" a gastronomia francesa. Nisso, ele não está totalmente errado: os arautos da transmissão gostam da juventude quando ela fica no seu lugar. Esses posicionamentos logo lhe valem o ódio do meio e o favor das mídias, das quais ele se torna um fornecedor de buzz quase oficial – alguns produtores tentaram contratá-lo, mas não conseguiram. Nenhum jornalista ousa lhe falar de seu pai. Mathias Renoir é um cavaleiro solitário, um rock star – e ninguém incomoda Iggy Pop.

A pequena senhora ruiva que caminha atrás dele pena para acompanhá-lo. Mas ela é chamada, segurada, abraçada, Betty, que prazer! E que tristeza nos encontrarmos nessas circunstâncias! A primeira mulher de Paul Renoir estende a bochecha a quem quiser. Régis Marcon a beija, Jacques Tardieu cai em seus braços. Ela tem lágrimas nos olhos, eles não a esqueceram. Então, Alain, ainda imperador da galáxia? Ducasse esboça um sorriso amarelo. Mathias Renoir, por sua vez, caminha com firmeza até a brigada do Les Promesses, como um bloco de pedra impassível, imobilizado pela gravidade das circunstâncias. Ele segura o braço de Natalia: "Precisamos conversar". A jovem viúva se solta com um gesto seco. Hoje não, aqui não, ela murmura entre os dentes. Diego e Alonzo cercam a patroa. O outro engole o orgulho: "Aproveite seu momento de glória. Nos vemos no advogado". Depois, avistando Clémence, ele muda o tom: "Como você está bonita... Vai tornar os homens infelizes... Como sua mãe". Alain Ducasse lhe dirige um aceno com o queixo, Mathias vai a seu encontro. O "Dom" é o único chef que ele respeita e teme.

– Sra. Renoir, está na hora. – Monsenhor Joly é um homem imenso de olhar doce e triste. O bispo parece carregar a tristeza do mundo nos ombros de sua batina preta. – Serei o primeiro a entrar na igreja, a senhora me seguirá, acompanhada de sua família. A primeira fileira está reservada aos próximos.

– A brigada entra comigo.

Às primeiras notas da *Toccata* de Johann Sebastian Bach, produzidas por um órgão monstruoso, Natalia Renoir sente um vento gelado passar por ela. A mão de sua filha se retrai dentro da sua. Paul está ali, entre eles. No cortejo, as pessoas se aproximam, sentem a necessidade de se sentir vivas. Mathias e Betty se sentam na primeira fila, do outro lado da nave. Os chefs os seguem. De repente, silêncio. Alguém tosse.

Depois do bispo, do governador e do prefeito, um homem, com o rosto macilento e encovado, se dirige ao estrado com lentidão. Dizem que está doente, os que o conhecem garantem que é assim que o espertalhão enrola os credores. Jacques Tardieu, chef multimilionário, dono de quinze brasseries de luxo espalhadas pelo mundo, coloca pequenos óculos dourados e abre com cuidado uma folha dobrada em quatro. Uma voz clara escapa de sua carcaça hierática. "'Não estou nem aí para o que disserem de mim depois de minha morte. De todo modo, não ouvirei nada. O importante, para mim, é o que meus clientes pensam, do momento em que telefonam para meu restaurante até o momento em que saem dele. É para eles que existo. O resto é secundário.' Assim falava nosso amigo, nosso colega, nosso irmão Paul Renoir. Ele não está mais aqui, como Bernard e Benoît antes dele. Sem avisar. Como eles, ele parecia indestrutível. Nós nos telefonávamos todos os dias, compartilhávamos nossas preocupações... Hoje, muitos de nós se sentem culpados. Porque não soubemos ver, ou não paramos para observar. Eu deveria ter ouvido melhor o que ele não dizia..." Incapaz de continuar, com a voz embargada, Tardieu enfia o papel no bolso. "Adeus, amigo... Você sempre queimou etapas e agora deve estar organizando a mesa lá no alto... Tenha certeza de que continuaremos fiéis à sua memória, e que cuidaremos de Clémence, sua filha."

Um cravo começa a *Sarabanda* de Haendel (suíte número 4, Yumi murmura mentalmente). Uma cadeira range. Natalia e Clémence avançam até o caixão, coberto por um lençol branco bordado com três estrelas vermelhas. Paul Renoir fora vestido com seu avental branco, a touca nas mãos, e o caixão foi fechado: Natalia não quisera rever seu rosto, nem expor o marido aos curiosos. Ela prefere se lembrar de sua excitação infantil, quando ele rabiscava uma receita num pedaço de papel, ou do dia em que eles pegaram um avião sem mais nem menos, só para comer uma pizza no Da Michele, em Nápoles. Sobre o tecido que cobre o caixão, fotografias emolduradas. Numa delas, o jovem Paul, de quinze anos, dirige um sorriso tímido para a câmera. Em outra, o chef brinca com lavagantes azuis; o retrato é assinado por Stéphane de Bourgies, Paul tinha acabado de obter as três estrelas. Entre as duas imagens, uma vida.

Clémence abafa um soluço. Natalia a afasta com carinho. Ela própria sofre para dissimular o terror que a invade. A igreja murmura enquanto ela passa, até o bispo parece lhe dirigir um olhar irritado. Ela adivinha o que pensam. Mas Paul abandonara a primeira família antes mesmo de conhecê-la. Um grito breve, como um rugido. Betty desaba ao pé do caixão, as costas tomadas por um calafrio. Mathias a acompanha até seu assento e sobe ao púlpito. O microfone continua ligado.

– Na família Renoir, sou o filho indigno!

Monsenhor Joly se aproxima, desesperado: "Senhor, o que está fazendo?". Mathias continua, e sua voz ecoa pelas paredes da basílica.

– Meu pai era um homem honesto: o mínimo que podemos dizer é que isso não lhe trouxe sorte. Vi-o duvidar, enfraquecer, desistir. Quem de vocês lhe telefonou quando a profissão e a mídia lhe viraram as costas? Quantos o ajudaram? Vocês são péssimos atores, meus caros...

A igreja murmura seu estupor.

– Senhor – implora o homem de Deus –, suas palavras não têm lugar nesta casa.

Ele faz sinal para que um diácono desligasse o microfone. Mathias sorri, em sinal de rendição, levanta as mãos como uma criança pega em flagrante.

– Não se zangue, monsenhor, só tenho mais uma coisa a dizer – ele limpa a garganta. – Meu pai apertou o gatilho sozinho, mas não esquecerei daqueles que armaram a espingarda.

Um clarim de caça soa ao fim da cerimônia. Na entrada da igreja, as abóbadas ecoam o excitante toque que antigamente indicava o encontro dos cães com a presa. Dessa vez, o lamento dos metais leva a alma de Paul Renoir, homem das florestas, colhedor de bagas, cozinheiro.

Mathias avança pelo corredor central num passo apressado, todos olham para ele, que não está nem aí, azar o deles. Na rua, a claridade o ofusca, agressiva. O céu brada seus tons de azul-claro. Ele desce correndo as escadas, protegendo os olhos com o dorso da mão. Quando ele a retira, um enxame de microfones se reúne sob seu queixo. O azul da Europe 1, o vermelho da RTL, outros de emissoras locais. "Como o senhor explica o gesto de seu pai? A quem o senhor se referia há pouco?" Ele se prepara para responder, mas as câmeras o deixam para ir atrás dos lábios volumosos de um homem de estatura imponente que arqueja e enxuga a testa. Gérard Legras em pessoa. "O chef Renoir e eu temos nossas diferenças, mas ele era um grande homem. Ninguém merece acabar assim!", ele afirma, colérico. "Ninguém tem o direito de brincar assim com a vida das pessoas... Esse Guia já não merece existir." Uma mulher na casa dos sessenta anos aparece, cheia de sardas, os olhos vermelhos. O homem corpulento se afasta, apoiado em sua bengala, todos sentem pena do pobre objeto.

Mathias fica um segundo ao pé das escadas, observando a multidão. Parecem cupins, ele sente vontade de buscar um pouco de querosene e herbicida. Algumas pessoas tiram selfies, com o retrato de seu pai ao fundo. E os imbecis sorriem! Ele odeia aqueles merdinhas tatuados, cujos looks supostamente refletem seus talentos. Você é barbudo, bem-apessoado, trata seus clientes com intimidade? Então necessariamente é um chef *locavore*, conhecedor de vinhos orgânicos, e planta tomates-cereja no teto de seu prédio. Ele nunca se considerou um cozinheiro, ele não tem essa audácia, prefere deixar isso para os que suam a camiseta, vão a fundo: o filho de Renoir é chefe de empresa. Seu trabalho é fazer a sociedade ganhar tempo. Ele antecipa sua evolução, espera por ela na próxima curva. Uma névoa leva até suas narinas os perfumes do incenso e dos círios ardentes. Mathias não lembra exatamente o que disse ao subir no altar, mas lava parece correr em suas veias, ele se sente pronto para devorar o universo. Um pouco adiante, os cupins se separam, voltam a suas miseráveis vidinhas cotidianas. Mathias não tem a menor dúvida: Les Promesses lhe cabe de direito. Do castelo de seu pai ele fará seu reino. Na base da escada, ele nota um homem, sozinho como ele, espremido num terno pequeno demais. Seus olhares se cruzam. Mathias reconhece o sous-chef de seu pai e acena para ele. O outro balança a cabeça, visivelmente contrariado. Ele é alcançado por Giuseppe Albinoni, que está com dois membros de sua brigada. Um segundo depois, Albinoni desaba dois metros adiante, de bunda no chão. O soco partiu do ombro, amplo, Christophe não se conteve. Albinoni se levanta, massageando o queixo: "Me ligue depois que pensar bem, Chris. Preciso de um maluco como você". Mathias já viu o suficiente. Seu pai nem foi enterrado e as pessoas estão se batendo. O futuro se anuncia auspicioso.

Uma nuvem passa pelo pequeno cemitério de Saint-Germain-sur-Talloires. Lá no alto, respira-se melhor. Os corações ventilam, as emoções batem com menos força. O eremitério de Saint-Gemain é o que há de melhor em matéria de solidão, uma versão imperial do exílio. A gruta austera que abriga o monge beneditino fundador da abadia de Talloires se abre para dois lagos e três picos, La Tournette, os Dentes de Lanfon e a Pointe de la Beccaz. Ali, as águas criam montanhas. Qualquer ser vivo, submetido àquela harmonia, acaba acreditando em

Deus. O chef colhia bagas de zimbro, artemísia e polipódio naquele ambiente, ele conhecia o cheiro da terra, ficará bem ali. Betty Pinson sai de um táxi. Natalia a convida para se juntar a ela. Betty recusa educadamente: "Vou esperar Mathias". A poucos metros, um homem assiste discretamente à descida do caixão – um colosso barbudo, vestido de montanhês, pulôver de lã e sapatos com sola tratorada. Ele se mantém à distância. Impossível distinguir seus traços.

Não há discursos. Plantado como um cipreste à frente da pedra tumular, o sr. Henry desfia em voz monocórdia um rosário de receitas. O vento leva para as copas das árvores uma tilápia *poché*, um pregado *nacré*, um coregonus defumado com borda de cerefólio, um salteado de vieiras assadas, o cordeiro de Quercy, um lavagante azul grelhado ao armanhaque, um frango de Pauilhac, um robalo do Mediterrâneo, um cordeiro dos Pirineus, uma paisagem de outono, alguns profiteroles. Christophe fecha a grade do cemitério: "Vamos para minha casa, pizzas por minha conta". Até o sr. Henry aceita o convite. Natalia se desculpa, da próxima vez, prometo, hoje estou exausta. O dia todo, ela fingira não notar a covardia dos amigos de Paul. Nenhum chef a cumprimentara. Somente Jacques Tardieu lhe sussurrara uma palavra de reconforto, depois que as câmeras tinham se afastado. Ela é a bruxa da história, que traz desgraça, a viúva má. Ela está sozinha agora. Paul não a protege mais. Ele sofria de vertigens e passará a morte à beira de uma falésia, acima de um abismo. Nas noites de solidão, sua alma talvez desça pelos caminhos das ovelhas para verificar uma glaçagem, um cozimento ou para se certificar de que lá embaixo alguém ainda se lembra dele.

Capítulo 11

Eu nunca tinha visto minha avó imóvel. Foi um choque. Ela estava deitada na cama, como que amarrada por fios invisíveis, braços ao longo do corpo, os olhos fechados, o rosto tranquilo. Seus cabelos, soltos, emolduravam seu rosto. Eles estavam completamente brancos. Era a primeira vez que eu entrava em seu quarto, um aposento cinzento e despojado, mobiliado com uma cama muito curta e um grande armário de carvalho escuro. Lembro também do imponente crucifixo na parede, ainda bem que ele nunca caiu em cima dela. Alguém colocara entre suas mãos a colher de sopa que ela usava na cintura do avental e usava para experimentar a base dos molhos todas as manhãs. A porta é bruscamente aberta pelo rosto redondo de um primo distante, que deposita um beijo na testa de Yvonne e sai gritando: "Pronto, mamãe, já me despedi". No campo, a morte tinha sido domesticada. O defunto só era enterrado depois que todos lhe dissessem adeus. Meu pai parou os relógios de pêndulo da casa, até o fim do funeral. Depois, ele subiu ao telhado para tirar algumas telhas, para que a alma de sua mãe escapasse sem bater nas vigas. Uma moeda foi colocada no bolso de seu vestido para que ela pudesse matar a sede a caminho do Paraíso, que, para nós, conta com sete estalagens – Yvonne Renoir com certeza teria uma mesa reservada em seu nome.

A Mère Renoir, armada de sua colher de sopa, com algumas doses a mais, era a promessa de uma boa refeição. Boca Preta, último sobrevivente da brigada histórica, se encarregou de anunciar a morte da rainha às abelhas, com medo de que elas não se dispersassem.

Yvonne teve a delicadeza de nos deixar numa segunda-feira, dia de folga. Meu avô morreu três semanas depois, sentado em sua poltrona, no alpendre da casa. Na família, temos a tristeza tímida. Uma espécie de tradição, questão de orgulho também. Meu pai perdeu os pais no intervalo de um mês. No entanto, nunca o vi tão ativo, estava cheio de energia e planos. Sua maneira de dissipar a tristeza. Talvez a morte de Yvonne também o tivesse libertado, vá saber. Ele tinha deixado de ser o filho, agora era o patrão.

Certa manhã, três enormes caminhões de entrega chegaram ao pátio da fazenda. Ajuntamento geral. Ajudo meu pai a descarregar. Fornos brilhantes, inox Schindler, coifa profissional. Fico de boca aberta. Aquele tipo de tecnologia custava uma fortuna. "Um amigo de sua avó acaba de nos dar cinquenta mil francos. Decidi investir tudo no restaurante."

Sentamos sobre as caixas e meu pai começou a me contar uma história antiga, que datava de setembro de 1945. "Eu tinha dez anos. A guerra chegava ao fim e ninguém mais queria morrer. Os soldados alemães aquartelados na região fugiram. Todos, ou quase. Estava tarde, naquela noite, quando dou de cara com um pequeno bando de cinco homens com roupas empoeiradas, vestidos como civis. Sua avó me acompanha. Um dos sujeitos levanta a espingarda. Yvonne não se abala e pergunta se eles estão com fome. Há um momento de silêncio, até que uma mão surge da escuridão e abaixa suavemente o cano da arma. Essa mão pertence a um jovem muito alto, muito magro. Ele se aproxima de sua avó. Não ouço o que eles dizem, mas um minuto depois Yvonne aponta na direção da fazenda. Eu corro à cozinha para preparar batatas, salame, queijo e uma garrafa de leite, tomo o cuidado de não acordar seu avô, ele teria atirado em todo mundo, sem mais nem menos. No dia seguinte, quando abrimos o celeiro, a palha está fria... O jovem se tornou um velho rico. Mas ele nunca esqueceu daquela noite." A cozinha nova me lembra o interior de uma nave espacial. Há luzes piscantes, o forno marca até as horas. "Então, não tem vontade de ficar?" Aceno que não com a cabeça, o campo se tornara pequeno demais. Minha partida estava prevista para o fim das férias de verão, com um Certificado de Aptidão Profissional de Cozinha no bolso. Eu pegaria o trem noturno para Paris, bateria de porta em porta. Com meus antecedentes, conseguiria um cargo de ajudante de cozinha. Aurélia morava na capital, eu ficaria com ela até encontrar um quarto.

– Sente-se. Tenho um presente para você.

Meu pai me estende um envelope, com meu nome escrito. Ele o encontrou na gaveta da mesa de cabeceira de minha avó. Dentro, uma folha dobrada em dois, algumas linhas manuscritas numa letra minúscula, que sofro para decifrar. "Meu querido Paul, você sabe que estou longe da cozinha há alguns anos. É bom aproveitar a velhice, você verá quando tiver a minha idade. Escrevo-lhe para recomendar o rapaz portador desta carta, sério e dedicado, com muita vontade de aprender. Ele não o decepcionará. Espero que essa carta o encontre em boa saúde. Um abraço a Raymonde. Afetuosamente, Eugénie Brazier." Com o corpo tremendo, consigo gaguejar: "Da sra. Brazier?". Meu pai assente, sorrindo.

– Ela o recomenda a Paul Bocuse.
– Mas o que eu vou dizer ao sr. Paul?

Meu pai dá de ombros.

– Entregue a carta. Você não tem nada a perder.

Pulo no pescoço dele. Ele se solta com ternura, um pouco constrangido.

– Agradeça a sua avó.

Mado Point, Mère Blanc, Tante Alice, Mère Guy, Madame Castaing, Mère Brazier e Yvonne Renoir. A memória coletiva não reservou para minha avó o lugar que ela merecia. Mas mencione o nome de Mère Yvonne entre Mont-de-Marsan e Mirande, pode ter certeza de que encontrará ao menos uma pessoa em cada lar com uma história sobre ela, um sorriso, ou a memória de seu flã de caramelo morno com baunilha. De lembrança, levo um jantar mágico em Paris, na companhia daquela que foi minha mentora e minha inspiradora. Carrego seu nome, chegou a hora de provar que sou digno dele.

Capítulo 12

Sentados no sofá como sardinhas enlatadas, Diego, Yumi, Gilles e Cassandre veem, um tanto surpresos, o sous-chef dar um *uppercut* em Giuseppe Albinoni, o jovem chef italiano que todos consideram o futuro o lago de Annecy. A imagem passa repetidamente na televisão há duas horas. Se um baronete de província tivesse esbofeteado o delfim Luís XIV teria despertado menos comentários. Christophe se mantém de pé, à frente da janela. A noite cai sobre a entrada de serviço do supermercado. No chão, frutas amassadas, uma caixa vazia, baganas de cigarro que flutuam num vaso. Ele está no quinto bourbon. Suas pernas formigam. Ele gostaria de se aquecer. "Os próximos dias serão difíceis", Natalia Renoir lhe escrevera. Ele sabe que errou, estava no limite. Albinoni apanhara pelos outros, Legras, o filho infame e todos os que esfregavam as mãos ao pensar no futuro sem Paul Renoir. Christophe já não é um cordeiro ingênuo, está mais para um lobo experiente (ter 37 anos significa ser um ancião na profissão): mesmo assim, a cobiça dos homens ainda o surpreende. Ele dera aquele soco (enfim, uma bofetada, se tanto, o outro havia caído sozinho) porque conseguira conter um grito durante a missa. O problema era que seu gesto, nas mídias, equivalia a uma declaração oficial de guerra. Agora todos precisavam escolher um lado.

Albinoni exigiria uma revanche à altura de sua humilhação. Os próximos dias seriam difíceis? Um eufemismo.

    Em todos os reinos (e a Savoia era um de pleno direito, historicamente falando, antes de o ducado se unir definitivamente ao Segundo Império, em 1860), a morte de um grande senhor provoca uma redistribuição das cartas do poder. As famílias reinantes se enfrentam para controlar o território fragilizado. É preciso agir com rapidez, antes que os herdeiros tenham tempo de se organizar e revidar.

    Os picos pertencem à família Veyrat. A raposa velha se retirara para o último andar do Grand Hôtel de Savoie, aberto durante a alta temporada, fechado no resto do ano, palácio fantasmagórico assombrado pelo passo claudicante do Howard Hughes de Aravis. Às vezes seu chapéu era avistado a caminho da colheita, da qual sempre voltava de mãos abanando, preferindo cantarolar canções libertinas e bebericar à vontade – o filho de Manigod era um ébrio obstinado e os picos não tinham culpa de nada. Pensava-se que estivesse morto, mas ele, que já morrera tantas vezes, sentia um prazer enorme de ressuscitar, só para incomodar as pessoas. Sua influência diminuíra com os anos, mas seu nome ainda ribombava nos céus de Annecy, como a lembrança de Átila nas estepes caucasianas, e não sem motivo: por onde seu SUV de seis cilindros passava, a grama não voltava a crescer.

    O vale era dirigido pela outra grande família, os Albinoni. A boa fortuna de que gozavam era mais recente: eles tinham trabalhado, investido, contratado uns *consiglieri*. O pai, Massimo, recebera a terceira estrela, mas os problemas de saúde de sua mulher, somados à nostalgia da pátria-mãe e à suavidade do *culatello di Zibello* o levaram a ceder o Sensazioni ao sobrinho Giuseppe, um metro e sessenta e dois de altura sob a touca, vindo diretamente de Parma. Uma estrela fora perdida na corrida, mas o jovem herdeiro prometera a si mesmo reconquistá-la a qualquer custo. "Albinoni, um nome tão bonito para uma pessoa tão feia", diziam nas montanhas veyrassianas. Veyrat e Albinoni se detestavam mais que Montéquios e Capuletos. O restante da região se dividia entre baronatos independentes, que, sem serem fiéis a um suserano específico, respeitavam a ordem estabelecida e algumas regras primordiais: não usurpar um território ou uma clientela, não se inspirar nos pratos emblemáticos dos outros, o patrimônio genético de cada chef. No resto do tempo, eles se observavam de canto de olho, como predadores obrigados a compartilhar o mesmo lago – no caso, o lago de Annecy. Um sabia quantos couverts o outro servia, que emissora visitara quem, os rumores viajavam através dos produtores, dos clientes, das amantes ou de espiões oficiais: todos eram falsos e todos eram verdadeiros. Somente as visitas inopinadas dos inspetores do Guia tinham a capacidade de reconciliar os franco-atiradores. Nada melhor que um perigo externo para unir um reino. Foi nesse contexto que se deu a chegada de Paul Renoir, quase dez anos antes.

Trovão no céu da Savoia, em geral propriedade exclusiva dos parapentistas e do abutre-barbudo (comedor de ossos, aliás): o chef estrelado Paul Renoir comprou o Le Château, no Col de la Forclaz!! A notícia mereceu dois pontos de exclamação na capa do *Dauphiné*. Um Johnny Sack desembarcando na Nova Jersey de Tony Soprano. Annecy não era Paris: a tradição regional prefere os floretes sem fio às decapitações em praça pública. Um conflito aberto sempre era uma má notícia para a economia (a Suíça, afinal, é logo ali). Os senhores, portanto, oficialmente se alegraram com a chegada de um colega prestigioso, que "aumentará o brilho da região", mas depois que as luzes se apagaram e o último cliente foi embora com sua caixinha de sobras, todos amaldiçoaram o recém-chegado, um arrivista que, com aquele sotaque de trinchar javali, deveria ter escolhido o sudoeste. Mas Paul Renoir não teria sido bem-recebido em lugar nenhum, nem mesmo na Gasconha. Todos os principados gastronômicos tinham se construído em torno de potentados locais, o estrangeiro colocava em perigo o frágil edifício de alianças e pactos de não agressão. Pior ainda: o que aconteceria se seu talento abalasse a supremacia dos antigos? Nenhum chef tem interesse em pisotear a horta de um colega, menos por temor de represálias do que por respeito aos direitos adquiridos. Mas nenhuma lei o proíbe de fazer isso, nenhum documento jamais foi redigido sobre os usos e costumes gastronômicos. Para aqueles que se aventuram no meio, a iniciação é dolorosa: *no show*, intimidações, cheques sem fundo, destruição de despensas... Quando os litígios se tornam prejudiciais à economia local, somente uma autoridade moral superior tem o poder de intervir. Esse homem se chama Paul Bocuse. "Saint Paul" é a França, uma mistura de teimosia e astúcia. Suas opiniões são preciosas, seus rancores, tenazes. Loiseau e Paul Renoir ligavam para ele todos os dias. Nenhum de seus herdeiros tem a legitimidade necessária para ocupar seu trono (Paul Bocuse não procura um sucessor, pois é insubstituível). Com o enfraquecimento do mestre, o reino pode ser conquistado. Em novembro de 2012, 240 dos mais prestigiosos chefs do mundo se encontram em Monte Carlo. Trezentas estrelas em dois quilômetros quadrados. Pretexto oficial: festejar os 25 anos do Louis XV, restaurante do Hôtel de Paris, propriedade da Société des Bains de Mer. Os participantes vêm para o outro evento: a coroação de um novo rei. Seu nome: Alain Ducasse. Naquele dia, ele se torna oficialmente o *big boss*, "D.D.", Dom Ducasse. Até Joël Robuchon, o homem mais estrelado do mundo, seu melhor inimigo (se Ducasse fosse Werner Herzog, Robuchon seria Klaus Kinski), assiste à entronização. Assim se conclui a errância daquele filho de Landes estabelecido às margens do Mediterrâneo. Ele reina com força e sabedoria e dá à cozinha francesa inúmeros herdeiros – pelo menos essa é a versão Disney. A filosofia do novo doge é mais simples: pobre daquele que o desafiar. Paul Renoir teria se inspirado nele. No ano anterior, ainda que coberto de honrarias e no auge de sua potência, ele não reclamara quando seus concorrentes foram caçar em suas terras. O diretor de sala e o sommelier tinham sido recrutados por Giuseppe Albinoni, que acabara de dispensar toda a brigada de seu tio (com exceção da recepcionista, que ele comia no vestiário). "Isso é ruim, chef. Para a motivação do pessoal, para a casa." Renoir varreu para longe as advertências de Christophe. Os desertores foram substituídos de improviso por Yann Mercier, primeiro garçom, promovido a diretor de sala e sommelier. Era preciso vê-lo desfilar, de sobrancelhas arqueadas, com seu pequeno cacho de uva prateado preso na lapela. Todos viram nisso a influência crescente da mulher do chef, cuja cumplicidade com Mercier, chamado de Steward por suas bochechas imberbes, era um segredo de polichinelo. O chef, por sua vez, ficara encantado. Ele encorajava Yann a se afirmar no restaurante. O pequeno iria longe! É verdade, patrão, Christophe às vezes ruminava com tristeza: inclusive em sua cama.

    Desde que o chef morreu, tudo parece secundário. Christophe sabe que suas equipes esperam palavras de reconforto e vigor: ele não sabe dizê-las. O pessoal se despede. "O enterro até que correu bem", arrisca Diego ao sair. Nada faz sentido. No sofá, somente Yumi. Ele promete acompanhá-la até sua casa. Christophe se deixa cair ao lado da confeiteira: "Vamos?". Quando a jovem vira o rosto em sua direção, ele já pegou no sono. Ela coloca uma coberta sobre os joelhos do sous-chef e examina seu rosto – um perfil tão escarpado quanto o Monte Kita, picos, arestas, maçãs do rosto intransponíveis, duras e altas, sobre as quais a pele parece prestes a rachar, de tão esticada. A jovem se demora sobre seus lábios. Yumi sente nele uma força, uma potência prestes a se realizar. Ela sai na ponta dos pés. Na rua, começar a nevar. As sacadas ficam brancas como as bochechas de uma gueixa.

Capítulo 13

"O garoto fugiu com meus legumes?" Estou na frente dele, mas monsieur Paul não me vê. De onde quer que olhemos para ele, Bocuse é imenso. E não apenas porque sua touca é dez centímetros mais alta que as outras. Ele é grande porque nunca se desloca sem toda sua estatura. "Ah! Aqui está você! Vamos, prepare o fundo dessas alcachofras imediatamente e descasque as favas!" O patrão nunca me chama por meu nome: não pode haver dois "Paul". Bocuse é único, cedo-lhe a prioridade de bom grado. Na verdade, ele não sabe quem sou. Ele mal olhara a carta da Mère Brazier. Eu pertencia ao povo simples dos "communards", para quem nenhuma tarefa é indigna demais. Durante os primeiros seis meses em Collonges, nunca me aproximei de um bico de gás. Eu cuidava da horta, da ordenha das vacas e passava tardes inteiras lavando toalhas e passando. Essa era a atividade menos penosa, eu trabalhava num ambiente aquecido e cercado de garotas com cheiro de sabonete perfumado. Raymonde Bocuse reinava como uma mãe padroeira sobre seu gineceu. Então, um dia, monsieur Paul apareceu com o cenho franzido. "Você, venha comigo." Um de seus ajudantes de cozinha tinha acabado de morrer num acidente de moto, eu o substituiria. Ele me mediu de alto a baixo com suas sobrancelhas peludas: "Sabe cozinhar rim de vitela?". Acenei que sim com a cabeça. Ele pareceu satisfeito.

Paul Bocuse. Observe seus traços com atenção. Nariz grande, olhos faiscantes de doce malícia, boca à espera da palavra certa, orelhas largas, que se esticam para ouvir tudo (nenhum rumor passa despercebido por ele, sem dúvida porque a maioria nasce em Collonges mesmo). Um rosto que parece moldado em argila preta. Como se ele tentasse, em vida, se parecer com sua efígie no Museu Grévin. Ele tem algo de Rabelais, do descaramento de Aristide Bruant, da própria França. E que apetite! *Dodine* de pato com pistache, fígado de pato em geleia de Sauternes, robalo em crosta folheada com molho Choron, lebre *à la royale*, torta de cogumelos, filé Rossini, pato-real com laranja, quenelles de lúcio, éclairs ao pralinê, Paris-Brest, sem falar dos queijos de cabra da Mère Richard. A cozinha de Monsieur Paul não se destinava aos paladares frígidos. Nos bastidores, nós que pagávamos a conta. Tornar-se ajudante de cozinha de Bocuse é passar a vida nos porões do navio. Não ficamos sequer na base da pirâmide, mas no subsolo, junto com os sacos de farinha, os roedores e os companheiros de labuta. Chef principal, sous-chef, chef de partie, primeiro ajudante: precisamos obedecer a todo mundo, e ai de quem se atrasar. Eles também já pisaram na bola, mas é inútil lembrá-los disso. Os insultos voam para todos os lados, as frigideiras também, quando não as panelas com água fervente. Pois é! O que você queria? Trinta pessoas em banho-maria sessenta horas por semana não ficam trocando delicadezas. Na época, quando você levava um sermão, você mordia o lábio e respirava fundo. A menos, é claro, que quisesse arruinar sua carreira antes mesmo de ela começar. Queimaduras cicatrizam, muletas perdem a utilidade. Monsieur Paul amava seus rapazes, não havia dúvida, mas ele também sabia fechar os olhos quando era para o bem da gastronomia francesa. "Não se faz omelete sem quebrar ovos", avisara-o Fernand Point. Ele aprendera a lição. O mais difícil para mim não eram as horas extenuantes, a peça mal aquecida ou as descomposturas, mas o fato de eu cozinhar tão bem quanto vários diplomados. Eu engolia minha raiva e voltava para minhas batatas. O inverno de 1973 foi particularmente difícil, com temperaturas enregelantes. Fazia tanto frio que eu tinha a impressão de descascar pedras. Trabalhávamos todos os dias, menos segunda-feira. Meu dia começava às cinco da manhã e acabava em torno da uma da madrugada. Morávamos num prédio atrás do restaurante. Um quarto infestado de insetos com carapaças, quase indiferentes às latas de sardinha cheias de água com sabão que eu colocava embaixo da cama. Meu andar abrigava os ajudantes de cozinha e os aprendizes. Nos três primeiros meses, dividi o quarto com Louis, um sujeito calado, filho de camponeses como eu. Ele foi embora no meio da temporada, para ajudar na fazenda da família, seu pai tivera um acidente de trator. Louis não voltou. Herdei o quarto, que não era grande mas, para mim, representava um luxo. Todas as manhãs, ao alvorecer, eu esfregava o corpo com uma luva de banho e ia direto para o restaurante. Lá, tomávamos o café da manhã todos juntos, pão, manteiga, café, às vezes brioche da véspera, engolíamos tudo em silêncio, antes do nascer do sol. Era tranquilo, os "gritões" só apareciam por volta das dez horas. Eu ajudava na arrumação das mesas, recebia e guardava as provisões, descascava os legumes, lavava as saladas, preparava as guarnições, depois, no fim do serviço, limpava os utensílios, a cozinha e os depósitos. Um dia, um *boss* me pediu para preparar a comida dos funcionários. Sessenta pessoas. Preparei rapidamente um gratinado de batatas, acompanhado de vitela com cebolas caramelizadas, nada complicado, um dos pratos que enviávamos nos domingos à mesa de Yvonne. Monsieur Paul entrou na peça. Estávamos limpando nossas gamelas com sal grosso. "Quem fez o gratinado?" Todo mundo abaixou os olhos, levantei a mão. No dia seguinte, fui colocado junto de Aurélien, primeiro ajudante de cozinha, de apenas dezessete anos, avoado, quase um poeta (ele rabiscava versos para uma garota do vilarejo). Ele falava com frequência de sua Normandia natal, seus pais tinham dez hectares de macieiras, um dia ele voltaria para lá. Começo a preparar os hors-d'œuvre, tento alguns caldos, e mesmo algumas sobremesas, quando os confeiteiros estão de costas. Não tenho autorização, Aurélien me dá cobertura. Uma noite, para ajudar um chef de partie sobrecarregado, preparei um frango em bexiga de porco, com tudo que precisava dentro, conhaque, trufas, vinho Madeira. Aurélien ficou nervoso, "se você errar, serei fuzilado", o coitado estava apavorado. Minhas invenções acabaram descobertas, é claro, e passei para a condição de "ajudante volante", prestando serviço em toda parte, nunca totalmente instalado. Esse papel itinerante me convinha muito bem, eu observava, aprendia na prática e, quando errava o tempero, Aurélien assumia. Um bom rapaz. Pelo que me disseram, tornou-se representante comercial e vive muito feliz.

Um dia, chega um sujeito estranho, mais rápido que uma faísca. Com ele, duas mulheres esplêndidas, que o ultrapassavam por uma cabeça (dançarinas do *Lido*, alguém me cochicha). Bocuse lhe lança: "Coloque a touca, Michel, ou vão achar que você é o filho!". Gargalhadas, Michel Guérard (pois era ele!) põe a mão ao peito e obedece. Nisso, Bocuse entrega a cozinha ao sous-chef e os quatro vão se divertir. Acompanhamos, cheios de inveja, o Alfa Romeo Montréal se afastar em meio à nuvem de pó. A liberdade é isso. Amigos, mulheres, poeira. Eles se juntariam aos Troisgros em Roanne (uma mensagem, afixada na cozinha, dizia: *Aviso a toda a equipe: continuo aqui. Nenhuma palavra sobre a viagem aos clientes).*

Guérard acabara de publicar *La Grande Cuisine Minceur*, pela editora Robert Laffont, com dois milhões de exemplares vendidos, um sucesso. Estamos em 1974, a cozinha francesa começa sua idade de ouro e eu, preso aos fogões sob um céu de lâmpadas fluorescentes, incapaz de diferenciar um dia de chuva de um de sol, estou longe de imaginar que participo do boom da cozinha francesa. A França, através do luxo e da gastronomia, nunca se exportou tão bem. Essa vitória fulgurante bem vale uma medalha, e quem mais homenagear se não o próprio imperador?

Em 25 de fevereiro de 1975, Paul Bocuse é recebido no Palácio do Eliseu por Valéry Giscard d'Estaing e sua mulher, Anne-Aymone: condecorado com a medalha de cavaleiro da Legião de Honra. E adivinhe quem prepara o banquete? Os amigos, ora! O cardápio já é um manifesto: escalope de salmão do Loire com azedinha, de Jean e Pierre Troisgros, pato Claude Jolly, de Michel Guérard, saladas do Moulin, de Roger Verdé, sem esquecer a famosa sopa VGE com trufas negras, servida em sopeiras individuais, como um Suvorov russo, coberta com massa folhada, que faz Bocuse dizer a Giscard, zombeteiro: "Senhor presidente, vamos botar para quebrar!". A sopa VGE foi inspirada no colega Paul Haeberlin, que lhe servira uma trufa ao foie gras coberta com massa folhada. Apenas dois anos depois de encontrar um nome para si, a "nouvelle cuisine" recebia as honrarias de sua época (Nouvelle Vague, novo contrato social, *Nouvel Observateur*, nova esquerda... os anos 1970 estão cheios de novidades): o sr. Paul Bocuse será seu santo padroeiro protetor. Ao contrário de seu mestre Fernand Point, que praguejava quando via as estatuetas de madeira que o representavam com uma pança (pouco) desproporcional, as bochechas vermelhas e a touca para o lado, monsieur Paul adorou se tornar um símbolo. Quanto mais ele se multiplicava, mais feliz ficava. O mestre de Collonges não tinha tempo para coisas comuns. Ele quase morrera na guerra, não o pegariam de novo. "Trabalhe como se fosse chegar aos cem anos e viva como se fosse morrer amanhã." Esse era o lema que guiava sua vida – e, portanto, a nossa. Conviver com um homem daqueles era como fazer uma peregrinação, não apenas ao coração da cozinha como aos confins da língua francesa. Monsieur Paul não era apenas o cozinheiro mais famoso da década, ele também era um comunicador genial. Ninguém sabia falar de Paul Bocuse melhor do que Paul Bocuse. Conheci ao longo da vida muitas pessoas brilhantes, grandes estrelas, políticos: ninguém jamais igualou suas réplicas. A palavra era sua caça, ele a espreitava e a colocava em fogo baixo num canto de sua mente. "Hoje me perguntaram quem cozinhava quando eu não estava aqui. Respondi: os mesmos de quando estou! Vocês, rapazes!" Aplausos na cozinha. Éramos sua primeira plateia, auditório cúmplice e respeitoso. "Só existe um tipo de cozinha: a boa!", rugia o rei de Lyon, e quando ele saía de sua caverna para cumprimentar a todos, com a touca reta, ele se igualava a um papa abençoando seus fiéis.

Ninguém poderia contestar seu tino comercial. Para ser o primeiro da lista telefônica, ele comprara a abadia contígua a seu estabelecimento, logo renomeado de Abbaye de Collonges. Um dia, estou cortando as batatas para o salmonete-de-vasa com escamas de batata crocante e ouço tocar o grande órgão da abadia, em geral reservado aos banquetes. Todos acorrem. Bocuse se mantém imóvel, de costas, na escuridão. Sentindo nossa presença, ele se vira e diz, com voz doce: "A Mère não verá mais a noite no Col de la Luère". É dia 2 de março de 1977, Eugénie Brazier acaba de morrer. Sinto o coração partido, porque penso em minha Yvonne. No jantar em sua homenagem, um garoto da minha idade senta a meu lado. Eu me apresento, ele murmura duas palavras quase ininteligíveis, consigo entender que se chama Bernard Pacaud e que Eugénie Brazier era sua mãe adotiva.

Estou terminando meu terceiro ano em Collonges quando recebo uma carta com o selo tricolor. Monsieur Paul vem entregá-la pessoalmente (o correio chegava ao restaurante, antes de ser redistribuído). Para ele, o serviço militar não era apenas uma obrigação, mas uma honra. Uma convocação que não devia ser discutida. A seus olhos, os que tentavam escapar perdiam toda consideração. No envelope, ele rabiscara o número de um amigo, oficial em Toulon. "Boa sorte, pequeno. Você tem talento, agora trabalhe." Ele me segura pela manga e pisca o olho: "Confie em si mesmo. A Mère do Col de la Luère sempre teve faro. Nunca esqueça que o caminho do coração passa pela barriga". Monsieur Paul era o cara.

Capítulo 14

Mathias Renoir esmaga o terceiro cigarro ao pé da escada do escritório do sr. Roger, tabelião de merda, incapaz de chegar na hora marcada. Naquele momento, surge um sujeito de chapéu-coco que caminha como um ganso alsaciano, diretamente saído de *Madame Bovary*, mas Mathias não leu Flaubert.

– Chegou antes da hora, senhor – sorri o tabelião, estendendo-lhe uma mão mole como manteiga derretida. – O escritório só abre às nove.

– Ah! – exclama Mathias, contrariado. – Esqueci que estava na província.

Desde que assumiu que era arrogante, Mathias ganhava um tempo precioso: ele terminava com as namoradas e demitia os funcionários por mensagem de texto. Ter sido mal-amado o autorizava a não amar os outros. Ele era o "filho maldito" da Bíblia e das lendas córsicas, nascido na lua errada. Cabelos desarrumados, hálito de nicotina, tatuagens cabalísticas cujo significado ignorava: tudo devia provar seu destino fora do comum. Chamar-se Renoir tinha certa distinção, um sangue de artista corria em suas veias. Ele era o herdeiro do trono. Ele faria do Les Promesses o maior restaurante do mundo. O velho tivera bom faro: em Annecy, o dinheiro corria solto. Qualquer pequena propriedade nas margens do lago custava milhões de euros. As pessoas chegavam da Suíça e da Itália, de jaguar ou jatinho. Mais elegante que Mônaco, menos chamativo. Naquele ponto, o velho acertara. No resto, ele não tinha a menor intenção de perdoá-lo. "Meu pai, não sei quem ele é. Não tenho nenhuma lembrança com ele. Não existe remorso entre os Renoir" (*Rolling Stone Magazine*, abril de 2015). Mas existe dinheiro.

O sr. Roger o convida a entrar num grande apartamento transformado em escritório luxuoso. Carpete bege-acinzentado, lareira de mármore, decoração minimalista, Ball Chair vermelha, cadeiras Panton laqueadas de preto – vejo aqui uma profissão bem remunerada, pensa o jovem, sempre reticente a respeitar aqueles homens cujas funções passam de pai para filho, mas ele precisa reconhecer que o pequeno tabelião tem bom gosto. Um aroma suave, com toques de cera e madeira, sugere que a peça é frequentada por um apreciador de cachimbos.

– Então, doutor? O que temos?

Um perfume almiscarado invade a peça. Ele emana de uma jovem vestida de tailleur vermelho-escuro, marcado na cintura por uma fita escarlate. Uma pavlova de frutas vermelhas. É isso que Natalia Orlov seria se ela fosse uma comida, pois ela só poderia ser uma sobremesa, uma tentação. Um merengue crocante, macia por dentro, com uma delicada acidez suavizada pela mordida açucarada de seus lábios. Ela tem a arrogante autoconfiança das mulheres fatais, que passeiam sua beleza sem prestar atenção nela. Bonita como sempre, pensa Mathias. Natalia os cumprimenta e se senta na poltrona vazia.

– Muito bem. Já que todas as partes estão presentes, permito-me ser breve, e isso por uma razão muito simples: o sr. Renoir não deixou testamento.

Mathias se remexe em seu assento.

– A lei prevê que as propriedades do sr. Renoir sejam divididas em três partes – continua, impassível, o homem de lei. – Sra. Natalia Orlov-Renoir, a senhora recebe a propriedade de um quarto dos bens, enquanto cônjuge sobrevivente. Os herdeiros, a srta. Clémence Orlov-Renoir e o sr. Mathias Renoir, dividem o resto.

Mathias, filho de Paul Renoir e Betty Pinson, nasce em 9 de dezembro de 1980, um dia depois do assassinato de John Lennon. Ele vive com os pais num modesto apartamento de um dormitório, acima do primeiro restaurante. Eles se livram de um armário grande demais, criam espaço, dão um jeito. O pequeno restaurante familiar funciona bem, o pai se movimenta pela cozinha, a mãe dirige a sala, os curiosos se tornam clientes, os clientes levam amigos, o berço passeia entre o frio e o calor, e, do lavador de pratos ao comissário que beberica seu Picon no balcão, todos conhecem aquele que é chamado de "gavroche" desde que um vendedor de sucata lhe dera sua boina, e não é raro encontrá-lo, depois da saída do último cliente, adormecido embaixo de alguma mesa, de onde seu pai, com mil cuidados, o leva até a cama, sobre a qual se mantém por alguns segundos, silencioso e perplexo, pensando consigo mesmo que a vida realmente é cheia de surpresas.

Mathias não gosta da escola. Ele se sente feliz na rua, pequeno príncipe do asfalto, sem professores nem obstáculos. Na sala de aula, o que ele mais gosta de fazer é transformar canetas esferográficas em zarabatanas e gravar seu nome nas mesas. Como é regularmente trocado de lugar, todas as mesas logo carregam sua marca. Quando não faz arruaça, ele briga no recreio. Betty é chamada, ela não gosta que a façam duvidar do filho. Paul dá de ombros, no pior dos casos ele será cozinheiro. Os anos passam. Aos treze anos, o fedelho não faz nada e gasta muito. A situação financeira muda. Os Renoir moram num simpático duplex da Avenue Mozart, no 16º arrondissement. Eles são vizinhos de Roman Polanski e Francis Ford Coppola, compram um cachorro, um grande spaniel chamado Auguste. Mathias é mimado, tem dinheiro, uma scooter, namoradas, possibilidades. Ele dorme fora de casa, rouba vinhos do restaurante e vai com os amigos assistir a Juventus x Napoli. Os heróis deles se chamam Papin, Boli e Cantona, é a época em que a seleção francesa é campeã do mundo de amistosos. Primeiras ereções com *SOS Malibu*, primeiro crush com Tiffani Amber Thiessen, a malvada de *Barrados no baile*. Certa manhã, sua mãe encontra uma calcinha de renda embaixo da cama do filho. Assim já é demais! Mathias acaba de fazer quinze anos – para um cozinheiro, a idade da maturidade. Ela decide colocá-lo num programa profissionalizante. Ao ouvir a notícia, ele diz, zombeteiro: "Minha mala está pronta". Ele deixa o lar de cabeça erguida, sem olhar para as lágrimas da mãe.

    O tabelião coloca os óculos para ler a lista dos bens envolvidos na sucessão. Mathias mantém um silêncio respeitoso. Tóquio, Milão, Madri, Annecy: seu pai construíra um pequeno império. O sr. Roger limpa a garganta e, num tom monocórdio, como se estivesse lendo uma lista de compras, passa para as dívidas. Quantias faraônicas tinham sido gastas na construção de um spa subterrâneo de dois mil metros quadrados; um deslizamento de terra duplicara o valor inicial. Paul Renoir era sócio de vários restaurantes (dentre os quais o de uma certa Éva Tranchant), hoje fechados ou falidos. Mais recentemente, o chef do Les Promesses fora vítima de uma retumbante fraude de vinhos: ele comprara em leilão, por um milhão de euros, *grands crus* da vinícola Henri Jayer, na Borgonha, garrafas que já tinham sido vendidas várias vezes... Ao fim da leitura, o pequeno império mais parece um monte de cinzas. As perdas líquidas somam mais de onze milhões de euros.

– Essas dívidas passaram para vocês, agora.

O tabelião voltara à voz melíflua.

– Não são dívidas, mas rombos gigantescos!

– Parece, de fato, que o sr. Renoir nem sempre foi muito meticuloso na gestão de seus negócios.

Mathias enxuga as mãos molhadas nos braços da poltrona. Ele sente vontade de fazer o pequeno tabelião grisalho engolir o documento, ele sabe de quem está falando, por acaso? Um pouco de respeito, homem! Renoir não é apenas um sobrenome, mas uma marca, um emblema à frente de cinco gerações de cozinheiros e empreendedores. Somente os Blanc, os Troisgros e os Haeberlin podem dizer o mesmo. Enquanto herdeiro, cabe a Mathias defendê-lo e preservá-lo. Natalia deveria se preocupar tanto quanto ele. O filho imagina o pai encurralado, perseguido pelos credores. Por que nunca lhe pediu ajuda? O tabelião os acompanha até a porta, vocês receberão os documentos que devem ser assinados na semana que vem, bom dia e, mais uma vez, meus pêsames. O filho Renoir e o tabelião trocam algumas palavras à porta. Natalia já está longe quando Mathias a alcança.

– Natalia, um segundo...

Mathias demora para recuperar o fôlego. Da última vez que se exercitou, foi no salto em altura, no oitavo ano.

– Eu queria notícias de Clémence. Como ela está?

– Clémence? Mesmo?

Careta irônica.

– Enfim, dadas as circunstâncias, ela não está tão mal, me parece. Passa no celular o dia todo.

– Já que estou por aqui, pensei em vê-la no final de semana...

A mulher lhe lança um olhar siberiano.

– Deixe-a fora disso, ela precisa de tempo... Não é de Clémence que você quer falar, não é mesmo? Natalia caminha na direção do carro. Mathias a segura pelo punho, a mulher se solta bruscamente.
– Ouça, Natalia, tenho dinheiro e crédito nos bancos. Juntos, podemos salvar o restaurante...
– Salvar o restaurante de um pai que você odiava?
O jovem Renoir tem uma expressão indecifrável.
– Culpa retroativa, digamos. Não quero que o primeiro imbecil que...
– O Les Promesses não está à venda – ela o interrompe.
– Transmita a mensagem a seus amigos. Assim todos ganham tempo. E nunca mais se autorize a me tocar. Esse tempo passou.

Mathias acompanha-a com os olhos, seu salto alto ecoa nas pedras da velha cidade. Ele tem a sensação de que ela o insulta só com seu caminhar. Ele sempre gostou de seu mau caráter. Nas mulheres, isso se chama temperamento. Ele pega o cigarro eletrônico e exala uma baforada de locomotiva – ela acabará entendendo onde estão seus próprios interesses.

Natalia não estremecera ao descobrir que Paul estava arruinado. Seu marido não gostava de números: o tabelião não lhe dissera nada de novo. Paul sempre gastara além da conta. Com seus produtos, com seus funcionários, com ela mesma. O Les Promesses jamais lucrara um centavo. As locações dos quartos e alguns contratos um pouco vergonhosos assinados com grandes redes é que permitiam encher temporariamente o caixa. Natalia não demonstrara sua aflição, mas ficara tentada a fugir. A voltar para Paris, para perto de sua mãe, longe de Annecy, junto a pessoas civilizadas. Ela está de luto, é cedo demais para acrescentar a ele uma mudança. Sua filha não está pronta. Ela sabe como é difícil para Clémence tomar o café da manhã com a mãe, esse era o único ritual que ela compartilhava com o pai (todos os dias, às oito horas, Paul Renoir interrompia o que estivesse fazendo e subia para tomar café com a filha). Às vezes seu olhar se perde no fundo da tigela de cereal matinal – desde o enterro ela não a ouve chorar. Você tem todo direito de ficar triste ou furiosa, ela lhe dissera. Na mesma noite, ela sentira o corpo da filha se aninhar contra o seu na cama. Com a morte de Paul, Natalia luta contra a solidão. Ela tentara fazer um fogo na lareira, mas só conseguira encher a sala de uma fumaça preta e sujar as calças de fuligem. Paul sempre lhe enviava algo para comer enquanto trabalhava. Um filé de vitela, às vezes um polvo grelhado, a que Natalia acrescentava uma colherinha de caviar italiano. Ela não tem mais desejo de caviar, nem de lavagante nem de escapadas solitárias. Sem Paul, todo frisson desaparecera. Por que mentir quando não há ninguém para acreditar?

 O que ela mais sente falta é do som de sua voz. Das vezes em que ele entrava num lugar reclamando, ou das vezes em que ele pensava cochichar e acordava todo mundo, dos resquícios de brutalidade camponesa que ela hoje lamenta ter tentado corrigir. Natalia agora só ouve o som do próprio silêncio. Pior que isso, ela o espreita, como se ele fosse portador de alguma esperança. Mas o silêncio lhe repete invariavelmente a mesma coisa: Paul não voltará. Banqueiros e parceiros comerciais entenderam isso muito bem. Somente seu acionista mais antigo aceitara prolongar o voto de confiança por mais um ano, com uma condição: "Que a mesa permaneça na elite". Em outras palavras, a perda de uma estrela seria a morte do Les Promesses. O império cairia, e poderia ser tomado.

 Pela primeira vez na vida, Natalia considera a possibilidade da derrota. Ser mulher no mundo da cozinha é uma luta. Natalia não tem nenhuma legitimidade, ela apenas herdou, por contrato, um sobrenome prestigioso. Sua reputação não é nada lisonjeira. Difícil, meticulosa, devoradora de homens, tudo isso porque é uma mulher que bebe, fuma e come tanto quanto *eles* – os homens. Ontem provocante, hoje viúva negra. Ninguém sabe que sem seu dote, arrancado de seu ex-marido, o Les Promesses não existiria. As bofetadas e os tapas recebidos por três anos a fio, conjugados às excelentes alegações do advogado, sr. D'Olonne, permitiram que Paul realizasse seu sonho. O destino às vezes se deve a uma dolorida cicatriz. Ela não tem escolha: ligar-se aos serviços de um par de testículos ou desaparecer. Mais do que nunca, Natalia precisa de Christophe. Ela sabe ao que ele renunciou por seu marido, ela não sabe até onde ele está disposto a ir para salvar a cidadela. Ser príncipe em tempos de paz é muito bom. Mas o momento não é de orgulho ou dignidade, e sim de sobrevivência. E a sobrevivência pressupõe sacrifícios.

Capítulo 15

A poeira, o cascalho, a casa familiar ao fim da alameda e o filho pródigo, endurecido por provações, de volta ao lar. Centenas de filmes acabam assim. Faz quase dois anos que não vejo meus pais. Não aviso ninguém de minha chegada. Para me dar um tempo. Ou dar meia-volta. Há três carros estacionados na frente do restaurante, provavelmente de funcionários. É terça-feira, ainda é cedo. As equipes devem estar preparando os hors-d'œuvre. No meio do pátio, um carvalho monumental, sob o qual colocávamos as mesas nas noites de calor intenso. À direita, o estábulo, do qual chega o cheiro morno de feno e manteiga. Um pouco abaixo, o lago, coberto de plantas aquáticas – depois do mar, parece minúsculo. O resto continua igual. Hesito em modificar aquele quadro imóvel, até que um garoto de avental branco passa correndo por mim e quase me derruba. Um homem o persegue por alguns metros e para de correr para recuperar o fôlego, com as mãos nos joelhos: "Não precisa voltar, seu desastrado!". Ele não me vê. "Parece que acaba de sobrar uma vaga na cozinha." Meu pai arregala os olhos: "Caramba, você voltou!". Algumas horas depois, estamos sentados à mesa do terraço. O serviço acabou, meu pai sorri.

– E a marinha, como foi?

– Demorada. Ainda mais com um pompom atarraxado na cabeça.

Descrevo a vida a bordo do *Jeanne d'Arc*, o porta-helicópteros onde fiz minha formação: a cozinha de trinta metros quadrados para alimentar setecentos homens, a ronda constante do médico de bordo, o "*no fly day*", primeiro domingo de folga ao largo da costa egípcia, com churrasco na plataforma para os helicópteros e som alto. O chefe dos cozinheiros de bordo se chama Jacques Tardieu, é um oficial marinheiro com a patente de *maître*, "um patrão" na Marinha. Ele confia em mim, nos damos bem. Uma noite, ele me observa com o canto do olho enquanto preparo um Paris-Brest. Explico que o segredo reside na massa *choux*, que precisa ser densa e aerada, e na realização minuciosa do craquelado caramelizado sobre ela. "Você deveria se tornar confeiteiro", ele me diz. Meu pai ouve em silêncio, balança a cabeça, faz poucas perguntas. Evito confessar que a única coisa que me obcecava nas folgas era perder a virgindade, vergonha herdada da infância. Com os amigos, eu batia ponto ao lado das faculdades, as alunas de letras gostavam de nosso lado *bad boy* de barba feita.

– E mamãe?

Meu pai faz um gesto nervoso, como se espantasse um inseto.

– Josette? Ela se mantém ocupada.

Ao longo dos últimos três anos, mandei cartas a meus pais e nunca recebi nenhuma resposta. Meu pai tinha uma desculpa: pouco estudo e muito trabalho. O silêncio de minha mãe era uma escolha. Estávamos brigados? O que eu tinha feito de errado? Talvez ela tivesse vergonha de um filho cozinheiro, depois de já ter casado com um. Nunca tive certeza do amor de meus pais. Minha partida parecia ter precipitado o rompimento entre eles. Com a saída do último espectador, os atores tiravam a maquiagem. André e Josette não se dirigiam mais a palavra, eles se comunicavam através de post-it, espalhados por todas as peças da casa. A porta da sala range um pouco quando a empurro. Minha mãe está lendo numa grande poltrona. Ela usa um vestido azul-marinho de gola branca, um salto baixo vermelho. O tempo cortesmente poupou sua silhueta. Ele me vê e se levanta, me abraça, parece encantada de saber que voltei para ajudar meu pai, tudo isso no mesmo gesto, um movimento solto, harmonioso, e quando me volto para saber dela por minha vez, ela já deixou a peça. Josette Renoir se dedica "gratuitamente" a várias associações de Lectoure, organiza leituras e encontros, convive com autores, às vezes com atores, se embriaga da presença deles e de suas demonstrações de afeto. No topo da pirâmide, ela coloca os romancistas, esses seres manipuladores e egocêntricos. O departamento de Gers, como o de Lot, parece fadado a se tornar um destino chique, frequentado por britânicos faceiros que reformam casas ou compram fazendas abandonadas, às vezes pombais. As piscinas florescem, os municípios se tornam de direita e o jornal *Sud-Ouest* lança sua primeira edição bilíngue, para que nossos benfeitores sejam informados da próxima festa do porco. Pintores, turistas, parisienses que querem viver o campo, toda essa gente se frequenta e se admira. Em Lectoure, o preço do metro quadrado dispara. Minha mãe passeia sua cinturinha de vespa por prefeituras e conselhos departamentais em busca de subsídios. E é no restaurante que ela marca reuniões com aqueles que deseja convencer ou seduzir. Quando uma autoridade faz menção de abrir (lentamente) a carteira, ela faz cara de surpresa, ora essa, senhor subdiretor, é por minha conta! O alegre grupo sai da sala ruidosamente, sem prestar atenção nos outros clientes, que precisam pagar a conta. Uma noite,

pressiono meu pai: "Você nunca faz com que esses caloteiros paguem?". Ele franze o cenho, mais tarde, Paulo, mais tarde...
   Chegam as férias de verão, minha mãe vai para Arcachon. Uma casa de praia emprestada por um "amigo", pés na areia. Sinto uma pontada no coração quando fico sabendo que Aurélia a visitará. Os únicos sóis que conhecerei naquele verão serão as seis bocas de meu fogão. De todo modo, nunca consigo me bronzear. Minha chegada à cozinha dá um novo gás à brigada. Os rapazes logo me chamam de "chef". Minha passagem por Bocuse me confere uma aura exagerada, meu pai fica tão feliz com minha presença que não esconde seu prazer. O cardápio do restaurante muda pouco. Faisão assado com feno, velouté de frango ao morchella, torta de aves de caça e *tatin* de marmelo, fígado de vitela, lombo de cervo assado, molho *poivrade*, batatas selvagens com epícea, repolho recheado com galinha-d'angola e caça, caldo de beterraba com trufas: as receitas históricas de minha avó reinam majestosamente. "Os clientes vêm pela Mère Yvonne", suspira meu pai, resignado. A sombra da Imperatriz o protege e o sufoca. Naquele ano, ele decide trabalhar com o pombo, uma carne de que minha avó não gostava nem um pouco. Ele monta um prato – no centro, o peito, servido rosado e coberto com um caldo de carne. Nas laterais, ervilhas cruas e menta, raviólis de acelga e *duxelle* de cogumelos de Paris. O alimento em sua verdade bruta. Muito bom. Meu pai não fica satisfeito. Ele quer que o prato fique mais elegante. Que use um terno.
   Sugiro servir o pássaro inteiro, em vários pratos. "Impossível, Paulo! Os restos são servidos no La Table d'Yvonne. Os clientes gastronômicos querem as partes nobres." Respondo que todas as partes são nobres. O mar ensina isso. Um bacalhau ou uma sardinha, frescos e bem-preparados, são uma explosão de sabores na boca. O que se perde em sutileza se

ganha em textura, aroma ou consistência. Na natureza, tudo se equilibra. Ele hesita e se deixa convencer, "por curiosidade". Vamos para o forno, lado a lado. A brigada se posiciona em círculo a nosso redor. Dois cirurgiões debruçados sobre um pombo carnudo: o pescoço é robusto, a carne está mais tenra depois de 48 horas no refrigerador, fina e forte – uma ave que puxa para a caça. Grelho a coxa, coloco o coração no lado esquerdo do prato e cubro tudo com um molho *salmis*, obtido a partir da carcaça da ave, vinho branco e chalota, que faço suar com uma colher de óleo de oliva numa panela de ferro. Depois três lindas *aiguillettes*, cobertas com caldo de carne. Como acompanhamento, meu pai pensa num mil-folhas de foie gras e carne seca, cortada em lamelas finas. Acrescento um *embeurré* de repolho para a acidez, e uma concha de favas perfumadas com segurelha (o pombo combina com legumes de primavera). Servimos isso a alguns clientes, sem avisar. Os pratos voltam limpíssimos. Meu pai pisca para mim – muito bem, filho. Essa piscadela é um dos maiores elogios de minha vida. Essa é a magia da cozinha: as almas se encontram em silêncio. Os dois meses seguintes passam mais rápido que uma chuva de verão. De pé desde as sete horas da manhã, nunca deito antes das duas horas da madrugada. O serviço militar, ao lado disso, parece um passeio. Encontro velhos colegas de aula, que se tornaram donos de lojas de ferragens, camponeses, padeiros. Também cruzo com os burgueses que me perseguiam de bicicleta; os que me reconhecem vêm me cumprimentar. Até no campo o estatuto do chef já está mudando: um dia nos tornaremos prefeitos e, por que não, ministros da Saúde. Com o início das aulas, minha mãe volta com sua trupe de saltimbancos fumadores de maconha. Nunca um agradecimento, um olhar, apenas para reclamar pela demora do café. Uma noite, na hora da sobremesa, entrego a conta ao presidente do conselho regional, corado pelo vinho. Ele passa a conta para minha mãe e continua a conversa. Um sorriso incomodado de minha mãe que, com um gesto discreto, me pede para levar embora a dolorosa. Não me movo. A nosso redor, o nível sonoro diminuiu. As engrenagens de um grande restaurante se baseiam no apagamento: a intrusão de uma anomalia (um prato quebrado, uma gargalhada súbita etc.) perturba o equilíbrio. A sala está atenta quando minha mãe declara que verá com o chef.

– O chef está à sua frente, senhora.

Mantenho-me acima dela, de braços cruzados, de avental. O figurão bate o pé: "Algum problema, Josette?". Nesse momento, sou suavemente puxado. Meu pai pega a conta. "Mais um café? Um digestivo, talvez?". E bem baixinho: "Deixe, Paulo. Não brigue com sua mãe por minha causa". Meu pai não é mestre a bordo do próprio navio. A tripulação não pode respeitar um capitão desses. A morte do restaurante é uma questão de tempo, e não tenho a menor vontade de testemunhá-la.

Capítulo 16

O Guia teria nascido nos últimos dias do Terror. Sem emprego e privados de seus patrões, que estavam mortos ou no exílio, os cozinheiros criam os primeiros estabelecimentos para comer. O sucesso é acompanhado pelo florescimento de estabelecimentos obscuros, onde produtos suspeitos (gatos, cães, ratos) ou apenas avariados são servidos em ragu apimentado a uma clientela sem dinheiro. Para proteger seus saberes e defender suas reputações, treze mestres-cucas das mais prestigiosas casas da França fundam uma associação secreta, *Le Guide de la bouche françoise*, em referência a uma confraria rabelaisiana do século XVI, *La Guilde de la Gueule*, círculo de fidalgos apreciadores da boa mesa. Por um ano, um triunvirato de cordons-bleus sorteados se dedica a recensear as tabernas frequentáveis, com a proibição de revelar sua identidade a quem quer que seja. Distribuída por um soldo pelos primeiros caixeiros-viajantes, essa lista alfabética, publicada no dia 2 de janeiro de cada ano, conhece um sucesso impressionante com os Incroyables e as Merveilleuses, que são para a Revolução Francesa o que os Anos Loucos seriam para a Primeira Guerra Mundial: uma liberação dos sentidos, uma corrida aos prazeres extravagantes e desregrados.

As rainhas da moda se chamam, à época, Juliette Récamier, Germaine de Staël e Joséphine de Beauharnais. Cansadas de seus salões privados, essas senhoras frívolas e cultas passeiam suas audácias pelos jardins públicos e pelos bares frequentados por uma clientela masculina, numa época em que demonstrar apetite é indigno das mulheres, que devem beliscar e bebericar com a ponta dos lábios. É preciso recomendar-lhes estabelecimentos que correspondam à sua condição social. Assim aparece a distinção "M", de Merveilleuses, ao lado do nome dos estabelecimentos, distinção que às vezes é considerada o ancestral da estrela e marca o nascimento do Grande Restaurante. *Le Guide de la bouche françoise* passa a se beneficiar da ajuda de "provadores" remunerados e independentes, na maioria das vezes ex-cozinheiros, cansados de seus ofícios. Trinta anos depois da Revolução, contam-se três mil restaurantes em Paris. Mas enquanto Paris se torna a capital mundial da gastronomia, a lista, por falta de financiamento, desaparece. Um dos últimos exemplares conhecidos data de 1869. Naquele ano, Alexandre Dumas, que trabalha na publicação de seu *Grande dicionário de culinária*, torna-se seu presidente honorário. Ele morre no ano seguinte por ter vivido demais.

É preciso esperar a virada do século XX para ver o retorno do periódico dos anos revolucionários. Impressa em papel bíblia e editada na forma de brochura, a lista escolhe um nome artístico digno de sua epopeia: o Guia. O Guia confere cordões às estalagens de qualidade e estrelas aos restaurantes prestigiosos. Seu público, multiplicado pelo desenvolvimento do automóvel e pelos primórdios do turismo gastronômico, não demora a se tornar considerável. Em breve, toda a França será esquadrinhada pelos agentes do Guia, os famosos "provadores". Por trás desse ressurgimento, ocultam-se a tenacidade (e o dinheiro) de um Cidadão Kane do Auvergnat, que gosta de assinar crônicas culinárias no *L'Auvergnat de Paris* sob o pseudônimo "Divino Comedor". À sua morte, em 1962, a tiragem do Guia beira os cem mil exemplares.

Antes de entrar no Les Promesses, Christophe nunca abrira um Guia na vida. Ele não era um desses garotos cujos pais saem de férias com o livro no porta-luvas, junto com mapas rodoviários e balinhas de seiva de pinheiro, e isso por um bom motivo: ele não saía de férias. Um dia (Christophe integrava a brigada havia apenas nove meses), um vento de loucura tomou conta do restaurante. Todos estremeciam e se movimentavam como se uma tempestade estivesse chegando, três pessoas foram enviadas para limpar os banheiros, trufas foram encomendadas, as toalhas das mesas foram trocadas: um inspetor rondava as paragens. Homens de pele curtida pelo sol, que cortavam carnes com a despreocupação de matadores de criancinhas, pareciam enfeitiçados, "eles estão chegando, eles estão aqui!", eles murmuravam, tentando conter a preocupação polindo os fogões, que brilhavam como madrepérola; somente Renoir, naquele tumulto, mantinha a calma e observava, levemente entristecido, o pânico que se propagava em todo o navio, do porão ao grande mastro. A porta monumental se abriu e um homenzinho pequeno, careca e taciturno, fugido de uma charge de Sempé, entrou. O sr. Didier pediu o cardápio, comeu, pagou e foi embora. Aquela era a hidra monstruosa, o feroz Cérbero?

A cada serviço, Paul Renoir colocava seu título e sua reputação em jogo. Nada jamais seria permanente. Christophe não conhecia nenhuma profissão como aquela. Les Promesses servia doze mil refeições por ano, os provadores só visitavam os restaurantes três ou quatro vezes por ano. Como almejar objetividade? Além disso, não deveríamos cozinhar para os clientes? Seus colegas não ouviam nenhum de seus argumentos. A relação com a instituição do Auvergnat era carnal, filial, quase mística. Existem outros guias, é claro, centenas de revistas, cada uma apresentando com orgulho sua própria classificação (A Lista, criação do Quai d'Orsay, vence incontestavelmente a palma do ridículo), mas somente O Guia, divindade onisciente, tem o poder de abrir as Portas Celestes. E para satisfazer suas exigências, reais ou imaginadas, alguns chefs sacrificam o casamento, a família, os funcionários e, se necessário, a própria vida. Quanto aos velhos guerreiros entorpecidos por uma glória que julgam eterna, cuidado! Quando Paul Bocuse perde sua terceira estrela, é um choque. Os gourmets ficam indignados e tuítam #eusoubocuse e, no estádio Gerland, os torcedores do Olympique Lyonnais abrem uma faixa emocionante: "Monsieur Paul, nenhuma de suas estrelas jamais será retirada do coração dos lyonenses". Gérard Legras brada: "É um atentado à alta gastronomia!". Dessa vez, porém, apesar dos protestos dos jornalistas (nunca é tarde demais para buscar um lugar à mesa em Collonges), o carrasco rouba a cena de sua vítima. A nova diretora do Guia, Marianne de Courville, tem uma obsessão: restaurar o prestígio da instituição. E quando ela posa para as fotos, de coque e ereta como um mastro de mezena, com um guia na mão, é como um pastor armado com sua bíblia que insiste: "A terceira estrela não é uma renda vitalícia!". Christophe não é contra a ideia de sacudir o meio: nada o irrita mais que aqueles mesmos chefs encanecidos, arautos do aprendizado e da transmissão, que nos bastidores se dedicam a sufocar qualquer iniciativa passível de colocar em perigo seu prestígio. Mas aquela diretora de sobrenome nobre e tailleur sob medida já colocou a mão na terra? É nisso que pensa o sous-chef dentro do TGV que o leva à Gare de Lyon, mordiscando sem apetite um frango Colombo e arroz crioulo com beringelas a dezessete euros, preparado por um chef estrelado que sorri beatificamente na embalagem de plástico. Ele logo chegará a Paris. Natalia repetira várias vezes: "Vamos ao Guia para fazer amigos". Ela devia saber, no entanto, que Christophe nunca teve talento para a diplomacia.

Fiel ao desejo de anonimato e discrição almejada pelo Grupo, o Guia se mudara para um subúrbio desconhecido. Natalia o esperava batendo o pé à entrada de um prédio cinza. Um homem calvo e engravatado os recebe no hall e, educadamente, os conduz aos elevadores. Eles chegam ao terceiro andar, acompanhados por uma melodia de Vivaldi. As portas se abrem para um longo corredor coberto por um carpete verde--maçã. O sujeito, sem dizer uma palavra, os acomoda numa sala retangular, ocupada no centro por uma mesa de vidro e três garrafas de água. Em torno dela estão dispostas quatro poltronas de plástico transparente. O Grupo optou pelo minimalismo. Na parede, um quadro-negro, como um "cardápio do dia", lembra os três mandamentos do Provador: "Anônimo serás; Tua conta pagarás; Independente continuarás". O homem os cumprimenta e desaparece. Alguns segundos depois, a porta é aberta por uma mulher de rosto franco, vestida num tailleur escuro com um broche de três estrelas entrelaçadas. Ela caminha até Natalia e aperta sua mão demoradamente.

– Senhora, gostaria de lhe apresentar meus sentimentos mais sinceros. Não tive a sorte de conhecer seu marido pessoalmente e sinto muito por isso. Seu talento e suas qualidades farão falta no mundo da gastronomia.

Depois de cumprimentar Christophe, Marianne de Courville se apoia na parede, de pé, com as mãos juntas atrás das costas.

– Como vocês sabem, desde que fui nomeada não recebemos mais ninguém – ela começa, com voz doce.

– Mas aqui estamos – diz Natalia, com seu sorriso mais meigo. – Este é Christophe, nosso novo chef – ela continua. – Sei que Paul teria adorado estar aqui hoje. Ele costumava zombar: "Se algo me acontecer, um acidente de carro ou se eu me engasgar, liguem para o Guia em primeiro lugar!". O Guia

esteve ao lado de meu marido a vida toda, e uma fidelidade dessas valia a viagem...
  Um breve silêncio.
  – Muito bem. O que posso fazer por vocês? Natalia endireita o corpo, como se estivesse prestes a se levantar.
  – Os rumores sobre a perda de nossa terceira estrela... Nossa situação está particularmente delicada... Bancos, impostos...
  Sua interlocutora não a deixa continuar.
  – Uma casa prestigiosa como a sua não deve prestar atenção a rumores vindos de um inimigo do Guia com sede de atenção – ela responde, cortante. – Quem não gosta do Guia não gosta dos cozinheiros. Pois só temos um objetivo: apoiar e proteger a gastronomia francesa. As estrelas são atribuídas a um estabelecimento, não a um homem. Se sua casa merece a recompensa suprema, a senhora não precisa se preocupar.
  – Se não estivéssemos preocupados, senhora – retoma Natalia –, nunca teríamos solicitado um encontro. Estamos sozinhos. Precisamos de apoio.
  A diretora do Guia se senta à frente deles.
  – Tenham certeza de que o Les Promesses se beneficia de todas as nossas atenções e de que a morte trágica do sr. Renoir não muda nada nesse quadro. Claro que, como todo mundo, somos falíveis. Mas, entre todos os que julgam vocês, somos de longe os menos falíveis. Por isso peço que confiem em nós. E para provar o que digo – ela se vira para Christophe –, irei pessoalmente me assegurar da qualidade de seu talento, sr. Lamirauté. Neste momento, porém, é difícil enviar provadores para um restaurante fechado.
  O olhar discreto que Natalia e Christophe trocam não escapa à interlocutora.

– Vamos abrir amanhã – Natalia Renoir promete na mesma hora.
– Que excelente notícia. Nunca é prudente deixar as pessoas se acostumarem à nossa ausência.
Marianne de Courville se levanta. Lisonjeado de que ela conheça seu sobrenome, Christophe olha com outros olhos para a diretora do Guia. Embora seja difícil lhe atribuir uma idade exata, ele precisa reconhecer que ela tem distinção, a das pessoas bem-nascidas. De alguns ângulos, ela poderia até ser bonita. A diretora apresenta de novo seus pêsames a Natalia, pede desculpas por não ter assistido ao enterro e, com uma palavra cordial, acompanha os dois até o elevador: "Volte sem medo para casa, senhora. Cuidarei de vocês". Depois, aproximando-se de Christophe: "Seu perfil é atípico, mas comenta-se que seria o digno sucessor do sr. Renoir. No entanto, se me permite dizer: cuidado com as sobremesas. Enquanto conversávamos, me veio a lembrança de um desagradável abacaxi".
– Então já foi ao restaurante? – exclama Christophe.
– Até logo, senhor.
Na calçada, Natalia mal consegue conter o entusiasmo.
– Isso é o que se chama de mulher poderosa! Você tinha razão: não vamos perder as estrelas!
– Três horas de viagem por quinze minutos de conversa – murmura Christophe –, e respostas que pareciam perguntas...
– Há coisas que as mulheres sentem. Acredite em mim, essa Marianne ainda vai nos surpreender.

Capítulo 17

"Renoir, está sonhando? Renoir, venha aqui! Renoir, o que está fazendo? Merda, Renoir, o caldo de carne!" Um sujeito me persegue, um *saucier*, o chef de molhos. Ele me manda até a outra ponta de Paris para comprar um dente de alho, zomba do meu sotaque, os outros riem. Os *sauciers* são a aristocracia. Azar o dele, meu ódio está em pleno surto de crescimento. Um dia em que ele me incomoda durante a hora de pico, quase enfio o garfo da carne em sua jugular. O imbecil não ousa nem engolir a saliva. Silêncio mortal, não faça besteira, Paulo, não vale a pena. Depois disso, ninguém ousa me incomodar. Ou melhor, tudo muda. Começo a ser chamado de "Cyrano". E quando um novato chega, apontam para mim, com um conselho sensato: Cyrano é legal, mas nunca zombe de seu sotaque.

Quando começo a trabalhar no número 3 da Rue Royale, Marlon Brando brilha em *Apocalypse Now* e o Maxim's ainda será, por mais alguns anos, o mais famoso restaurante do mundo. Sua notoriedade declina (a época em que Feydeau escrevia *La Dame de chez Maxim's*, em 1899, já passou), mas o mito persiste. Nos anos 1950, Aristóteles Onassis e La Callas ali se encontravam com Marlene Dietrich para degustar uma sela de cordeiro Belle Otero, enquanto na mesa ao lado Jean Cocteau comia um suflê Rothschild, acompanhado de um efebo guardado para a sobremesa. Ao entrar no Maxim's, sinto a mesma excitação de um escritor entrando no quarto de Proust. Tudo é ondulação, curvas, libélulas e borboletas. Tudo se enreda, enrola e confunde. Mesma coisa na cozinha. Eu queria ação: estou bem servido. Sou colocado sob as ordens de um chef *entremétier*, pouco mais velho que eu. E quem vejo surgir, zombeteiro sob a touca? Jacques Tardieu! Não temos tempo de comemorar nosso reencontro, precisamos produzir, rapazes, produzir! Descubro uma brigada de cem pessoas, um vagão de metrô na hora de pico. Em matéria de capitais, eu só conhecia Lyon. Paris logo deixa as coisas bem claras: aqui, você é só mais um entre vários outros. Até o barulho tem uma consistência diferente. Estresse, pedidos gritados nos ouvidos dos ajudantes, estrondo de porcelanas, alarmes estridentes dos temporizadores. Reprimendas e golpes de pano de prato molhado. Nada a ver com a agitação enérgica e o companheirismo viril do restaurante de Bocuse: os nomes de pássaros voam mais baixo aqui, por causa da cozinha no subsolo. No início, o estrondo da louça sendo lavada me dá um susto, uma semana depois, não ouço mais nada. Não se ouve nada, aliás. Impossível se concentrar numa *mise en place* ou numa preparação, mas não estamos ali para isso. O que nos pedem são receitas históricas, precisamos produzir, rapazes, produzir! Felizmente, conheço meu solfejo: Escoffier, Prosper Montagné. A cozinha clássica francesa é como uma habilitação para todas as categorias.

    A meu redor, todos têm nomes predestinados, os ancestrais, de certo modo, dos Têtedoie, Tourteaux ou Troisgros. O chef se chama Hippolyte Carcassin, Roland Poutargue está nos peixes e a sra. Lotte, sua mulher, no caixa: ela tem as bochechas vermelhas e redondas, juro por deus, de tanto cozinhar com curry. O patrão, Gilbert Coquelet, extremamente gay, conhece todas as clientes pelo primeiro nome, bem como o de seus amantes. Coquelet só se dirige ao chef. Em dois anos, ele passou os olhos por mim duas vezes, e só porque nos cruzamos no elevador de serviço. Ele delega suas ordens a subalternos que vêm repassá-las, cheios de si, a nós da cozinha, os sebentos do subsolo. Mas nossa revanche se aproxima. O corte e flambagem em sala vivem suas últimas horas. O bando de Bocuse se ocupa disso. Um dia, monsieur Paul desembarca na cozinha e inspeciona com seu olho real a brigada em posição de sentido. Ele me vê e se vira para Coquelet: "Diga uma coisa, Gilou, aquele ali não está dando muito trabalho? Cuidado, é um malandro!". O outro sorri amavelmente, não tem a menor ideia de quem sou.

Consegui um apartamento minúsculo num sótão, no número 26 da Rue Boissy d'Anglas. Quente no verão e terrivelmente frio no inverno. Ao lado, Hermès e Lenôtre, a igreja Madeleine e a Place de la Concorde. Fico escondido entre os ricos. Compro meu pão nas mesmas padarias que eles, cruzo com Gérard Jugnot do Le Splendid todas as manhãs. À noite, de avental, volto para o subsolo. Os serviços são exaustivos, quando eles acabam estou podre de cansaço, tonto, e arregalo os olhos quando vejo os outros se arrumando para ir dançar. Em meados dos anos 1970, há cocaína em toda parte. Particularmente, prefiro conhecer a composição dos produtos que entram no meu corpo, mas sigo o fluxo. No fundo, trocamos um subsolo por outro, a única diferença são as luzes piscantes e as garotas dançantes. Jacques é um baixinho à la Joe Pesci, muito engraçado. Quando a coisa desanda, é meu gancho que ele solicita. Para começo de conversa, não tenho medo de ninguém. É isso mesmo: ninguém. Quando um idiota quer se exibir para a namorada, eu o atiro para longe. Eu tento dançar (ou melhor, agito os braços como um grande inseto), mas as discotecas não são para mim, prefiro o blues, as vozes roucas e as guitarras queimadas pelo sol da Louisiana.

Considerando as horas que passamos em pé, dando duro como imbecis, ganhamos uma miséria, mas nos divertimos. Temos a impressão de ser desbravadores. E convivemos com personalidades. É a sala que nos move. Essa noite, rapazes, temos Kirk Douglas: desde *Spartacus*, ele só come entrecôte malpassado. Ou então: Sophia Loren foi colocada na 42 para que vocês possam admirar seu decote... E toda a brigada se empurra na escotilha para ver Carlo, de camisa florida, devorando um frango assado, ele até abana para nós! Uma noite, tenho a sorte de ver o ogro. Barriga enorme, barba de colosso: sr. Orson Welles. Ele é colocado numa mesa central. "Quando eu pedir um assado, você me traz dois, e assim por diante. Vou começar com dois patês *en croûte*." Sua presença chega a encolher a sala.

Subo de posto, devo ensinar os rudimentos a dois garotos sob minha tutela. Um deles é apelidado de Pierrot porque parece um alho-poró. Pierrot foi criado pela avó, é tudo que sei. O garoto tem uma única obsessão: passar despercebido. Ele adquire a cor do lugar onde está, branco sobre os azulejos, metálico à frente do forno, porão úmido sob o céu de Paris. Sempre o primeiro a chegar: um esforçado, não especialmente talentoso, mas dedicado. Ele começa como ajudante, descascando, depois passo para ele o corte das alcachofras pequenas para as *poivrades*, milhares de alcachofras que cortam as mãos, mas ele nunca se queixa, eu o ensino a cinzelar uma chalota, a amarrar um frango. Com um pouco de sorte e muita vontade, ele se tornará um chef de partie bastante decente. Ele tolera as piadas colegiais da equipe, o balde de água fria ao acordar. Não se pode falar em assédio, apenas em pegadinhas: a vida da cozinha e suas brincadeiras – em geral, nada muito pesado.

Um dia, alguém da sala faz com que ele acredite que o chef o nomeou aprendiz. Difícil de descrever a reprimenda de Carcassin ao vê-lo instalado no setor de carnes, até eu ri. Na segunda-feira seguinte ele se enforca no quarto lamentável que ocupava acima de uma lavanderia para economizar na calefação. Morrer em oito metro quadrados, por causa de uma brincadeira de mau gosto. Desde então, sempre que cruzo com um Pierrot, eu o seguro gentilmente pelo ombro e o levo até a saída, dizendo: "Esse trabalho não é para você, pequeno...".
    Uma semana depois da morte de Pierrot, Jacques desaparece. Ele não vem buscar o último salário, nem as gorjetas. Três meses se passam. Sem meu amigo, o tempo se arrasta. Até que, uma noite, aparece um sujeito todo nos trinques, de terno, acompanhado de um avião. Só se fala disso na cozinha. Salada para ela, tartare condimentado para ele, e garrafa de Margaux 1968, ainda me lembro. "Pessoal, é Jacques!" A notícia se espalha como um rastilho de pólvora. Pego o carrinho de preparação e vou para a sala. Jacques me convida a chegar mais perto. A senhorita que o acompanha vai para o banheiro.
    – Ainda gosta de confeitaria, Paulo?
    Digo que sim, tirei até meu Certificado de Aptidão Profissional como confeiteiro. "Perfeito! Tenho um emprego para você." Fico curioso, é claro, mas ele não diz mais nada. "Você precisa ver pessoalmente, ou não vai acreditar." A loira volta, com dois bigodes brancos embaixo do nariz. Jacques lhe estende o guardanapo. Espere, Paulo, e ele rabisca algo num papel, você vai ver, vai gostar do bairro. "O que estava fazendo na sala? Tenho três filés Rossini na fila!" Carcassin vocifera, gesticula, revira os olhos, profere insanidades. Tiro o avental e saio da cozinha sem pressa, sob os olhos da brigada muda. Um tapa de luva histórico. Naquele momento, a carranca de espanto de Carcassin vale mais que todos os quadros do Louvre.

Uma hora depois, me apresento no Boulevard de Clichy, 18º arrondissement. Nem sinal de restaurante, mas vejo um bistrô sinistro entalado entre um sex shop rosa-bombom e uma creperia paquistanesa. Talvez eu tenha me precipitado. Jacques bebia um Suze no balcão: "E aí, meu velho, o que acha?". Gaguejo que é original, sim, tem potencial. O patife cai na gargalhada, ora, venha comigo, e ele me puxa pelo braço. Alguns passos adiante, chegamos ao número 82 do Boulevard de Clichy. Cem pessoas aguardam numa fila. "É uma piada?" Então Jacques diz, triunfante: "Bem-vindo ao lar!". E é assim que me torno chef confeiteiro do Moulin Rouge.

Capítulo 18

Yumi afasta as coxas. Seu *lady finger* está na borda da banheira, ao lado do celular. Ela aprendeu a se masturbar privilegiando a eficácia, para dormir melhor à noite. Hoje, decidiu se oferecer uma sessão lenta, cadenciada, entrecortada por longos períodos de frisson – ela tem todo o tempo do mundo, não há pressa. Ela gosta de escolher homens de seu círculo como companheiros imaginários, celebridades deixam de ser excitantes no final da adolescência, ela precisa de alguém plausível, o *boy next door*. O problema é que seu trabalho não lhe permite quase nenhum encontro amoroso. Seu horizonte masculino se limita a vinte sujeitos pálidos, mais preocupados com o corte de um pombo do que com a própria aparência. A pequena Cassandre dormira com uma parte da cozinha para ter um pouco de paz, para pararem de incomodá-la: não suportava os comentários e as mãos bobas, então se entregara. O patrão era o único que não colocara a mão nela. Ela era afetuosamente chamada de "a purga", porque relaxava a brigada. Yumi teria tido vergonha desse apelido, inclusive demorara para entender o que ele significava. Nessas histórias, nunca se mencionava o desejo das mulheres. Yumi precisava de sexo, era uma necessidade biológica, mas ela fazia tudo sozinha. E se um daqueles abobados viesse balançar o pau na frente dela como um troféu, ela o cortaria fora.

Yumi transara por três meses com Diego, que tinha um tipo físico um tanto provinciano (ele usava barbicha) mas que se dedicava à coisa com afinco, mesmo depois de doze horas de trabalho. A cozinha forma soldados valorosos. Diego se tornará um grande chef, sem dúvida, ele tem o caráter necessário: individualista, angustiado e decidido a sacrificar a própria saúde e qualquer simulacro de vida afetiva a um estabelecimento com seu nome. Yumi respeita isso. A busca da excelência exige total abnegação. Ela mesma trabalha doze horas por dia, não tem amigos, ou muito poucos, e nas raras vezes em que se embebedou foi com vinho rosé, sozinha em casa assistindo a um episódio de *Desperate Housewives*. Mas, ao contrário de Diego, seus desejos vão além dos sifões de confeitaria e dos sorbets de limão: ela é apaixonada por moda e arte, Audrey Hepburn também, e pelos filmes de Takeshi Kitano. Quando criança, ela tocava violino. Diego, por sua vez, não lê nada, não se interessa por cinema nem por viagens. As únicas coisas que o distraem são videogames e jogos da Liga dos Campeões. No topo de seu olimpo reinava o semideus Paul Renoir. Qualquer observação do chef o levava aos píncaros da glória ou o mergulhava nos suplícios do desespero. Um dia, sem motivo aparente, antes do serviço da noite, Diego dissera a Yumi: "Chega. Você me desconcentra. Sou menos bom desde que estamos juntos". Yumi não percebera que eles estavam "juntos". Ela não o culpou. Além de nunca se permitir julgar o comportamento dos outros, mesmo quando estes a prejudicavam (o que ela sabia de suas vidas? Seus pais a ensinaram a se manter à margem de todo julgamento pessoal), ela também não esquecia que Diego a iniciara nas virtudes benéficas do sexo oral, sua mais comovente descoberta desde que chegara na França – ao lado do suflê de Grand Marnier e do queijo comté maturado por 32 meses, obviamente. Na mesa de cabeceira, o celular volta a vibrar. Desde a morte do chef, Diego se sente sozinho; os europeus são muito estranhos, assim que nos deixam já se arrependem, e qualquer mensagem de texto sem resposta se transforma numa tragédia grega. Diego quer ir para a cama com ela, nenhum problema nisso, mas por que fingir que ela é mais que um puro objeto de prazer? Aquilo foi perfeito para despertar o seu desejo – quando se enchia de profiteroles de chocolate, ela não tentava se convencer de que era bom para a saúde. A temperatura da água, quase insuportável, lembra os *onsen* de sua infância. Uma vez por ano, toda a família viajava para uma estação termal em Tomata, na província de Okayama, perto de Hiroshima. O calor a relaxa, o clímax a acalmará, onde ela estava mesmo?, ah, sim, Yann, ou melhor, o "sr. diretor Yann Mercier". Liso e imberbe como um estudante japonês, uma presa fácil, um garoto que sentimos vontade de descabelar. Há pouco tempo, uma nova fantasia veio se imiscuir entre as outras, ela a encara. Sua mão desce, o prazer se aproxima, se mantém à espreita. Yumi gosta de arranhar a parte leitosa de suas coxas. Mas sua mente se dispersa e a tristeza a invade. A sombra de Paul Renoir se estende sobre ela – você não tem mais nada para fazer além de passar os dias na banheira? Yumi fecha os olhos. Ele teria sentido orgulho dela. O "Monte Fuji" merece se tornar a assinatura doce da casa Renoir; é sua vitória mais fulgurante, ela sabe disso, ela sente isso no fundo da alma. Seu dedo médio já não se contenta em esfregar o clitóris, ele a penetra com força. Tudo se apaga diante da imagem de uma camada de merengue, chantilly e castanhas, com um toque de cassis. Na língua, um pedacinho de yuzu, o equilíbrio perfeito, seu sexo se contrai, a acidez dá lugar a uma doçura suave: Yumi solta um grito breve e agudo.

Christophe sempre tem o mesmo prazer ao abrir uma cozinha. Sentir o cheiro de sabão. Passar a mão pelo inox frio.

Aproximar-se em silêncio das bocas apagadas e riscar o primeiro fósforo. Os fogões logo serão acordados, seus flancos baterão ao ritmo das chamas, as portas ardentes dos fornos cuspirão sua lava. A todo momento, ele espera ver seu mestre – todos para o convés! Escamem o pregado! Desfiem os caranguejos! Christophe começa pelando os legumes. Para se concentrar. E se lembrar que foi ali, bem nos fundos, que ele começou. Quando Christophe procurou Paul Renoir, sete anos antes, ele nunca imaginou que o chef do Les Promesses pudesse se lembrar dele. Eram onze horas, os aventais rodopiavam em torno deles, Christophe não conseguia encontrar as palavras certas. Fazia dois anos que ele se lançara na horticultura. Ele abastecia alguns bistrôs, mas sua reputação não ia além da região da Île-de-France. Ele queria convencer Paul Renoir a se tornar seu cliente. Com um nome daqueles a seu lado, sua notoriedade se firmaria. "Coma algo", o chef lhe respondera, "conversamos depois." Ele o acomodara à mesa da casa, ao lado dos fogões. Fora assim que Christophe entrara numa cozinha pela primeira vez. Ao lado de toda a tripulação. À primeira vista, tudo parecia calmo, um mar parado de onde os *amuse- -bouches* eram enviados. De repente, uma tormenta. O navio rangia, inundado de pedidos, parecia prestes a naufragar, enquanto no leme, sonhador e silencioso, o capitão apagava com um só golpe o incêndio de um molho. Levaram a Christophe uma cenoura, enroscada dentro de uma casca de árvore. Fina, alongada, do tamanho de uma caneta pequena, temperada com sal, pimenta e uma gota de vinagre. Um produto simples e esplêndido, vestido para a cidade como se estivesse no campo. Dentro da boca, uma firmeza terrosa e açucarada. Caramba, ele pensou, então a grande cozinha é isso? Uma imitação da natureza? Os pratos se sucederam, precisos como iluminuras, ele perdeu a conta. Impossível tirar os olhos de Paul Renoir.

Seu corpo, massa pesada, musculosa, abundante, circulava por tudo, pegando um tempero aqui, uma pitada de sal acolá. Um guerreiro dançante. Nenhum prato deixava a cozinha sem ser submetido a sua aprovação, e ele o deixava partir a contragosto, como um pai vendo o filho sair para o mundo. Esse sujeito, pensara Christophe, parece colocar a própria vida em jogo todas as noites. Mais tarde, eles desceram à pequena aldeia de Montmin, por dentro dos campos. Os pássaros cantavam a chegada da noite, um perfume de glicínia, pesado e doce, preenchia a atmosfera.

– Então, meu jovem, em que posso ajudar?
– Quero fazer o que o senhor faz. Fazer parte da equipe.

Saíra assim, sem premeditação. O coração de Christophe batia disparado.

– Que ideia é essa? Ninguém se torna cozinheiro ou trapezista depois de uma noite no circo!

Então Christophe o lembrou de um dia de outubro. As malas tinham sido colocadas às pressas no teto do Citroën, a tempestade se armava acima dos túmulos.

– Um homem se aproximou e me disse: "Eu me chamo Paul. Se um dia eu puder fazer algo por você, pequeno...".

Paul Renoir ficou pálido. Com um gesto, tirou os cabelos grisalhos que caíam à frente dos olhos.

– Segunda-feira, às sete horas. Terá um avental à sua espera. Não se atrase.

Sem dizer mais nada, o chef voltou para sua cidadela.

*

– Sou a primeira?

Christophe quase pulou de susto. Yumi está à sua frente e sorri.

– Os outros só chegam ao meio-dia. Enquanto isso, eu gostaria que você me fizesse todas as suas sobremesas.

A jovem desaparece sem dizer nada. Christophe se senta na cadeira de couro com rodinhas, único luxo da "cabana" que Renoir tomava o cuidado de nunca arrumar, dizendo que lhe era impossível pensar num lugar organizado. Ele se demora no quadro de cortiça onde o chef espetava esboços de pratos, poemas, citações ou o endereço de um fornecedor. Num post-it, "Ligar para E.". "E." é Enrique, o "batedor do patrão", que localiza a caça e abre as trilhas. Fora em sua companhia que Paul Renoir caçara na véspera: com exceção de Natalia, Enrique foi o último a ver o patrão com vida.

Por muito tempo, Christophe acreditou conhecer o homem com quem trabalhava havia sete anos, mas o que ele interpretara como cumplicidade não passava de uma forma de cortesia, nada que pudesse se assemelhar a um sentimento de confiança ou amizade. Christophe esperava que ele o convidasse para jantar em sua casa, que eles percorressem os campos, como no primeiro dia. Nada acontecera. A única pessoa por quem Renoir demonstrava sincera afeição era Yumi, a confeiteira. "Observe essa jovem: é dela que a história se lembrará, não de nós!" Christophe seguira o conselho do mestre, e quanto mais olhava para ela, mas gostava do que via. Olhos amendoados, a doce beleza de um rosto emoldurado por cabelos de ébano, mãos marcadas que pareciam ter sido mergulhadas num vaso de espinhos. Ele ficara triste ao saber de sua aventura com Diego, o touro catalão não merecia tanta graça ou inteligência.

Christophe não se envolvia com as sobremesas, os doces eram o terreno privado do chef. Quando o serviço chegava ao fim, Paul Renoir cedia a uma de suas facetas pueris e ia distrair Yumi durante sua prova de fogo: "Que silêncio aqui, minha filha, até consigo pensar!". Ou então: "Experimente essas bergamotas, ganhei de um equilibrista do Cirque du Soleil italiano que largou tudo para fazer óleo de oliva no Peloponeso". Uma noite, ele apareceu despenteado e radiante, "Faça suas malas, minha filha, vamos para a Grécia!". Yumi pensou que ele estava brincando: três horas depois, eles estavam a caminho do berço da civilização. O chef Renoir tinha acabado de comprar um olival nos montes de Calamata, repleto de laranjeiras, romãzeiras e colmeias de montanha. Um pastor os recebeu com figos, bolos secos e grandes copos de xarope de romã. À noite, sentado ao lado da lareira, o homem colocou no fogo fatias de pão dormido, passadas em azeite de oliva verde e mel, colocadas sobre um pedaço de queijo grego. Na volta, ela criou sua "Lembrança de Calamata", um biscoito de amêndoas com azeite de oliva, servido com maionese de yuzu e sorbet de queijo fresco. Por cima, um filete de mel de laranjeira e raspas de bergamota. Sua Lembrança de Calamata era a única sobremesa que nunca tinha saído do cardápio do Les Promesses, desde que fora criada. A viagem datava de dois anos atrás. Por isso ela se esmerara tanto na criação de seu Monte Fuji, pensado e concebido para Paul Renoir, cuja atração pelo Japão ela conhecia e cujos segredos adivinhava.

    Da cintura de seu avental, Christophe retira a colher de sopa com que verifica as reduções e bases de molhos. Diante dele, alinhadas, as quatro sobremesas do cardápio: a pera, o limão, a Lembrança de Calamata e o abacaxi. Yumi se mantém afastada. As três primeiras sobremesas despertam a aprovação silenciosa do chef. Chega a vez do abacaxi.

    – Falta um contraste de temperatura. A fruta está fria, o creme está morno. O abacaxi deveria estar gelado. Falta também um pouco de acidez.

    Christophe demora para cortar a fruta com a colher.

– É difícil de cortar – ele continua –, deveria ser duas vezes mais comprido, duas vezes menos largo.
– O chef queria um filé de abacaxi, a ser comido com garfo e faca – Yumi objeta delicadamente.
– ...E na textura – continua Christophe –, o mel precisa envolver os cristais de gelo. Eu me pergunto se não seria melhor com queijo branco, em vez de creme, que achei doce demais. Ou com coalhada de ovelha.
– Chef, você já comeu esse abacaxi, ele nunca foi um problema...
Christophe pousa a colher. Acima deles, o som da porta de um armário batendo.
– Os rapazes chegaram. Junte-se a nós quando terminar de limpar. Enquanto isso, vamos tirar o abacaxi do cardápio.
Na brigada, todos se abraçam, sem efusão excessiva. Questão de educação, orgulho também. Comenta-se a nova temporada de *Top Chef*, o documentário da Netflix, o último jogo do Arsenal. Diego pergunta a Cassandre desde quando ela não ganha uma chupada, ela responde com uma cotovelada nas costelas. Ninguém quer demonstrar a que ponto depende do restaurante. Gilles aparece com uma barba de três dias. Alonzo olha para ele com ar preocupado: "Não parece nada bem, *jefe*". Yann Mercier é o último a chegar. Ele perdeu a empáfia, seu nariz já não parece tão arrebitado, suas bochechas estão menos rosadas. O pessoal da sala e da brigada se reúne no meio do restaurante. Christophe pede silêncio.
– O grande dia chegou: nosso primeiro serviço sem o chef. O sr. Paul não gostava de deixar sua cozinha, eu também não. Ele não gostava de barulho, eu também não. Ele gostava de precisão, superação, eu também.
Um ajudante, atrasado, se junta discretamente à tropa. Christophe lhe dirige um olhar nervoso:

– Sem falar do respeito aos horários, que é a base de nossa profissão.

"Vocês têm muitas perguntas, eu não tenho respostas. Uma coisa é certa: ninguém nos passará a mão na cabeça. O filho de Renoir e Albinoni querem o restaurante, os críticos terão prazer em nos assassinar e o Guia só quer um motivo para nos rebaixar. Só existe uma maneira de responder: com o prato, sempre o prato, nada mais que o prato! Então hoje à noite quero coragem, audácia, vontade. Nós é que temos que decidir o que vamos nos tornar."

– Chef, sim, chef! – todos respondem em coro.

A brigada começa a se dispersar, mas Christophe continua, com voz firme.

– Última coisa. Agora sou chef executivo do Les Promesses, no lugar do sr. Renoir. Gilles, você será meu sous-chef e continuará com os peixes. Na sala, não mudaremos nada. Se tiverem algo a dizer, é agora ou nunca.

Diego engole em seco, mas se mantém calado. Ele sente dor na mandíbula cerrada. Várias mãos tocam os ombros de Gilles, que é parabenizado, Yumi o abraça.

– Conto vocês, rapazes. E não esqueçam que, do alto de sua montanha, alguém nos observa.

Capítulo 19

Sou cercado por três jaquetas de couro. Pareço ridículo com a roupa de cozinheiro e as bandejas de alumínio na mão, encurralado do lado de fora. Eles querem entrar. Pelo jeito que têm, entendo que não vieram ver o espetáculo, mas flertar com as garotas. Aos trinta anos, várias dançarinas que começam a envelhecer terminam suas carreiras como acompanhantes de luxo. Um deles me empurra, evito um primeiro uppercut enquanto minha bandeja quebra o esterno do sujeito que cai sem conseguir respirar. Alguém pula sobre minhas costas. O gorila me atira nas latas de lixo. Os três entram às gargalhadas. Vejo-os saindo na mesma hora, ou melhor, correndo como lebres. Um vulto se delineia sobre o fundo vermelho e quente da saída de serviço. O homem avança na minha direção, sem pressa, com uma machadinha na mão direita, mais brilhante que o luar. "Gosto dos cozinheiros", ele me diz numa voz rouca, enquanto me ajuda a levantar. "Eles têm um trabalho sem horários, como os bandidos." Ele tira o pó de meus ombros. "Permita que me apresente: Enrique Caballero Figueroa, cavaleiro do Apocalipse. Você é o pequeno confeiteiro e precisa de um novo avental."

Meu pequeno confeiteiro. É assim que as garotas de pernas eternas me chamam quando querem algum favor. Em troca de seus afagos, distribuo marshmallows e bolinhos, com chantilly à vontade. Meu trabalho é simples: garantir a parte doce dos trezentos pratos da noite e oferecer aos clientes mais afortunados *absolutamente* tudo o que eles quiserem. Você sabia que o açúcar é o único alimento que passa diretamente do sangue para o cérebro? Nossos neurônios precisam de açúcar tanto quanto de oxigênio. De condenado da carne passei a fornecedor de prazer. "Aqui, você não será um pequeno padeiro de serviço. No Moulin, o açúcar é rei, as estrelas o adoram, faz com que se lembrem da cocaína." "Jack" mantivera sua palavra. Eu era príncipe e minha coroa era um merengue de frutas cristalizadas. As estrelas – ou "vedetes", como eram chamadas à época – recebiam um tratamento personalizado. Quanto mais extravagantes eram seus desejos, menos elas pareciam ridículas. Cher quer uma pirâmide de macarons de rosa? O confeiteiro dá um jeito! Minha obra mestra é a gôndola de *nougatine* com um gondoleiro de açúcar *soufflé*, para Luciano Pavarotti: o grande homem me pega nos braços, *e viva il piccolo pasticcere!* No resto do tempo, lantejoulas e pernas de fora, leões pulando por círculos de fogo, mágicos cortando um espectador ao meio (o mesmo, todas as noites) e, num aquário de cinco metros, ninfas enlaçando uma píton-reticulada ao som de Jean-Michel Jarre. A noite chega ao fim com o inevitável cancã francês, que os americanos aplaudem com entusiasmo. *Welcome to Paris, ladies and gentlemen!* O convite à despreocupação também vale para mim. Sou jovem, nunca ganhei tanto dinheiro (meu salário duplica com as gorjetas) e meu único projeto é usufruir de minha liberdade. É a época do Palace e dos *tequila sunrise*, os agentes ainda são chamados de "impresarios", cruzo com Delon e Dalida, a noite emenda com o amanhecer. As garotas farfalham a meu redor, me apaixono várias vezes por noite, e não é raro eu acordar ao lado de um traseiro cujo nome não lembro (isso fica entre nós, corte na hora da edição). Enrique, por sua vez, me inicia no "mundo do subsolo", dos bares clandestinos, das mesas de jogo e dos bordéis efêmeros. Em toda parte, somos recebidos como amigos, cúmplices, velhos conhecidos. Meu parceiro frequenta um café minúsculo, quase um corredor, que passa os jogos do Real Madrid. Uma noite, levado pela febre dos violões andaluzes, ele pula sobre o balcão e começa a dançar, em transe, um flamenco de tirar o fôlego, com o rabo de cavalo fustigando seu rosto, o calcanhar martelando a madeira e quebrando copos, mas o *hidalgo furioso* pode tudo. Aos quatro anos de idade ele já toureava os carros das ruas de Sevilha.

Jacques às vezes se junta a nós com a chegada da manhã. Ele reina como um monarca absoluto sobre seu império noturno. Não se trata exatamente de *seu* império, mas ser responsável pelas cozinhas, pelas contratações, pelas compras, e ter a liberdade de conceder favores a quem ele quiser – isso equivale a deter o poder real. Jacques se parece muito comigo. Mesma origem social, capacidades técnicas quase iguais. Tenho mais imaginação que ele, ele coloca suas ideias em prática. Admiramos um ao outro e irritamos um ao outro: assim nascem as grandes amizades, sem dúvida. "Quem foi seu pistolão no Maxim's, na sua opinião?" Jacques não consegue deixar de reivindicar um papel em todas as coisas. Nada acontece nesse planeta sem que ele tenha sido seu instigador. As mulheres não parecem interessá-lo, os homens também não, exceto os que trabalham para ele. Minha cumplicidade com Enrique o irrita: "Esse cigano vai trazer problemas para você". Já não falo com Jacques, mas devo a ele a época mais doce de minha vida. Até que recebo um telefonema de meu pai.

"Sua mãe foi embora", ele repete, como se não conseguisse se convencer do fato, "ela pegou as malas e foi embora." Pego um trem imediatamente. Chego na hora do almoço. Na cozinha, os rapazes não têm vinte anos e têm cara de temporários. Eles trabalham de cabeça baixa, sem se dirigir a palavra. Não reconheço ninguém. A cozinha está tinindo de nova, mas em torno dela a casa envelheceu e a sala está quase vazia. Somente o cardápio do almoço da Mère Yvonne, a cinquenta francos, ainda atrai uma clientela de aposentados.

– Sua mãe sumiu ontem à noite, durante o serviço. As coisas tinham melhorado entre nós, pelo menos foi o que pensei.

Estamos sentados na frente da grande lareira, em banquinhos de madeira. Com a ajuda de um canivete, abrimos meticulosamente o ventre das castanhas de uma bacia cheia.

– Vou fechar, Paul. O restaurante, a loja, tudo. Estou cansado.

Dou de ombros.

– Você está triste, só isso. Feche por uma semana depois do Natal, viaje para um lugar ensolarado, ou vá me ver em Paris. Será meu convidado no Moulin Rouge!

– Você não entende.

O tom de sua voz se torna mais duro.

– Coloquei a propriedade à venda. É uma casa próspera, reconhecida. Conseguirei um bom preço. Dividiremos em três, guardarei a parte de sua mãe. Para quando ela voltar.

Não sei o que dizer. Um sentimento de revolta me aperta a garganta.

– Esse restaurante é sua vida! Nossa vida! Pense na vovó, nas lembranças! Essa fazenda é a única coisa que nos resta e que nos une. Se você vender, não teremos onde nos encontrar.

Meu pai abre as castanhas sem erguer o rosto para mim.

– Muitas coisas mudaram durante sua ausência. Ofereci para você o negócio, mas você nunca quis. Entendo que tenha outras ambições, mas não venha me dar conselhos. A não ser que tenha mudado de ideia.

O fogo engole meu silêncio. A lenha estala.

– Foi o que pensei.

Essa decisão brusca não combina com meu pai. Na família, seguimos os passos de nossos ancestrais, aceitamos o peso da herança. Eu gostaria que aquele fosse apenas um ardil, para me convencer a voltar. Meu pai se levanta e remexe as brasas com um tição.

– Você pensou no que vai fazer? No futuro?

– Me passe o assador de castanhas.

Pego o utensílio e entrego a ele. Quando pequeno, eu gostava de passar margaridas por seus furos. Tudo isso vai desaparecer. E os cheiros e as estações e o tique-taque do relógio da sala. Ele me estende um punhado de castanhas quentes, no fundo de seu punho espesso.

– Sua mãe me enganava, Paul. Com uma mulher. Você tem noção... Com uma mulher.

Seis meses depois, recebo minha parte, nada extravagante, mas o suficiente para planejar o futuro sob nova luz. Voltei ao trabalho no Moulin Rouge, com menos apetite. As ousadias de antes me parecem vãs, nossas bebedeiras filosóficas soam vazias, a temporada das frivolidades chegou ao fim: a aids soou o fim do recreio. O inverno passa, depois a primavera. Enrique é o único a perceber uma mudança em minha atitude. Numa noite em que estamos lado a lado no pequeno bar espanhol, o ibérico coloca à nossa frente duas tequilas batidas – as últimas que beberemos juntos. "Você está deprimido, pequeno confeiteiro." Conto a ele do restaurante que eu não quis e que, por minha culpa, desapareceu, as lembranças que deixei para trás, as que eu poderia ter construído. Enrique me ouve, depois diz: "Amanhã, quero que conheça um lugar".

Clichy, dezenove horas. O sol de abril, pálido e frio, se põe sobre La Gargote, pequeno pé-sujo na esquina da Rue de l'Abreuvoir com a Rue de l'Avenir. A área está cheia de tabacarias e bares vazios em que o caráter da proprietária e o cuscuz de sexta-feira salvam o negócio da falência. Nós nos sentamos no terraço. Operários da obra vizinha se sentam para o pastis com amendoins. Um velho senhor com roupa de veludo pede um vinho do porto. Três garotos de mochila nas costas bebericam batida de morango. Uma anciã se arrasta até nós, beija Enrique e coloca à nossa frente duas *cervezas* geladas. Hoje à noite, ela murmura, temos sopa de feijão-branco e bolo de arroz.

– Então, o que acha? Se reformar, será o lugar ideal para um jovem como você. A *abuela* é amiga de minha mãe, precisa de dinheiro para voltar à terrinha. Você deveria fazer uma proposta.

"Não estou à venda, *señor*", ela me responde por cima do balcão, lançando um olhar raivoso a Enrique, que responde com uma cara de cachorrinho. No dia seguinte, me sento no terraço. A meu redor, duas datilógrafas cochicham segredos da hora do café, uma mesa de pedreiros assobia em garrafões de vinho tinto. A proprietária chama os clientes pelo nome, as mesas estão bambas, o único moedor de pimenta circula de mão em mão. Volto no dia seguinte, no seguinte e no seguinte, e assim por diante ao longo de duas semanas, até que um dia a *abuela* decide pousar sobre mim suas sobrancelhas desgrenhadas. Meus Deus como está murcha, parece uma maçã esquecida no aparador. Mas ela tem a voz clara e a mente alerta, quer saber quem sou e de onde venho, se respeito os antigos ou se sou apenas um desses *maricones* que mijam nos postes de luz à noite. Respondo calmamente a suas perguntas, ela parece satisfeita. No dia seguinte, ela me recebe com uma pequena taça de vinho de nozes e uma tábua de salame preto. Ela está atrás do balcão, de pé e de braços cruzados. Ela aceita vender, desde que eu mantenha o nome do lugar, aberto na Libertação por seu finado marido. La Gargote, que seja! O contato de sua mão me lembra a asperidade do couro puído do carro de meus pais. A velha é surpreendida por uma lágrima, que logo enxuga com o polegar: "*Muy bien*. Agora que é o dono, me oferece alguma coisa para beber?".

Jack ri quando anuncio minha partida: "Vai trocar o Moulin por uma tabacaria? Em menos de um ano, vai implorar para voltar". No La Gargote, tudo precisa ser pensado, construído. A cozinha, a reputação, a clientela, o próprio conceito de restaurante. Em toda minha vida, nunca supliquei a ninguém nem mendiguei qualquer favor, nunca procurei a proteção de um poderoso. Assim, seis meses depois, aos 23 anos, quando abro meu primeiro restaurante, sinto um orgulho incrível, ah, não é uma fragata, apenas uma pequena escuna, vinte couverts, cinco lugares no bar, mas aqui sou chamado de capitão. E enquanto espero à porta por meu primeiro cliente, como se espreitasse o começo de uma nova era, com o pano de prato no ombro à guisa de brasão, uma saudade me belisca o coração: nunca poderei receber aquela que começou tudo, nunca ouvirei sua voz trovejante: "Dizem que se come bem por aqui?". Tenho certeza de que Mère Yvonne ficaria orgulhosa de seu pequeno cozinheiro. Então pego um quadro-negro, um pedaço de giz e escrevo: "La Gargote, onde tudo é bom". Sob sua proteção, minha birosca está pronta para entrar na História.

Capítulo 20

"Veja minhas mãos, Christophe, *mira esto*... Cada ferimento, cada queimadura carrega a marca de nossa casa. Até machuquei um tendão por causa de um maldito pombo! Tudo por esse restaurante – e não me arrependo de nada. Mas Gilles como sous-chef? Sem brincadeira? O sujeito não aguenta em pé depois de um copo de bebida! Sabe o que vai acontecer? Vou cair fora, cara, ou morrer, só isso." Não, assim não. Diego repassa mil vezes o que dizer, mil vezes ele desiste, bem na hora de falar com Christophe. Ele conhece as regras da profissão – obedecer às ordens e calar a boca –, mas sua raiva cozinha em fogo baixo. Se ao menos Christophe lhe explicasse o motivo daquela decisão. Ele tinha cometido algum erro? Não havia nenhum dia em que ele não chegasse à cozinha antes dos outros, e quando era preciso fazer hora extra no final de semana, ele nem pedia para ser pago. Quando Christophe o censurara por ter saído com Yumi, ele a deixara na mesma noite. Tudo isso porque, justamente, queria aquela posição, sonhava com ela. Hoje, chorava por ela. Como quando era garoto e o cinto do pai acariciava sua pele. Mas amanhã ele falaria com Christophe, sim, amanhã, ele diria o que pensava ao novo patrão. Chega de silêncio e covardia.

– Diego, está aqui? Vamos enviar o frango! As reduções estão prontas?

– *Jefe, si jefe Gilles!*
Ele precisa voltar a ser o toureiro. Claro que ele está decepcionado, mas isso não é motivo para sabotar seu próprio trabalho. Gilles tenta conversar com ele, mas o catalão cabeça-dura não quer ouvi-lo. Gilles nunca pediu para se tornar sous-chef, mas não teve escolha. Para ele, a melhor coisa seria continuar em seu posto. Ele gosta de escamas, cozimentos cirúrgicos, espinhas em Y, Gilles é um meticuloso, um solitário. "Um intelectual", como se diz no meio. Nos últimos tempos, sua mente divaga. Ele não consegue se concentrar no último livro de Édouard Louis, que no entanto só tem 52 páginas. O chef era sua âncora, e desde a morte do sr. Renoir ele tem a sensação de estar à deriva sozinho, prisioneiro de uma bruma infecta, devendo seguir aquela improvável luz chamada "ambição". Christophe lhe diz: é seu momento, meu velho, prove que acertei em preferir você a Diego. Gilles é um rapaz sólido: no mercado, ele segue ao pé da letra a lista de compras, até mesmo o papel de heterossexual ele desempenha com muita seriedade. Ele prageja, assiste *Top Chef*, bebe cerveja e joga pebolim. Disso depende sua sobrevivência na horda. Nunca revelar a menor fraqueza, para não correr o risco de ser banido. Nesse sentido, sua nomeação é uma bênção. Ele será inflexível. Os outros que levem um susto quando ele passar por perto. Quanto ao resto, veremos. Diego acabará engolindo sua decepção.

    Desde que eles mudaram o nome do cardápio da estação para "Homenagem a Paul Renoir", o restaurante volta a encher. Faz três semanas que eles recebem os amigos, os "Rolex" (tarados por trufas e lagostins), os nostálgicos, os curiosos, os que se arrepiam com a ideia de estar no local da tragédia. Ao sair, alguns evitam se demorar, outros, ao contrário, olham para cima – então foi lá em cima que aconteceu? É possível visitar o quarto?, pergunta uma senhora elegante. O sr. Henry a escolta educadamente até o carro. Na cozinha, os reflexos voltam, mas o clima muda. Dois ajudantes quase chegam às vias de fato por causa de um vinagrete. Yumi, em geral tão alegre, se refugia por longas horas nos fundos da confeitaria. Durante a refeição dos funcionários, sala e cozinha se recusam a compartilhar a mesma mesa. Na origem da desavença, o ponto de um peixe que um cliente julgou "rosado, quase cru". Gilles pulara em cima de Cassandre: é porque estava frio, você não envia os pratos na hora, não é a primeira vez que digo isso!

Que milagre Paul Renoir operava para conseguir gerir energias tão desordenadas? Christophe se depara com desavenças incessantes por motivos pueris. O chef lhe legara um bando de crianças em colônia de férias, só que numa cozinha. Ele precisa ser patrão, pai, confidente e juiz supremo ao mesmo tempo. É a ele que todos recorrem por qualquer ninharia. Um dia, pouco antes do serviço do meio-dia, o banheiro dos funcionários entope, um líquido marrom se espalha até as pias de louça suja. Há acusações, suspeitas, irritação: é preciso encontrar um culpado. Alonzo coloca as luvas e remexe na privada, de onde tira um absorvente interno e uma camisinha. Como Salomão, filho de Davi, Christophe perdoa os pecadores e decide instalar um segundo sanitário, reservado às mulheres.

Essas são, no cotidiano, as preocupações de um grande chef estrelado. Na ausência de Natalia, ocupada demais brigando com os credores (pelo menos é o que ela afirma), Christophe garante a gestão diária do restaurante, os cardápios, as compras. Única exigência da patroa: rejuvenescer a imagem do Les Promesses, convidar influenciadoras, blogueiras, instagrammeiras. Christophe range os dentes diante dos "ciras". Madame Glouglou, Amandine Cooking, Audrey Cuisine, Babette e Craquounette comandam páginas cheias de bolos de azeitonas e macarons de pétalas de rosa, que falam de sabores de viagem e receitas de aperitivos; no domingo, brunch ético, na terça-feira, gergelim e dente-de-leão. O cérebro daquelas adoráveis criaturas parece ter parado de se desenvolver numa idade tardia da infância. Os primeiros artigos de jornais celebram "uma mesa esplêndida", "a continuidade do talento", "uma cozinha divertida". Natalia Renoir fica feliz. Nas telas, Gérard Legras vocifera e se enfurece: "Paul Renoir nunca teria tolerado esses publiposts!". Com a aproximação do inverno, o Les Promesses volta com tudo. Mas a curiosidade por Paul Renoir não será eterna, os mortos se apagam rápido.

Ansioso por manter os clientes, Christophe não se concede nenhuma inspiração criativa, até as receitas em que trabalhava com o chef Paul são deixadas em suspenso. Diego faz cara feia, Gilles se irrita e Yumi, cuja opinião ele valoriza, só se dirige a ele com prudência e reserva. Christophe está sozinho e a cada dia se torna mais preocupado. Porque os conflitos recorrentes revelam um imperceptível relaxamento. Os pequenos serviços entorpecem as tropas. Com dez pessoas em sala, os rapazes relaxam, e é nesse momento que os erros acontecem. Quando a sala está cheia, todos se preparam física e psicologicamente: é como descer em apneia a grandes profundidades, você não vai assobiando. "A brigada, por mais unida que seja, é uma criação artificial", o chef Paul dissera um dia. "Ela é formada por várias solidões, que se veem lado a lado por puro acaso. Sem um objetivo claro, imperioso, incontestável, elas se voltam para si mesmas." A morte de Paul Renoir reacendera as mágoas adormecidas. O novo chef precisa ser rápido e forte se quiser que a doença não se propague.

*

Christophe enxuga o suor do rosto. Ele bate no saco de pancada a noite toda, está sem camisa, tem as falanges doloridas. Enquanto espera que seu ritmo cardíaco volte ao normal, ele puxa para si uma caixa de tênis Adidas e abre a tampa. Dentro dela, há uma página de jornal amassada, que ele desdobra com cuidado. Jérôme parece tão jovem, prisioneiro de seus dezesseis anos. Com o tempo, Christophe se tornou mais velho que o irmão. "Jovem morre em trágico acidente..." A tinta do título começa a se apagar. As lembranças de Christophe também. Mas ele ainda lembra de seu riso devastador, irresistível, uma risada que não temia nada nem ninguém e que no entanto fora calada para sempre, numa noite de outubro. Seus pais se mudaram para Paris, na esperança de se afastar do sofrimento. Eles tinham construído uma nova vida para si, a partir de fragmentos da anterior, tinham até tentado ter outro filho. Certa manhã, Fanette, sua mãe, esquecera de acordar. Morrera sem avisar, da ruptura de um aneurisma durante a noite. Nos meses que se seguiram, Chris continuou sentindo sua presença, sobretudo à noite, quando ela passava na frente do seu quarto, pensando que ele dormia. Até que um dia ela se fora para sempre. Então, além da dor, o silêncio se instalara. Casa cheia para um pai e seu filho.

    Christophe já está deitado quando recebe o telefonema da polícia. Ele chega ao Les Promesses e vê Natalia conversando com uma jovem policial. Transtornada numa poltrona, com um blusão por cima da camisola, Clémence o cumprimenta com o queixo.

    – Quais foram as perdas? – pergunta Christophe.
    – Levaram uma parte da adega – responde Natalia.
    – Os alarmes não funcionaram?
    – Não estavam ligados, senhor – intervém a jovem de uniforme. – Os ladrões entraram por uma janela.

Christophe acusa o golpe em silêncio: sem alarmes, nada de seguro. Natalia Renoir o puxa para um canto e fala em voz baixa:

– Derramaram desentupidor de privada nos estoques. Peixes, carnes, legumes.

Christophe inspira profundamente. Seu ritmo cardíaco se acelera, ele sente nas veias uma ferocidade desconhecida. Sem mais nem menos, vai correndo até a cozinha. Tudo perdido. Nos viveiros, lavagantes e lagostas boiam de barriga para cima. No chão, uma garrafa de água sanitária vazia. Que cretinos seriam capazes de tanta canalhice? Ele volta à sala e descobre que as câmeras de vigilância foram danificadas. Ou os sujeitos eram profissionais, ou tinham se beneficiado de ajuda interna. Profissionais não teriam interesse em matar lavagantes.

– Não foi um assalto. Foi um ato de vandalismo. Querem nos riscar do mapa.

Com um gesto suave, Christophe junta um cardápio do chão e o coloca com os demais.

– Vamos responder à altura. Vamos pegá-los desprevenidos, improvisaremos. Eles parecem ter esquecido que aqui estamos na casa de Paul Renoir!

Natalia o observa com surpresa.

– No fim, talvez Paul não estivesse enganado a seu respeito.

Ela não ousa mencionar a mensagem recebida no início da noite: amanhã, a diretora do Guia jantaria no Les Promesses.

Capítulo 21

Abro o La Gargote na época em que os grandes de minha geração, os Ducasse, os Robuchon, os Maximin, se dedicam à busca das estrelas. De minha parte, sonho com um restaurante de esquina, frequentado por amigos, operários, a senhorinha do primeiro andar, um balcão para a calçada, uma atmosfera de botequim e preços amigáveis. A ideia dos *pintxos* foi sugestão de Enrique. Os clientes se servem no balcão. Depois, ao estilo catalão, cada um vem me dizer o que consumiu. Comigo não há fraude, reconheço os salafrários, eles abaixam os olhos ao cumprimentar. O restaurante logo começa a ficar lotado ao meio-dia, às vezes há tanta gente que sou obrigado a colocar algumas mesas na rua, mas à noite temos o "barriga vazia", três ou quatro senhores dormitando sobre seus minestrones. Então me apresento aos comerciantes, aos vizinhos, desentoco a alma do bairro no fundo das passagens e dos pátios internos, é inaceitável que a Rue de l'Avenir acabe num beco sem saída. Para capturar a clientela preciso de um anzol firme e uma isca apetitosa. Em pouco tempo, o La Gargote oferece, para mordiscar, pedaços de linguiça grelhada e cozida sob massa folhada, língua de boi com pimenta de Espelette e fatias de porco preto de Bigorre, que compro de um sujeito do mercado Les Halles. Já faz mais de dez anos que os abatedouros de La Villette foram abandonados, vinte anos que Les Halles deixaram de ser o ventre de Paris e que Rungis se tornou o maior mercado de produtos frescos do mundo. No entanto, no coração do 1º arrondissement, na Rue Montorgueil, um punhado de açougueiros refratários ainda resiste. Dinossauros, os últimos a falar o "louchébem", a gíria dos abatedouros, que no século XIX evitava que eles fossem entendidos pelos clientes e pelas autoridades. Para aqueles tipos, nem pensar em aparecer desprevenido, melhor saber exatamente o que se quer: os "fortes das halles" escolhem seus clientes com a mesma prudência com que escolhem suas carnes. Na primeira vez, peço uma "anca de boi", todos riram: "Vá fundo, rapaz, sirva-se". Pego uma faca e começo a cortar meu filé, um pedaço de alcatra. Quando chego ao acém, o patrão, um sujeito vermelho com pescoço de touro, troca minha faca por uma xícara de café: "De onde vem esse sotaque, pequeno?". Ele se chama Aimé Sévère; serei fiel à sua barraca por toda minha temporada parisiense. O coitado morreu atropelado num dia de Natal. Quando vejo que a sala começa a encher para o jantar, ganho confiança. Meu cardápio sobe o tom. No quesito açúcar, bajulo o imaginário, doces da infância, arroz de leite, ovos nevados, *baba au rhum*, torta de pera, de ameixa e até de chicória, com uma camada de merengue no forno bem quente e cobertura de raízes de endívia, que têm uma textura evanescente que desperta os amargos. Sem saber, estou inventando a bistronomia, vinte anos antes que ela tenha um nome.

Seis meses depois, tenho uma reputação. Nesse meio-tempo, Enrique reúne os amigos. Todos os vagabundos do norte de Paris passam por mim, ciganos, sucateiros, poetas, aventureiros, alguns autênticos vigaristas também, mas nenhum poderia ser acusado do pecado da gula. O único problema é que eles constituem uma clientela volátil. Um furto que dá errado representa, para mim, cinco clientes a menos. Felizmente, nessa profissão, como na nossa, os mestres têm aprendizes que sonham comer à mesa de seus patrões. Sirvo essa gente, sem fazer qualquer distinção. Meu restaurante é uma zona neutra, onde o operário se senta ao lado do patrão. A única exigência é deixar as armas numa caixa à entrada e pagar a conta. Entre os clientes, há Nico Olhos Azuis, um sedutor que um dia encontramos num caminhão de lixo, e Armando, de cabelo lambido, perfumado como uma cocote de cabaré. Ele vem todos os dias, muitas vezes acompanhado de um jovem árabe dos conjuntos habitacionais vizinhos e deixa gorjetas maiores que o preço da refeição, ele tem o costume de esticar cada cédula no balcão e depois lamber o polegar. Eu o proíbo terminantemente de se aproximar de meus ajudantes.

Certa manhã, avisto um grupo de turistas vagando pelo bairro. Ofereço ajuda, eles caem em meus braços. Fico sabendo que a *New Yorker* me dedica uma página inteira (a mim, o pequeno camponês do Gers!) e, ó surpresa, o autor é um sujeito que coloquei para fora semanas antes, irritado por vê-lo passar foie gras no pão, como se fosse manteiga, e colocar gelo no Pomerol. Parece que escreveu: "Aqui, não há dúvida, estamos na França: o cliente não vale nada, mas que ambientação!". Recebo então os americanos, quase decepcionados porque não os trato mal. Os famosos aparecem. Delon e Clint Eastwood se lembravam de mim da época do Moulin Rouge, outros, atraídos pela reputação sulfurosa do lugar, vêm se rebaixar; malfeitores e artistas sempre sentem um fascínio mútuo. Por fim, como sempre, a crítica é a última a acordar.

O boca a boca me leva ao La Gargote, numa rua mal iluminada de Clichy. Chego a um lugar minúsculo, povoado por uma gente esplêndida, com cheiro bom de linguiça e cebola refogada. Naquela noite, como bacalhau *sauce vierge*, *pâté en croûte* (de uma suavidade acariciante), *coq au vin* com batatas ao vapor, variações em torno do pêssego. Experimento uma cozinha no que ela pode ter de melhor, mais saboroso, mais nostálgico. Com um único desejo: conhecer a mulher que se esconde por trás desse Paul Renoir, pois é evidente que a maneira amigável de tratar o paladar dos outros só pode vir de uma mulher e, eu acrescentaria, de uma mulher feliz. O melhor endereço de Paris não fica em Paris! Voltarei. "Gargantuesco", Gérard Legras, 14 de abril de 1983.

Na época, eu nunca tinha ouvido falar de Gérard Legras, ele ainda não era conhecido pelos apelidos de Rechonchudo ou Big Bebê. Em breve, sua pena tocaria o terror. Nunca senti especial simpatia pelos críticos gastronômicos, mas é impossível viver sem eles. Um feito só entra para a História porque foi narrado. Quem seria Ulisses sem Homero? Todos precisam de um narrador digno de sua epopeia. Legras, na época eu ainda não sabia, seria o meu. Sua resenha me proporciona um novo tipo de respeitabilidade; não sou mais um restaurante de turistas e tipos suspeitos. Os burgueses, que têm pudores de gazela quando se trata de sair de seu bairro, podem vir jantar sem medo de ser degolados. A época é de crise, mas Clichy consegue escapar da morosidade geral. É verdade que cruzamos com drogados, que alcoólatras vociferam sob nossas janelas, mas sob o impulso de Jacques Delors, ministro da Economia e das Finanças e prefeito da cidade, o bairro se metamorfoseia. Não há prédio, fachada ou praça que não esteja em obras. Os bandidos, em contrapartida, desaparecem, alguns vão para a prisão, outros para a Espanha ou o Marrocos, os últimos *ad patres*. A idade de ouro da Grande Bandidagem chega ao fim. Seus herdeiros usam sapatos encerados e prendedores de gravata e se fazem chamar de *Golden Boys*.

"Fiquei sabendo que o senhor está procurando alguém para a sala." A jovem passa por baixo da cortina de enrolar, semiaberta. Na penumbra, não enxergo bem seu rosto, mas gosto de sua voz rouca, e sua audácia me agrada. "Venha segunda-feira, encontraremos algo para você fazer." Ela se chama Marie-Odile mas todo mundo a chama de Betty, nome mais bonito e sonoro. Ela é rechonchuda e tem uma graça irresistível. Betty está sempre pronta para o que der e vier, a mais simples ideia a entusiasma. Ela é a amiga ideal. Com certeza tornará um homem feliz. Decido que esse homem será eu. Somos jovens mas já temos bastante quilometragem, não temos tempo para declarações de amor, rosas vermelhas e encontros galantes, se entende o que quero dizer. Passamos a viver juntos em meu pequeno apartamento, acima do restaurante. Betty foi garçonete, ela entende os horários impossíveis, as noites curtas, as saídas entre amigos, é uma parceira de verdade, capaz de vencer no gim os mais robustos da brigada – pelo menos no início. Nos casamos numa terça-feira de setembro, às dez horas, antes do serviço do meio-dia. Betty engravida dois meses depois. Daremos um jeito, fui camponês, criador de gado, as necessidades de um bebê não devem ser tão diferentes das de um pequeno bezerro. Engano monumental. Criar um filho é a coisa mais difícil do mundo. Não existe receita para ser pai, nada no livro de Escoffier, é preciso improvisar com os meios à disposição. Uma criança consome nossa vida mais habilmente que as traças em nossos blusões de lã.

No dia do parto, passo a noite no hospital, ao amanhecer vou para o restaurante. Mathias nasce na hora em que envio as sobremesas. "Ele será confeiteiro!" e ofereço uma rodada aos presentes. Só visito Betty à tarde. Não assisti ao nascimento de meu filho – na época, para os pais, isso era comum. Mathias me atira isso na cara um dia. Porque não tem nada de consistente para me criticar. Nós, cozinheiros, envelhecemos rápido demais. Quando finalmente paramos para recuperar o tempo perdido, ou simplesmente recuperar o fôlego, nossos filhos já estão na idade de nos criticar.

Dizem que o amor filial leva tempo, que precisamos nos acostumar ao recém-nascido. Eu amo o menino assim que o vejo. Ele não é bonito, mas amassado e cinzento como uma costeleta maturada. Pesa apenas dois quilos, é mantido na incubadora por dez dias. Tão pequeno e já encarcerado, tão frágil, com seu gorro branco de duende. Chorei de alegria. Eu nunca teria imaginado que um dia ele poderia me deixar tão triste, de uma tristeza sem fim. Seis meses se passam. Ele não é o mais carismático dos bebês. As pessoas não se maravilham ao olhar para ele, mas ele se recupera. Sou um homem muito ocupado, Betty muitas vezes é obrigada a me dar um auxílio. Contratamos uma ama de leite, uma mulher do subúrbio, redonda como uma bacia. Ela teve seis filhos, cuidou dos filhos da vizinha, enfim, tem algo com bebês, menos com o nosso. Quando a ouve chegar, ele começa a gritar como um animal. Até que, um dia, coloco o moisés sobre o balcão, preso no caixa, e então, milagre: silêncio. Para distraí-lo, conto meus dissabores, meus desesperos, as petições dos vizinhos contra "o barulho e o cheiro", os maus pagadores, as multas que coleciono por estacionar em fila dupla. Ele me ouve com intensidade, os olhos fixos em meus lábios. Penso comigo mesmo que vou acabar afastando meu filho da profissão, mas isso não é ruim. Não existem cozinheiros felizes. Os que dizem o contrário são enroladores. Tornar-se chef é entrar em conflito com o universo. Com os fornecedores atrasados ou de qualidade medíocre;

com a brigada, que nunca faz exatamente o que queremos; com a esposa, que não nos vê o suficiente; com o banco, que acha que nos vê demais; sobretudo consigo mesmo, prisioneiros que somos de nossos sonhos frustrados ou abandonados.

Capítulo 22

Gérard Legras teve sua primeira experiência erótica com uma lâmina de butarga derretendo embaixo da língua. Pouco depois, perdeu a virgindade entre as coxas grossas de uma moça de Laval, onde cumpria suas obrigações nacionais. Vendo no sexo apenas um interesse facultativo, ele decidiu se dedicar ao verdadeiro prazer de sua vida: o paladar. Um homem sem apetite acaba morrendo, profetizava sua mãe em tom lúgubre diante de uma caçarola de escargots *à la charentaise* recheados com carne. Gérard Legras pretendia morrer o mais tarde possível, o mundo era tão vasto e suas cozinhas tão numerosas! Quando ele tivesse experimentado tudo o que o homem pode experimentar e visto tudo o que o homem pode querer ver, talvez ele se resignasse a deixar as coisas seguirem seu curso em sua ausência. A única coisa que temia era sentir fome na hora da morte. A morte de Paul Renoir o abalara. Desde então, ele vivia com a desagradável sensação de ser o próximo da lista, evitava os tapetes soltos e os miolos à normanda. "Os mortos sempre se vão aos pares", advertia sua mãe, inclinada sobre a carne de panela. Mas não fora um sentimento de urgência que o levara a reservar uma mesa no Les Promesses, e sim a chegada surpresa de Marianne de Courville, da qual ele fora avisado por almas caridosas. A ocasião era tentadora demais para ele não enfrentar sua maior inimiga. Naquela noite, ele provaria para o mundo que não bastava ter um sobrenome nobre para apreciar a alta cozinha. E foi com essa esperança grandiosa que ele entrou no táxi.

Dez para as oito, Gare de Lyon, Paris. A notícia chega até ele quando as portas do trem se fecham. Na noite anterior, o Les Promesses tinha sido assaltado. Ele ficou preocupado, inquieto. Cedo demais para telefonar ao restaurante. Gérard Legras começa a transpirar. Alguma coisa vai acontecer, ele sente isso, sua semelhança com o buda o faz ter essas visões. O contato com o fio dental em seu bolso o tranquiliza um pouco, ele quer escovar os dentes depois da partida do trem. Vai dar tudo certo, Gérard, foi apenas um mal-entendido.

– Um mal-entendido? Está zombando da minha cara? – Diego olha para o relógio. – Liguei há apenas quinze minutos! E vocês venderam tudo nesse meio-tempo? Às nove horas da manhã?

O açougueiro dá de ombros. Ele não vê motivo para impor restrições a seus clientes por alguém que nunca gostou de trabalhar com ele. Renoir sempre tratava diretamente com caçadores, homens quase selvagens, e com um criador de Cantal que tocava flauta para seus rebanhos. Diego fica furioso. Em geral, monumentais peças de boi maturam atrás das paredes envidraçadas do açougue, a galega marmorizada, a salers de Cantal, a doce limousina, o touro angus e hereford, costelas tão nervadas e escuras que parecem pintadas por Francis Bacon (que nome predestinado!). Naquele dia, a loja está vazia. Diego sabe que o principal cliente da casa se chama Giuseppe Albinoni. Por muito pouco, ele quase visita o sujeito atrás do balcão, mas Christophe não quer escândalo. Diego agradece ao *cabrón* e sai com um humilde butim: oitocentos gramas de quase vitela, uma paleta de cordeiro, três coelhos pequenos.

Com Gilles, as notícias não são muito melhores. É tarde demais para buscar tilápias, lavagantes ou linguados nas feiras de Brest. Não há mais nenhuma truta do ártico, nem coregonus entre os filés de Vincent, o pescador do lago Léman. Tudo foi vendido. A cada ano, a produção diminui. Os invernos se tornam brandos demais, faz seis anos que a temperatura das águas não desce abaixo de nove graus. Vincent diz: "O lago já não se renova, em breve os coregonus terão desaparecido e os pescadores junto com eles". Sobreviverão apenas os carnívoros solitários, trutas, siluros e lúcios, os habitantes das águas profundas.

– Bem, então faremos lúcios – decide Christophe, acocorado no meio da cozinha.

– O lúcio tem as piores espinhas que conheço. E sua carne empesta tudo...

– Gilles, compre os lúcios. Agora venha cá: eu trouxe suas entradas.

Colocadas sobre os azulejos, três bacias cheias de lagostins. Alguns ainda agitam lentamente as pinças. Na noite da véspera, depois de deixar Natalia, Christophe passara em casa para pegar uma lanterna. A lua cheia iluminava a baía de Talloires. Ele pescara os crustáceos "à moda antiga", com uma lanterna de cabeça, técnica hoje proibida porque é fácil demais surpreender o pequeno carnívoro quando ele sobe as suaves encostas da baía em busca de insetos e alevinos. Christophe pensara muito, na noite anterior, inclinado sobre águas escuras, com seu feixe de luz e sua rede. As pessoas que desejavam tão ardentemente seu fracasso acabavam de lhe dar uma chance preciosa: pela primeira vez, ele tinha a oportunidade de fazer sua cozinha. Pela primeira vez, os pratos teriam apenas sua assinatura. Ele também tentara adivinhar quem teria deixado o inimigo entrar na fortaleza. Ele queria suspeitar de Yann e de seu tipo escoteiro, culpado por ter boa aparência. No fim, também poderia ser Diego, ofendido por não ter sido nomeado sous-chef. Ou Alonzo, que tinha a mãe doente e poderia ter aceitado uma boa quantia de dinheiro. Quem trai sempre tem ótimos motivos. Quando Christophe voltou para casa e tomou uma ducha, o sangue pulsava em suas têmporas. Essa sensação deliciosa, próxima da embriaguez, o lembrara das noites em que o chef aceitava clientes extras num restaurante lotado de gente, por gosto do risco e do tumulto, e também por generosidade. Uma noite, doze espanhóis jantaram na cozinha em duas mesas trazidas de urgência, Diego encarava a filha da família, de apenas quinze anos. Voltei!, pensara Christophe, vestindo-se. A morte de Renoir o mergulhara numa letargia brumosa, foi preciso que envenenassem seus lavagantes para tirá-lo brutalmente de seu torpor. Eles tinham atacado, logo seria sua vez de responder com *uppercuts*.

Mercado da Velha Annecy. Meio-dia. Legras cantarola uma sonata, a sexta, em ré maior. Mozart o deixa mais leve. Ele se sente elegante ao flanar com ela. O que o imponente passante ignora é que a poucos metros de distância, agachada entre alguns caixotes, está a pessoa que justamente teria uma resposta para suas inquietações: Christophe Baron, chef do Les Promesses, a quem os oráculos da Savoia predizem um destino tormentoso. É sempre difícil para um horticultor profissional escolher legumes que ele não viu crescer. Eles sempre são colhidos cedo demais ou estão cheios de água, quase afogados. É outono. A estação das mangas da Colômbia, dos tomates-cereja marroquinos e dos abacates da Venezuela. Christophe veio em busca de porcinos e pastinacas, ele vai embora com funcho, tupinambos, rutabagas, alhos-porós, canônigos e três molhos de rabanete. Enquanto guarda as compras em seu utilitário, ele tem a impressão de reconhecer a enorme silhueta que entra no Les Cocottes, um pequeno restaurante cuja especialidade, como não poderia deixar de ser, é a comida feita em panelas cocotte.

Cinco lamelas de magret de pato na cocotte, cozimento apenas decente. Falta suco à carne e crocância à pele. No segundo prato, duas pastillas recheadas com sobrecoxas, especiarias e laranja, esta última apresentada de maneira grosseira, em grandes pedaços cristalizados que dominam totalmente o paladar. Acompanhamento decepcionante, compostos por uma salada de vagens duras demais, quartos de pêssego amarelo e picles de cebola, sem nenhum molho além de uma maionese líquida chamada de "vinagrete de ameixa". Nenhuma harmonização com os sabores condimentados do pato. Não consigo dizer se o conjunto é quente ou frio. Passe reto.

Gérard Legras envia seu pequeno comentário ao jornal, sem relê-lo, e fecha secamente a tela do laptop. Ele está de mau humor. Nenhuma notícia do Les Promesses, onde ele deve jantar naquela noite! Rumores dos mais delirantes circulam pela cidade. O restaurante não reabriria. Toda a adega teria sido roubada. Natalia Renoir teria ido embora, à noite, com a filha – quase uma fuga da família real! Legras não acredita em nada do que ouve. Certo é que os portões do Les Promesses estão fechados e ninguém retorna suas ligações. A única esperança é que eles abram para Marianne de Courville: ela, seriam obrigados a receber. Ele aproveitaria e entraria furtivamente atrás dela. Ele, incógnito, atrás de uma mulher! Essa ideia lhe arranca um sorriso. Deitando-se para a sesta, ele pensa consigo mesmo que talvez tenha sido um pouco virulento na crítica, mas um chef cretino o suficiente para propor um pato de Dombes na Alta Savoia não merece nenhum respeito.

– É tudo o que temos para hoje, chef.

Cozinha do *Les Promesses*, seção de carnes, catorze horas. Diego está com a cara das noites de derrota do Barça. Christophe e os dois *chefs de partie* estão parados, lado a lado, em silêncio. Sobre a bancada de inox, duas peças de carne e um filé de wagyu, conseguidas em restaurantes amigos; nada que possa contar no cardápio que Christophe começa a imaginar. Um cardápio é um trajeto, uma linguagem, um poema. Renoir era cerebral, inventava percursos ouvindo acordes de jazz, Christophe precisa do gesto, imaginar a cor dos pratos, tocar os produtos. "Tomem um café, rapazes, já volto." Refugiado na intimidade da cabana, Christophe invoca o mestre a meia-voz, se estiver pelas redondezas, chef, esse é o momento de se manifestar. O que ele faria numa hora dessas? Pergunta idiota. Paul Renoir teria proposto grelhados *Paul Renoir* e os paladares teriam ficado em êxtase. Picasso também pagava suas contas rabiscando pombas em guardanapos. Deve haver uma solução, ele murmura, quando avista, no quadro de cortiça, o pequeno quadrado vazio deixado pelas coordenadas do caçador. Claro! A geladeira do chef, lá em cima! Os vândalos não devem ter chegado até ela.

Clémence entreabre a porta do apartamento. Desde a morte do pai, ela vive dentro de um enorme moletom Abercrombie violeta, que não tira nunca, nem mesmo à noite. Christophe se culpa por não ter tirado tempo para conversar com ela, um ato de covardia, ele não saberia o que dizer.

– Oi, Clem, tudo bem?

Clémence baixa os fones de ouvido até o pescoço e arruma os cabelos apressadamente.

– Sua mãe está?

— Saiu para fazer compras, acho.
— Tudo bem se eu der uma olhada na cozinha de seu pai?

A jovem recoloca os fones. Clémence tinha oito anos quando Christophe chegou ao Les Promesses. Eles cresceram juntos, ele nos fogões, ela em volta. A garota observava boquiaberta a estranha dança dos cozinheiros, sempre mordiscando a ponta das tranças claras. Às vezes Christophe lhe mostrava como bater uma maionese ou abrir uma massa, mas Clémence não prestava atenção: ela observava o pai. Nas raras vezes em que ela ia para a cozinha, Renoir se afastava dela como de um objeto indesejável. "A pequena não tem nada a fazer aqui!", ele resmungava aos sete ventos, e o sr. Henry a levava embora delicadamente, colocando um doce ou dois na mão dela. Os filhos de chefs passam a vida correndo atrás dos pais; quando finalmente os alcançam, eles desaparecem.

Christophe não consegue conter um calafrio ao entrar na imensa sala refrigerada que Paul Renoir concebera e construíra nos fundos de sua cozinha. Encontram-se ali, etiquetados, defumados, secos, filetados e assados, alcatras, coxões moles, maminhas, fraldinhas, aranhas, rosbifes, costelas, acéns, linguiças, pés e tripas, patês, foies gras, *cecinas* ibéricas! Pendendo do teto, paletas e presuntos pata negra ressudam o torpor asséptico daquela cave de altitude. Christophe umedece os lábios com aquela gordura rosada, untuosa, com retrogosto de forragem e avelã. Nenhuma salivação por excesso de sal, sublime. Aquela sala é o Louvre dos carnívoros, um templo dedicado ao *Homo sapiens*, santo padroeiro da cadeia alimentar. Um vegetariano veria ali um necrotério, Gérard Depardieu veria uma catedral. Christophe hesita. Ele não quer apenas de um produto excepcional, ele procura uma história.

Semanas antes da morte de Paul Renoir, Christophe o surpreendera no meio da sala vazia, com as costas agitadas por um arrepio silencioso. Ele demorara para entender que ele estava chorando. Um amigo teria colocado a mão sobre seu ombro e aberto uma garrafa de armanhaque; Christophe saíra na ponta dos pés. Um colosso caído não é algo bonito de se ver, é algo que preocupa. Desde então, uma pergunta obcecava o fugitivo: se ele tivesse se aproximado, o futuro teria sido diferente? Muito tempo atrás, Paul Renoir prometera algo a um garoto que ele pensara que nunca mais veria e honrara sua palavra. Naquela noite, Christophe não lhe devolveu o que recebera.

Renoir não apenas lhe ensinara um ofício, ele lhe ensinara a paciência, o rigor e a minúcia. "Você comete um monte de erros quando se apressa. Se você se apressa, é porque não está preparado. Cada gesto deve resultar numa ação precisa." Nas três primeiras semanas, Christophe ficara de pé, observando o trabalho dos outros, sem autorização para tocar numa faca. Única condição para ter acesso aos fogões. Ser espectador silencioso, só intervir com a mente e com os olhos. Aprender observando, registrar escutando. Lentamente, com precaução, Paul Renoir o elevara ao grau de cozinheiro. Às vezes, ao amanhecer, eles iam colher brotos e temperos, à noite, depois que a brigada saía, eles repetiam os milhares de gestos do cozinheiro, cortavam, picavam, emulsionavam, mais tarde, o chef lhe explicaria a arte dos molhos e a extrema suscetibilidade do açúcar. Christophe entrou para o Les Promesses depois de Diego e Gilles, mas se tornou sous-chef, com Diego-sangue--quente nas carnes e Gilles, o impenetrável, nos peixes. Aquela arquitetura não devia nada ao acaso. Paul Renoir formara sua equipe como um compositor, todos os dias afinava as notas de seu piano. O chef se apaixonara por uma utopia e sonhava que seus homens também se entregassem a ela: a busca da excelência, busca insensata, egrégora do cozinheiro. Era um erro imaginar Sísifo feliz. Paul Renoir puxara o gatilho, mas Paul Renoir não morrera, sua lenda continuava viva. O pai é que fora assassinado, o amigo, o líder, o mentor. Por que ele puxara o gatilho? Christophe nunca saberá. Ele passara os últimos sete anos de sua vida convivendo com um desconhecido.

*

– A carne está velha demais, deveria ter sido marinada.

Diego apalpa, perplexo, os filés espessos que Christophe lhe apresenta. A carne envelhecera mais de três semanas desde que o animal fora abatido. Ela secara e desenvolvera seus aromas, mas para a cozinha não havia nada a aproveitar.

– Deve haver maravilhas lá em cima, você não quer fazer um cordeiro ou uma *rubia gallega*?

– O que você tem nas mãos é o cervo que Renoir caçou na véspera de sua morte. É ele que quero.

Diego se pergunta se o chef utilizou consigo a mesma arma que abateu o animal.

– Agora, Diego, ouça bem: vamos cozinhá-lo como um peixe, sob uma crosta de sal, sozinho, imerso em especiarias. Quando você abrir a crosta, o sangue comprimido pelo calor voltará lentamente para a carne, com a coloração castanha da reação de Maillard, pela ação do açúcar sobre as proteínas, o que dá gosto à carne. Maravilhoso.

– E para os que não gostam de caça?

– Você trouxe alguns coelhos. Prepare-os na panela, com feno.

Dezenove horas. Uma noite branca, de neve e vento. Yann, Cassandre, Christophe, Gilles, Diego e Yumi estão reunidos na sala, em torno de uma mesa. Diego rói as unhas, Gilles se mantém calado, Yann dirige a discussão. À sua frente, rasurado, o cardápio da noite.

– Hoje teremos lagostins, um legume a definir, o lúcio e um pedaço de caça. Falta a sobremesa.
 – De pré-sobremesa, sorbet de chicória. O resto será surpresa – responde Yumi.
 – Yann, escreva aí: "Surpresa de nossa chef confeiteira".

Yann lança um olhar surpreso a Christophe: Renoir nunca teria tolerado, mesmo da parte da confeiteira, não saber o nome de um prato de seu cardápio. Como garantir que ele se integre ao fraseado gastronômico?

– Em vez de "sobremesa surpresa", eu preferiria "Minha homenagem ao chef Paul Renoir" – intervém Yumi.

Dessa vez, Yann anota em silêncio. Christophe bate palmas. Sala e cozinha se reúnem em torno do chef. Até Natalia está num canto, à sombra. Todos esperam palavras fortes, diretas. Christophe observa as equipes em silêncio:

– Que horas são, Gilles?
 – Dezenove horas, chef.
 – Condição da sala, Cassandre?
 – Tudo pronto. Usamos ervilhas-de-cheiro e bocas-de--leão nos buquês das mesas.
 – Yann, os clientes com reserva confirmaram?
 – Afirmativo! Mais um cliente e explodimos.

Christophe recebe com prazer o arrepio que percorre sua coluna vertebral. Com calma, ele acrescenta:

– Muito bem, só nos resta abrir as portas.

A quatro quilômetros dali, num quarto de hotel superaquecido, com as paredes cobertas por um tecido violeta, o telefone de Legras apita: ele é informado de que o sr. Sargel é esperado no Les Promesses às vinte horas, para degustar um "excepcional cardápio surpresa". Diante dessas palavras, o crítico não cabe em si de alegria e, para se precaver, abre o botão da calça. Nesse momento, percebe sua ereção.

Capítulo 23

A vida é como andar de bicicleta, dizia Einstein, é preciso se manter em movimento para não perder o equilíbrio. Eu pedalo a toda a velocidade. Compro um lugar na frente do La Gargote, uma antiga mercearia, onde construo uma pequena cozinha anexa. A adega subterrânea, fresca como um túmulo, se torna minha confeitaria. Para comemorar a abertura do La Petite Gargote, grelho um cordeiro no pequeno canteiro central entre os dois endereços. Coloco barris, mesas de abrir e o cheiro de carne assada faz o resto, despertando os apetites adormecidos. Mathias, aos cinco anos, se esgueira por entre os grupos, Betty beija todo mundo, o bairro é nosso. Naquela noite, na Rue de l'Avenir, sopra um irresistível vento de liberdade, daqueles que nos dão vontade de içar velas rumo a terras desconhecidas. Se eu precisasse guardar um único momento de felicidade em família, seria esse.

Os meses passam, Betty perde o viço. Ela já não aguenta ver gente chegando às duas horas da manhã e me obrigando a subir a cortina de enrolar. Você acorda a vizinhança por três bêbados! Alego amizade, são coisas de amigo. "Se fossem amigos, eles respeitariam sua vida privada, você tem um filho que só vê dez minutos por semana e, secundariamente, uma mulher que de vez em quando gostaria de cruzar com você na cama." Ela não está errada. Uma notícia inesperada adormece por um tempo a revolta que se prepara. Recebo minha primeira estrela no La Gargote. Criticado por sua "gastronomia de palácio", o Guia tenta se reinventar com uma legitimidade popular. Sou uma dádiva, um Rastignac dos fogões, o elo que faltava entre a batata e a trufa. "Uma culinária em que o prato se sobrepõe ao ambiente e o gosto sobre a apresentação": os jornais me incensam, os políticos vêm mostrar a cara, Clichy se torna tendência e meu cordeiro da Provença com ervas (carré assado em folhas de parreira, nabo com paleta *confite* desfiada, condimento de uva acidulada) é eleito prato do ano por uma revista cujo nome esqueci. A glória, ou quase. E quem aparece, pouco tempo depois, atraído pelo cheiro? Meu velho "amigo" Jacques Tardieu. Desde o Moulin Rouge eu não tinha notícias dele. Ele estaciona o conversível na frente do restaurante. Imediatamente, três adolescentes se debruçam sobre o carro, acariciam a madeira envernizada, Jacques empalidece: "Espero que estejam com as mãos limpas, rapazes". Falamos do passado entre duas taças de Vouvray. Enquanto diluo o suco de um fígado de vitela com Banyuls, ele me garante que parou com as asneiras, Le Moulin Rouge já era, assinei no Maxim's com Pierre Cardin, um senhor encantador, vou apresentá-lo a você. Jacques quer saber tudo, quem me sugeriu Clichy, quem são meus produtores, como faço com os estoques. Quando respondo que só trabalho com produtos frescos e Jacques vê o estado de minha geladeira surrada, ele fica dividido entre o riso e a estupefação: "Você conseguiu a estrela numa barraca de batata frita! Só imagino até onde chegaria num restaurante de verdade!", e desaba em meu sofá, resmungando. No dia seguinte, eu o encontro sentado na cozinha, com Mathias nos joelhos, enquanto Betty prepara ovos mexidos. Tenho a sensação de perturbar a intimidade de uma família que me é estranha. "Esse garoto é inteligente, vai longe... Se precisar de um padrinho..." Jacques tem a capacidade de criar certa eletricidade no ar. Quando ele vai embora, as nuvens o seguem.

A ofensiva silenciosa de minha mulher acaba vencendo: Betty tem sonhos de ascensão, silêncio e burguesia. Por três anos ela me enche o saco. Alugamos um apartamento haussmanniano no 16º arrondissement, com carpete nas escadas e teto rococó. Nosso queijeiro se chama Jean-Eudes, os carros param nas faixas de pedestre e os cachorros nunca têm mais que trinta centímetros. Outro país. Betty fica maravilhada, Mathias cresce num universo que não tem nada a ver com ele, mas ao qual ele se adapta com preocupante facilidade. Passo pouco tempo na Avenue Mozart, deixo minha mulher cuidar das finanças do lar e da escolaridade caótica do menino. Mathias tem pouquíssimos amigos, seus professores não o suportam. Quando ele repete o sexto ano, sua mãe se preocupa – não faz mal, Betty, não me formei e olhe onde cheguei. "Ah, sim", ela me responde, "e onde foi que você chegou mesmo?"

Sua pergunta, ainda que insidiosa, não deixa de ser pertinente. Os anos passam, François Mitterrand acaba de suceder a si mesmo e minha estrela já tem sete anos nas costas. Participo de "soirées parisienses", em que as personalidades do meio bebem e fazem intrigas contra os que estão ausentes. Na Avenue Montaigne, no Laurent, no Pavillon Ledoyen, todos conhecem minha trajetória, apreciam minha vivacidade, minha curiosidade, meu sotaque, mas essa camaradagem de salão não consegue dissimular minha verdadeira condição: nunca serei carismático como um Bocuse nem imponente como um Ducasse ou um Robuche. E os vinhos preciosos que absorvo de maneira insensata têm o gosto agridoce da hipocrisia. Segundo os rumores que alguns "amigos" me relatam, com voz grave mas olhar ávido, a aristocracia gastronômica me considera um *entertainer* com bom faro e fala macia, sou uma cigarra perdida na cidade grande, não farei mal a ninguém. Uma estrela em Clichy, quem diria? Sou comparado a Coffe e Brialy, aos botecos de Pigalle, às tabernas de subúrbio e às tabernas das margens do Marne. Gegê Legras me pergunta o que estou esperando para calar a boca de todos. Respondo que estou feliz em meu restaurante. Então parem de me incomodar! Na verdade, me sinto insaciável. Quero prender em meu avental mais uma medalha, mas nunca a obterei nesse lugar.

"Me sirva seu melhor vinho, taberneiro!" É Enrique, de cabelos raspados e uniforme militar, com um grande saco de juta no ombro. Ele coloca um quepe branco no balcão. "Legião estrangeira. Vou para o Líbano." Faz quase dois anos que tinha desaparecido. Não sei por onde andou nem com quem, mas o quepe representa seu último bilhete rumo à liberdade. "Cruzei com Jacques outro dia", ele começa. "Você o viu recentemente?" E é assim que fico sabendo que nosso amigo em comum começou a comprar velhos bares nos subúrbios, tabacarias decrépitas, lojas abandonadas... para transformá-los em bistrôs; tapas no almoço, refogados à noite. Fico mudo de espanto, embora eu devesse sentir admiração, Jack me indica o caminho da vitória: não ter escrúpulos, mesmo que ao custo de saquear os amigos. A História perdoa os ambiciosos. Enrique percebe que a notícia me entristece e não insiste. "Não faça nenhuma idiotice, volte com vida e me ligue quando chegar", isso é mais ou menos tudo que consigo dizer. Nos abraçamos e Enrique se vai, assobiando. Sua ausência é logo compensada por um violento incômodo. Então Tardieu roubou meu conceito, meus produtores e provavelmente meu cardápio. E o canalha acha que vai se safar com facilidade? Com o coração cheio de rancor, volto para casa, na Avenue Mozart, no meio da tarde – o que nunca acontece. Espero encontrar Betty, ela não está. Em contrapartida, me deparo com Mathias, esparramado no sofá. Ele me encara indolentemente, com um baseado na mão, seu fornecedor dá no pé assim que me vê. Uma raiva sombria me invade. Tanto esforço para isso! Para ser traído pelos amigos e desprezado pelo próprio filho. Então é isso que meu filho faz com a mesada! Entro no quarto dele, agarro tudo o que me cai nas mãos, rasgo seus malditos desenhos (convencido do próprio talento, o garoto enche cadernos e mais cadernos), quebro o porta-retratos que protege o autógrafo de Platini. Na minha época, dispensar os estudos significava servir de exemplo. Os pais imitavam seus pais e iniciavam seus filhos. Mathias sabe o quanto trabalhamos, sua mãe e eu, ele conhece nossos sacrifícios, ele nos vê cair de exaustão, e para agradecer se comporta como se vivesse de renda. Saia daqui! E não volte nunca mais! Mathias bate a porta. Nunca mais faremos uma refeição juntos. Durmo no La Gargote com frequência, em nosso antigo apartamento, onde às vezes hospedo meus aprendizes. Só nos comunicamos por meio da mãe dele. Espero um pedido de desculpas que não vem. Betty chora bastante, façam as pazes, façam isso por mim, mas nenhum dos dois quer dar o primeiro passo. Não fui o melhor pai do mundo, longe disso, mas Mathias também não foi o melhor filho. E não estou disposto a assumir a responsabilidade por esse fracasso. Os pais fazem o que podem, eles têm uma profissão, os filhos precisam obedecer.

 Uma noite, Ducasse vem jantar. O Dom nunca aparece por acaso. Sirvo coxas de rãs, uma bochecha de boi e uma sobremesa, um *baba au rhum* maior que um pneu Michelin. O diabo do homem devora tudo. "Impressionante o que está fazendo aqui, pequeno...": Alain tem essa mania um pouco irritante de chamar todo mundo de "pequeno", ele só tem, no fim das contas, dois anos a mais do que eu. Ele me puxa para um canto: correm rumores em Paris de que você quer quebrar a cara de Tardieu. Ele não tomaria nenhum partido, veio como mediador. Mesmo? E por que Jacques não veio com você? Ducasse faz uma careta – porque, justamente, ele tem medo de levar um soco na cara. Ouça, vamos enterrar esse assunto discretamente. Não é tão grave assim; talvez um dia eu também abra um bistrô de luxo. Agora pense bem, se há algo que possa fazer por você... Coço a cabeça. Talvez haja uma coisa que você possa fazer por mim, Alain. Conheço um rapaz, um pouco teimoso. Uma temporada com você lhe faria um grande bem. Ducasse se levanta.

– Ah, sim, uma última coisa: nenhum tratamento especial só porque é meu filho. Quero que ele sofra.

Capítulo 24

A opulenta silhueta de Gérard Legras ocupa toda a entrada do restaurante. Ele usa um chapéu de feltro e um pesado casaco de lã, parece Orson Welles em *A marca da maldade*. Sua sombra se espalha pelo hall como uma poça de petróleo e chega até a cozinha. Cassandre fica na ponta dos pés para tirar seu casaco: "Siga-me, por favor".
– A senhora por aqui. Mas que coincidência!
Marianne de Courville tira os olhos do telefone e levanta o olhar na direção do ogro.
– Sr. Legras. Dizem que não vai com a minha cara. Uma pena, pois admiro seu texto: ele me lembra Robert Courtine, seu famoso antecessor.

Gérard Legras abre um sorriso cruel e segue seu caminho até uma mesa solitária, ao lado de um urso de madeira em tamanho natural, de pé sob as patas traseiras, encomenda de Paul Renoir a um artesão local. Courtine? Que audácia, murmura o crítico, se deixando cair na poltrona. Aquele traidor, membro da Ação Francesa, amigo dos alemães, a vergonha da profissão! O infeliz tivera a ideia descabida de acompanhar o marechal Pétain a Sigmaringen, onde se comia muito mal. É verdade que isso não o impedia de assinar artigos no *Le Monde*, onde era considerado "o melhor colaborador". Legras cruzara uma vez com ele no Maxim's. Encantador como uma cascavel.

"Medalhões de ostras *royales*, creme Réjane, *paupiettes* de solha Gourmet, *tournedos* Sarah Bernhardt, frango gastrônomo, salada de Caux, queijos, sorvete ideal, duquesas de Rouen": assim tinham jantado Simon Arbellot e Curnonsky, "o príncipe dos gastrônomos", em Rouen, onde foram recebidos pelos irmãos Drouin, nos fogões do La Couronne. Quando Gérard Legras tenta driblar a impaciência, ele fecha os olhos e recita o cardápio dos jantares de que gostaria de ter participado. Naquela noite, se não lhe falha a memória, eles beberam um montrachet 1915, um Château Pichon-Longueville 1896, um gevrey-chambertin 1911 e um Krug 1913. As coisas mudaram consideravelmente, é uma pena, suspira o pobre homem, agora é preciso beber com moderação e não comer gordura demais ou açúcar em excesso, nem rápido demais ou com frequência demais. Ora, diabos!, ele exclama em voz alta, estou com fome!

"O senhor deseja alguma coisa?", pergunta o diretor de sala.

– O senhor deseja comer, ora essa! – brada Legras. – Não está vendo a seu redor todos esses rostos macilentos, esses estômagos vazios? Onde estão os *amuse-bouches* que limpam o paladar? Os vinhos da Savoia que despertam as papilas?

Ele continua, gesticula, atua, os presentes adoram. Com um olhar, Yann manda Cassandre alertar a cozinha. Legras, com o canto do olho, vigia o rapaz, ele não deixa de observar sua bunda redonda e firme como melões de Cavaillon, ele sente vontade de reler Dumas. Cassandre, com pressa, quase esbarra em Christophe, que espia a clientela, como um ator entreabrindo a cortina antes de entrar em cena.

– Chef, eles começam a se impacientar.

O chef esboça um leve sorriso. Ela o acha particularmente relaxado para alguém que recebe na mesma noite a grande dama da gastronomia francesa e o mais implacável de seus jornalistas. A embriaguez do condenado, talvez.

– Cassandre, quero que você apresente o cardápio em voz alta, no meio da sala. Como um pregoeiro de aldeia.
– Quer que eu grite? – sussurra Cassandre, assustada.
– Sorria. Vai dar tudo certo.
Ele lhe estende o cardápio. Cassandre faz uma pequena careta.
– Tem certeza? Yann vai ficar uma fera se eu pegar o lugar dele...
Christophe não está mais ali para responder.

Chaud-froid de lagostins da baía

Na mão, uma folha avulsa, recém-impressa. Todos os olhares se voltam para a jovem mulher de voz clara: "O chef apresenta variações do famoso lagostim de Talloires. Primeiro, inteiro e assado, condimentado com cenoura caramelizada. Depois em tartare, com os rabos acompanhados de um chá do crustáceo."

Funcho de nossas montanhas

Escondidos na sombra, olhos como duas navalhas. Yann nunca lhe perdoará, mas Cassandre continua com um sorriso: "O funcho de altitude é trabalhado como um *bœuf bourguignon*; sua textura é a de um legume sedoso, confitado e crocante. O chef, que é horticultor de formação, buscou fazer do vegetal o centro do prato, como a igreja no coração do vilarejo".

Lúcio de nossos lagos

"O lúcio representa a tradição, a memória coletiva. Servido com um zabaione de manteiga de verbena levada a

180 graus, com um sabor de crème brûlée." Yann às vezes lhe dá medo, com sua maneira gelada de olhar para ela, mordiscando o lábio inferior.

A última caça

"O cervo que vocês experimentarão hoje foi caçado pelo sr. Paul Renoir. Ele é cozido em crosta de sal e apresentado em panela de ferro, onde é defumado com epícea, o que lhe confere um sabor residual de seiva e mel."
Um murmúrio se eleva. No pátio do restaurante, sob a neve, um homem com roupa de cozinheiro sobe rapidamente numa árvore.

– Aquele é Diego, nosso chef de partie de carnes, colhendo galhos de epícea – comenta Cassandre sobriamente.

Ouvem-se aplausos, Diego é encorajado. O anúncio da sobremesa é inaudível, Cassandre se retira. Legras se diverte. Decididamente, o jovem chef é cheio de surpresas. O sujeito pendurado num galho, bom trabalho: melhor que qualquer façanha na sala! Mas tudo isso não passa de aquecimento, de divertimentos agradáveis, está na hora de o filme começar. Ele se pergunta se Marianne de Courville sente o mesmo. Ela tem estofo, eles poderiam jantar juntos. Ah! Os lagostins, trazidos pelo diretor de belo traseiro, perfeito. Legras o interroga sobre a receita, o rapaz é aprovado com mérito, "o molho foi obtido a partir do cerebelo, a cremosidade da cabeça confere untuosidade ao prato", mas tropeça na linha de chegada: "Tenha uma ótima continuação". Ótima continuação? Mas ainda nem toquei no prato, meu jovem! Na última vez que um diretor de sala veio com um "bom fim de apetite", Legras se levantou e nunca mais voltou.

A sala se deixa ninar pela valsa dos garçons e pelo tilintar dos talheres, semelhante ao dos cordames no topo dos mastros dos veleiros. Atrás, a tripulação desliza sobre um pacífico oceano. Christophe não eleva a voz, essa é a vantagem dos cardápios únicos. Naquela noite, o Les Promesses faz por merecer sua reputação de brigada mais silenciosa dos grandes restaurantes estrelados. Um silêncio de bloco cirúrgico, do qual às vezes saem sibilinas encantações, causadas pela urgência – cerefólio-tuberoso, pimenta, droga... pode enviar! Somente Yumi, no subsolo, tem o coração saindo pela boca. Paul Renoir está sentado no pequeno banco de rodinhas, com o qual gostava de orbitar em torno da confeiteira; esse Monte Fuji, ele murmura, é uma sobremesa espetacular, seu pequeno cume pessoal. Ela gostaria de lhe dizer como sente sua falta, mas nunca disse isso a nenhum homem. Muito menos a seu *sensei*!

Meia-noite. Hora das despedidas. Christophe termina sua turnê da sala. As mesas o recebem com entusiasmo e curiosidade. O público se dispersa, saciado, levemente embriagado. Marianne de Courville agradece ao chef. Ela gostou muito, principalmente da sobremesa, mas não estou sendo objetiva, adorei a castanha.

– Espero agora a opinião de nosso Provador. Ah, ele está saindo. Até logo, Philippe, cuidado na estrada, nevou bastante!

Um homem de altura mediana, corpo mediano, calvo e na casa dos sessenta anos, a cumprimenta com timidez e escapa rapidamente.

– Não tenha insônia, meu jovem. Em breve nada disso terá importância...

Um sorriso infantil tensiona os lábios de Marianne de Courville e, com esse último mistério, ela caminha até a porta e desaparece.

Gérard Legras sai do banheiro com o rosto escarlate e a testa pingando. Os poucos metros que o separam de seu assento adquirem a dimensão de uma epopeia. Cassandre teme que ele desabe a cada passo; ela sente compaixão pelo homenzarrão, naquele estado até mastigar deve ser uma luta. Ela imagina os insultos e provocações que devem ter acompanhado a vida dele, os olhares insistentes. Ela também era rechonchuda quando criança, todos a chamavam de Melancia, os meninos a empurravam.

– Perdoe minha lentidão, senhorita – arqueja Legras –, arrasto atrás de mim uma longa carreira.

Ele acaricia a barriga carinhosamente.

– Uma grande parte da história da gastronomia se oculta sob esta camisa. Vou lhe fazer uma confidência: cada dobra tem o nome de um cozinheiro, dos grandes e antigos aos pequenos e novos. O problema é que quando os chefs desaparecem, minhas dobras permanecem. Veja, meu Bocuse continua enorme, não é justo.

– É uma maneira muito pessoal de honrar a memória deles. Talvez a mais bela homenagem que se possa fazer.

Legras ergue uma sobrancelha.

– Essa pequena é boa, chef! Por que ainda não é diretora de sala?

Cassandre leva um susto ao ver Christophe atrás de seu ombro.

– Um café, ou um chartreuse, talvez? – pergunta o chef, sem cortesia excessiva.

– Um minuto de seu tempo.

Legras dá uma piscada cúmplice ao chef.

– E a terceira estrela? Vai mantê-la? Vi que conversava com a grande dama.

Christophe se posta ao lado dele.

– O senhor foi quem lançou o rumor, o senhor é quem deve desmenti-lo.

– Ora, ora, eu só disse o que todos murmuravam em voz baixa. Você sabe melhor do que ninguém que Paul não frequentava a cozinha havia muito tempo...! Um navio sem seu capitão acaba naufragando...

– Ela não me disse nada – interrompe-o Christophe.

Depois de um instante, ele acrescenta:

– Tive a impressão de que ela já não se sentia envolvida.

Legras se endireita ao ouvir essas palavras.

– Como assim, já não se sentia envolvida? Ela foi demitida? Entrou para um convento?

– O senhor terá que lhe perguntar pessoalmente da próxima vez. Agora me diga uma coisa, e o jantar?

Gérard Legras não responde. O suor, espesso como o suco da carne, escorre pelas dobras de seu pescoço. Já não se sente envolvida? Ela não ousaria...? Ele sente sobre si os olhos de Christophe, que o observa impunemente como se examinasse as reações de um animal atrás das grades de um zoológico, ele gostaria de se levantar e fugir, mas caiu na armadilha, preso a sua desvantagem. Ele afasta a conta. "Faça a gentileza de me chamar um táxi. Estou com sono."

Madrugada. Anotações de Gérard Legras.

Belos lagostins pescados na véspera pelo próprio chef, na baía de Talloires, extremamente frescos.

Quanto à preparação, excelente mas nada de inovador. Servida à parte, uma musseline de batatas-doces com açafrão. Minha curiosidade é atiçada.

Os legumes me entediam, mas devo reconhecer que esse meio bulbo de funcho confitado no forno e de cor marcante é uma descoberta. Ele é servido com finas lamelas de funcho cru e alguns brotos bem verdes. Por fim, um excelente caldo diluído com vinagre de mel (que lembra um molho de carne) finaliza esse prato centrado no produto local.

Prato gráfico composto por um filé de lúcio (peixe indelicado, escolha audaciosa!) suavemente confitado com manteiga de verbena, de um branco imaculado e textura firme, acompanhado de legumes da estação grelhados (cenouras, pastinacas, rabanete preto) e de musse de lúcio aerada com notas cítricas. Molho de peixe espetacular.

Um magnífico pedaço de carne (o cervo caçado pelo chef Paul Renoir, na véspera de sua morte... silêncio na sala) cozido sob uma crosta de sal. A carne adquiriu um leve gosto condimentado. De acompanhamento, dois cilindros crocantes de batata com miúdos confitados (pombo?). Percebem-se alguns tons de trufa perfumada e uma nota vegetal, unidas por um belo molho de carne picante. Um prato que poderia ter a assinatura PR.

Mas o mais notável talvez tenha sido a sobremesa em homenagem ao chef Paul Renoir, um "Monte Fuji com musseline de castanha e cassis" com as cores do outono. Renoir me falou de sua confeiteira japonesa. Yumi Narita é uma pérola. Fazia tempo que eu não terminava uma refeição melhor do que a começava. Como em literatura, não pode ser mais requintado. Voltarei.

Capítulo 25

Difícil prever a malícia do destino quando ele tem o rosto amável de Jean Castaigne, o novo proprietário do Chez Yvonne, agora chamado de Le Trou Gascon. Quando ele me propõe um jantar a quatro mãos, não hesito: preciso de ar e estou curioso para rever a propriedade. O sujeito me recebe na estação de Auch, acompanhado da esposa e do sous-chef Firmin, grande galho florescente e mudo. Castaigne é uma réplica de Bertrand du Guesclin, como nos livros de história – um javali atarracado, com uma cabeça enorme que lembra um grande marmelo maduro ao sol. O convite não é desinteressado, ele me confessa no trajeto, a estalagem está passando por um período de estagnação... Do retrovisor, Castaigne dirige um olhar cheio de esperança à mulher, que tem dificuldade de conter suas carnes no banco de trás do Renault 20. O restaurante não mudou. Sem pressa de fazer obras custosas, o novo dono se acomodou ao que tinha, manteve até uma fotografia emoldurada de Yvonne acima da recepção. Reencontro o cheiro de fogo adormecido, sob o qual ainda ardem as cinzas de minha infância. A fazenda está em ruínas. No estábulo, abandonado, reconheço o divã onde minha avó se deitava. Nosso caldeirão está cheio de água parada. Meu passado envelhece subitamente.

O Le Trou Gascon não figura nos guias, mas é a última aposta de Castaigne, que gostaria que ele lhe sobrevivesse. Nossa parceria dá certo, a casa está cheia, a noite é alegre e vivaz, risadas chegam à cozinha cada vez que a porta é aberta. Castaigne me chama de capitão, sua brigada o imita e quando ele pede total atenção porque estou prestes a cortar uma chalota "como fazem em Paris", caímos na gargalhada. Naquela noite, enviamos legumes recheados à provençal, postas de peixe-espada assado acompanhado de canelones de berinjela com trufa de verão, o inevitável *trou gascon* (sorbet de maçã e armanhaque), seguido de um filé de vitela de Ségala em crosta defumada e molho de carne *à la diable*, e de sobremesa e especialidade da casa: "o *parfait* gelado de café da Colômbia em calda fria de chocolate amargo". Ao fim do serviço, Castaigne me convida para precedê-lo na sala, onde sou recebido por uma salva de palmas. Acompanho os últimos clientes até a porta e fico com a garganta apertada. Será a ternura no ar, o jantar que chega ao fim, a noite em que os grilos começam a cantar? Talvez seja apenas nostalgia. No dia seguinte, visito o túmulo de minha avó, à espera de um sinal, mas a copa dos ciprestes se mantém imóvel. Na plataforma da estação, as despedidas são calorosas. Já que devolvi o sorriso ao rosto de seu marido, a sra. Castaigne me dá uma caixa cheia de potes de geleia e vidros de foie gras. Jean aperta minha mão: "Volte quando quiser".

Em Paris, impossível falar de qualquer coisa com Betty, abatida com a partida de seu filho. O cabeça-dura se recusa a atender suas ligações. "O problema é com você, mas é em mim que ele se vinga!" Então pare de telefonar, eu digo. As mudanças de humor de minha mulher me parecem fúteis comparadas à urgência que martela em minhas veias. A cozinha do La Gargote me parece minúscula, sufoco lá dentro, Clichy se tornou barulhenta e poluída. Ávido de conselhos, Castaigne me liga várias vezes por semana, ele me fala da artrite de sua mulher e do restaurante sempre cheio em Lectoure, ele precisa ser ouvido, a solidão dos chefs é uma companheira tenaz. Está claro que Le Trou Gascon está destinado a ser um endereço familiar assentado na rocha de sua glória passada, que desaparecerá, como tantos outros, dentro de seu próprio buraco, gascão ou não. Para partir à conquista do mundo sem que isso pareça uma fuga, preciso encontrar um objetivo. Numa noite em que Castaigne me fala de seu cansaço, avanço um peão. "Seria uma dor ver sua casa destruída ou transformada em pizzaria..." Ele fareja o perigo: no mês seguinte, já não recebo notícias suas. Telefono com uma proposta clara, a compra de seu restaurante, a um preço que calculo conveniente a nossos orgulhos recíprocos. Conheço o estado de suas finanças, sua mulher não aguentará muito tempo na sala, mas Castaigne é teimoso. Ele me diz que vai pensar. As semanas passam, nada acontece. Quanto mais seu silêncio se prolonga, mais meu desejo aumenta e se confirma. Só penso nisso: reconquistar a propriedade familiar, seguir os passos de minha gloriosa antepassada. Começo a ver Castaigne como um usurpador, um invasor. Meu pai não entende meu súbito interesse: por que logo agora, Paul, se passei a vida esperando por você? Enrique, expulso da Legião Estrangeira por tráfico de ópio, é o único a entender minha determinação. Aquele lugar, ele diz, é sua casa. Ninguém tem o direito de morar em sua casa sem sua autorização.

O destino me dá um trágico empurrãozinho. Certa noite, o Le Trou Gascon é destruído por um incêndio devastador. A notícia é anunciada no rádio. Ouço com atenção e descubro algo terrível: um garoto morre entre as chamas, um ajudante de cozinha que adiantava suas preparações. Numa noite de segunda-feira, dia de folga! Fico horrorizado. Impossível

dormir nas noites seguintes. Não conheço a vítima, mas vou ao enterro. Me sinto ligado àquela história. Castaigne parece um fantasma. Ele me lança um olhar ausente.
– Sinto muitíssimo, Jean... Não tenho palavras...
Ele responde, quase sem voz:
– Não é a mim que deve dizer isso, mas a eles... A vida deles acabou.
Vejo um casal, um senhorzinho e sua esposa em roupas de domingo, pessoas humildes. A mulher enxuga as lágrimas com o lenço, o homem olha para a ponta dos sapatos. Entre eles, um garotinho de sete ou oito anos, num terno escuro, grande demais para ele. Nossos olhares se cruzam. Ele é jovem demais para ter que aprender que a morte existe.
– Por mais que eu repasse tudo em minha cabeça, não entendo o que aconteceu – continua Castaigne. – Os investigadores acreditam num curto-circuito, mas refiz toda a instalação elétrica quando cheguei... Como um restaurante pode queimar por inteiro? E o homem do seguro quase me acusou de iniciar o fogo! Eu deveria ter vendido há muito tempo...
Castaigne me ergue um rosto cheio de tiques. Em seu olhar, leio raiva e desconfiança.
– No fim, tudo isso o beneficia bastante, não é mesmo?
Ele logo se arrepende.
– Me desculpe, Paul. Essa história acabou comigo. Monique nem teve forças para vir ao enterro. Ela adorava o garoto... Ele se chamava Jérôme. Talentoso e gentil. Nunca saberemos onde teria chegado.
Ele se afasta, com as costas curvadas, sem se despedir.
– Essa casa está amaldiçoada. Pode ficar com ela.
O fogo destruiu quase toda a fazenda. No celeiro, somente o caldeirão sobreviveu. Um cheiro de cinza impregna a atmosfera num raio de quilômetros. Algumas árvores estão

escurecidas. Meu pai se junta a mim, ele está abatido. Percorremos os escombros, em silêncio. Então, de repente, ele diz: "Foi preciso que tudo desaparecesse para você decidir voltar".

✶

– Melhor ser o primeiro em casa do que o segundo em Paris. Você conhece o ditado. Tenho 35 anos, faz vinte anos que trabalho: preciso encarar minhas ambições.
Betty boceja, ostensivamente.
– Faça o que quiser, Paul, é homem, um adulto.
– Você vai gostar da província, teremos uma casa, espaço, uma vida saudável, você pode cuidar do jardim e ler.
– O afastamento vai ser muito bom para você. Para nós também. Cuidarei dos restaurantes em sua ausência.
– Betty, você não está entendendo: vou vender os restaurantes. Vamos embora.
Betty não vai. No máximo, ela promete ir a meu encontro depois que eu estiver instalado. Vendo La Petite Gargote por um bom preço, o suficiente para financiar minha compra. O La Gargote é entregue aos cuidados de Betty e meu sous-chef. Na fazenda, as obras de reconstrução avançam a toda a velocidade, todo mundo na região quer apagar a lembrança da tragédia. Recebo até mesmo um subsídio do conselho regional. Quero recuperar o brilho de antigamente, ou ao menos a fotografia que tenho dele na memória. Eu lustro, pinto, envernizo, inclusive em sonho, à noite. Seis meses se passam desde o acidente. Um novo restaurante surge das cinzas... idêntico, ou quase, ao anterior. O caldeirão reina no meio da sala, sobre um pedestal de cobre, lugar imperial que ninguém usurpará, ainda que ele me custe quatro lugares. O restaurante Paul Renoir abre numa

manhã de terça-feira. Nenhuma inauguração espalhafatosa ou convites, começo discretamente.

O primeiro artigo do *Sud-Ouest* elogia "uma cozinha autoral, honesta e refinada, em torno de pratos ancorados na tradição". As pessoas vêm pelo pato de Gers com azeitonas, pela caçarola de bochecha de boi com batatas cozidas em cinzas, pelo bolo de arroz das quintas-feiras e pelos ovos nevados de sexta-feira. Como na época de Yvonne, colocamos a garrafa de armanhaque em cima da mesa no final da refeição. Betty me visita dois meses depois da abertura. Desde que fui embora, nos ligamos pouco. Meus dias são longos, os dela misteriosos. Veja, aqui que vivi, ali ficava o lago, aqui o estábulo, venha comigo, e pego a mão dela, puxo-a para deitá-la no feno, mas Betty se solta, estou cansada Paul. Ela vai embora no domingo, no trem do meio-dia, assuntos urgentes... Difícil, a posteriori, analisar as causas de um naufrágio. O casamento não tem uma caixa--preta com o registro das brigas ou dos motivos de discórdia. Em nosso caso, nunca houve gritos ou pratos quebrados (temos um restaurante, sabemos o preço da louça). Mas um simples telefonema. Mathias voltou!, chilreia Betty, com uma voz de tentilhão. Você precisa ver como ele mudou, não o reconheci! A volta do filho pródigo (eu deveria dizer: providencial) acaba com as negociações: Betty não virá. Para ser sincero, não me importo. Finalmente poderei dar ouvidos à pequena voz que me murmura sonhos de conquista.

Para isso, preciso de uma brigada que não tenha medo de tormentas. Contrato pessoas jovens, de pulso firme, não necessariamente dotadas com as palavras, mas resistentes ao esforço, um bando de cadetes da Gasconha a quem prometo estrelas, suor e lágrimas. Alguns passam, outros ficam. A única gentileza que peço é que não me façam perder meu tempo. Mando equipar três quitinetes completas dentro de minha antiga casa: os mais merecedores serão alimentados e hospedados gratuitamente. Contrato Firmin, o sous-chef de Castaigne, para a mesma posição. Começamos a nos conhecer. Ele é um sem-alegria e sem-família. Sou o policial bom e paternal, ele é o vigia mordaz, minha segurança contra as surpresas ruins. Um papel ingrato, mas um restaurante precisa de um xerife, assim como um bom filme precisa de um ótimo vilão. Em algumas semanas, desço à arena para reunir a fórceps a energia das tropas. Bando de preguiçosos! Eu pareço um camelo, por acaso? Não? Então por que tenho a impressão de estar carregando todo mundo nas costas?

Doze meses depois da abertura, como uma borboleta, a estrela vem pousar no alto de minha touca. Ela cruza a França e me encontra. A distinção coroa menos o Paul Renoir do que o La Gargote, meu primeiro laboratório criativo. Na época, eu já fazia a alta gastronomia do cotidiano, uma cozinha exigente, precisa, que não era intimidante. Um prato de bistrô, quando levado além, pode produzir uma experiência inesquecível. Tome uma terrina de lebre. No papel, nada complicado. Mas precisei recomeçar cem vezes até chegar ao que sonhava: uma carne untuosa e quebradiça, com uma bela cor rosada, sem agressividade na boca, como às vezes a caça pode ser, muito sutil e equilibrada. Uma terrina inteligente. "Desenhe um cavalo": esse era o conselho de Picasso aos alunos que queriam imitar o mestre desconstruindo antes de construir. É o que digo aos rapazes que têm pressa de chegar lá: faça uma terrina, vire um omelete. Meu objetivo é alçar a cozinha clássica, "da vovó", à perfeição. Tenho a impressão de que os clientes são sensíveis a isso, o Guia também. O Paul Renoir tem três anos. Estou concentrado limpando uma tilápia quando o telefone toca; atendo, com as mãos sujas de entranha de peixe. Reconheço a voz delicada, quase feminina, de Legras: "Bem-vindo aos grandes". Uma hora depois, no dia 1º de fevereiro de 1993, o Guia anuncia que o Paul Renoir recebeu sua segunda estrela. Betty me telefona à noite. Penso que é para me parabenizar, mas ela só quer o divórcio. Assino os papéis sem ler. Aproveito para pedir notícias do filho. Desde que voltou de Mônaco, Mathias faz estágios em várias cozinhas, mas não gosta de nenhuma. "Incompatibilidade de gênios", sua mãe explica. Agora ele está refletindo, fazendo planos. Solto uma risada. Desempregados e mendigos também fazem planos! Por seu timbre de gafanhoto, entendo que Betty está com um novo companheiro. Que aproveite, a juventude passa rápido e esposa de chef envelhece mal, por isso temos tantas. Enquanto isso, o Paul Renoir entra para o seleto clube das cem melhores mesas da França. A elite da gastronomia francesa – ou sua antessala. A porta se abre, olho para dentro, vejo um monte de gente conhecida, meus gloriosos predecessores me incitam a entrar, mas não rápido demais. Paul Bocuse me envia uma linda carta. Os jornais *Sud-Ouest* e *La Dépêche du Midi* disputam meus favores, sou o primeiro a ser servido na mercearia e os policiais ignoram minhas multas. Os oficiais desfilam em meu restaurante, com a mão no coração e o apetite em posição de sentido. Mas no Paul Renoir todo mundo paga. O desfile de personalidades logo diminui, não o dos gourmets. Em seu porta-retratos, a Mère Yvonne sorri. Realizei o sonho de minha avó, um feito ao qual seu próprio filho nunca ousara aspirar.

Meu pai, justamente. Ele parece mais magro, malvestido em suas roupas civis. Ele me parabeniza pela segunda estrela, mas mantém a discrição na vida cotidiana. Ele cultiva um pequeno pomar, joga cartas com os amigos, faz pequenos consertos. Eu o acomodo na cozinha, onde ele espreita rostos familiares. Sirvo-o de ostras, lagosta, salmão do rio Adour, o melhor do mundo. A cada prato, ele balança a cabeça em silêncio. Ao fim do serviço, eu o levo para visitar os quartos em construção. Ele olha com interesse, mas não faz perguntas.

Nos despedimos, com a promessa de voltarmos a nos ver, "aliás, sua mãe me ligou, quer a parte dela do butim". Meu pai não teve coragem de dizer não.

Capítulo 26

Um tempo de paz e prosperidade tem início para o Les Promesses. Dezembro sucede a novembro, o Natal se aproxima, o Guia anuncia uma nova seleção para o final de janeiro. Mídias e redes sociais já não mencionam o "suicídio" ou a "morte trágica do chef Paul Renoir", preferindo mencionar a "continuidade no topo" e louvar o chef trintão que revoluciona discretamente a alta gastronomia. As amigas blogueiras se dedicam a glamorizar Chris, boxeador, motociclista, chef responsável, "pena que não seja tatuado, poderíamos colocá-lo no Instagram". O artigo de Gérard Legras, intitulado "Promessas cumpridas", garante o renome do jovem patrão junto a uma franja da população mais idosa, que ainda lê jornal, a verdadeira clientela dos restaurantes estrelados. Seu discurso *locavore* e de proximidade agrada aos jovens ativistas urbanos que adoram yoga, poke e fotografias de Yann Arthus-Bertrand. Christophe fala em ecologia e preservação dos espaços naturais. O derretimento das geleiras o preocupa, ele profetiza o desaparecimento dos lagos alpinos. Ele preconiza a alimentação sustentável e a agricultura virtuosa, tudo isso lhe é muito natural, o que não surpreende. Ele é um rapaz calmo, ponderado, com um olhar inteligente: um chef que não parece um chef. Quando criança, ele perdera o irmão o mais velho, o que atrai ainda mais a simpatia de todos por esse cozinheiro 2.0. As emissoras solicitam sua presença. Christophe se presta ao jogo, "para o bem de seu restaurante e de sua brigada". Diego e Gilles se viram muito bem sem ele. *GQ* o coloca na capa, e quando a revista lhe pergunta se ele representa o futuro da cozinha, ele responde que se contenta em ser um chef do presente. Um sábio. Sua crescente notoriedade se reflete no Les Promesses, Natalia Renoir já entendeu isso, levando o restaurante para a frente do palco. A viúva negra recupera as cores. A temporada está salva, até o tempo se anuncia clemente. No fundo, as pessoas adoram histórias que acabam bem: o chef está morto, viva o chef! Albinoni, Mathias Renoir e outros predadores voltam para a sombra de suas respectivas tocas. Até mesmo Legras, figura cativa dos estúdios de televisão como um mexilhão em seu rochedo, desaparece. Um feixe de luz parece guiar o destino do Les Promesses.

Certa manhã, Gilles e Diego são convocados com urgência. Sieyès e Ducos veem Bonaparte aparecer, cabelos desgrenhados, num estrondo. Os três ocupam o espaço restrito da cabana: simbolicamente, a nova era deve começar ali.

– A nova era? – repete Diego.

– Vamos parar de fingir, rapazes. Estamos à beira do abismo. A agricultura intensivista, os pesticidas, o aquecimento global, o fim da biodiversidade e das abelhas... Não podemos ficar de braços cruzados, alimentando os ricos à espera do fim.

Droga, pensa Diego, a fama subiu a sua cabeça, ele nos confunde com telespectadores.

– O Les Promesses vai se tornar um laboratório. Nós, chefs, precisamos travar a luta na vanguarda, pois estamos ligados a uma paisagem. Para isso, porém, precisamos reaprender o que esquecemos, o segredo das plantas, o conhecimento dos antigos. Quem ainda sabe que o tomilho era utilizado para talhar o leite e fazer queijo? Vocês sabiam? Mas faz dez anos que o tomilho foi parar no canteiro das ervas aromáticas.

Christophe pega uma caneta e, no quadro branco que substituiu o de cortiça, traça círculos, flechas em torno dos círculos e letras maiúsculas acima das flechas.

– Vamos redigir um código de boa conduta para com a natureza. Compraremos pastos, rebanhos e contrataremos pastores se preciso! Pescaremos nossos peixes, só trabalharemos com sementes antigas e, para combater o desperdício, falaremos com todos os camponeses, semanalmente. Compraremos pela metade do preço os produtos danificados. Por fim, o mais importante: nenhum dos produtos servidos do Les Promesses será criado ou colhido a mais de cem quilômetros daqui!

– Cem quilômetros no Google Maps ou em linha reta?

Christophe olha para Diego com severidade. A coisa vai longe, pensa o catalão. Christophe, o chef, realmente acredita no que Chris, o guru, lhe murmura.

– Quer dizer que não serviremos nem lavagantes nem ostras?

– Exatamente.

– Nem caviar nem trufas?

– Faremos nosso próprio caviar com ovas de coregonus. Dispensaremos as trufas.

– Coregonus que nós mesmos pescaremos, é isso?

– Sim, teremos nosso próprio barco no lago Léman. Gilles, você foi pescador, deixo que se encarregue das autorizações.

Este, que ainda não abriu a boca, assente em silêncio.

– Você sinceramente acredita que nossos clientes vão aceitar tudo isso?

– Eles terão que se adaptar. Vamos obrigar as pessoas a se alimentar melhor, só isso! Quero me tornar o primeiro restaurante três estrelas sem lactose e sem glúten.

– Imagino que a sra. Renoir esteja a par dessa evolução...?

– Não se trata de evolução, Diego, mas de revolução! Em breve, todos os estabelecimentos da França serão obrigados a se alinhar ao Les Promesses. Nós nos tornaremos os líderes de uma nova geração. Mais honesta, mais responsável que a de nossos predecessores.

Christophe arruma a jaqueta. Ele voltara ao boxe. Gostava de sentir os músculos apertados sob a roupa. Ontem, ele decidira deixar a barba crescer, por conselho de um jornalista da revista *Gala*.

– Deixem Natalia Renoir comigo – ele conclui, se levantando.

– E o chef? O que ele diria dessa revolução?

Christophe tem um pequeno movimento de recuo.

– Ele seria o primeiro a me apoiar.

E ele sai da cabana, com o celular no ouvido. Um momento de silêncio se faz após sua partida. Diego se volta para Gilles.

– Você não disse nada.

Gilles dá de ombros.

– O que posso dizer? Até nova ordem, ele é o patrão. Se der errado, caímos fora, se der certo, acertamos junto com ele.

Por onde começar? Christophe se sente pronto para mover montanhas, mas há montanhas demais na região. Mesmo apenas no hotel e no restaurante, tudo precisa ser revisto. O isolamento térmico, o sistema de calefação, a manutenção do spa, o preço dos produtos, o excesso de pessoal, a prataria e as tapeçarias bordadas à mão, de manutenção tão custosa; tanto luxo inútil. Paul Renoir tinha dois Porsche, comprava adegas inteiras e, sem mais nem menos, era capaz de contratar alguém por sua cara boa. "Vamos recolocar as coisas em ordem." Natalia o recebe em seu apartamento, de pés descalços. O lugar

foi repintado em tons de ocre e malva. Suas unhas vermelho-
-cereja brincam com o espesso carpete marfim. Christophe
não confessa que quer se tornar pastor, pescador e apicultor,
apenas que deseja banir os produtos onerosos e que vêm de
longe: precisamos ficar na região, faremos economia. A pro-
pósito, ela responde, fico feliz que tenha trazido esse assunto
à tona, não teremos aumentos nem bônus esse ano: confio em
você para comunicar minha decisão às equipes. Ela acende um
Vogue. Fim da conversa.

Christophe abaixa os olhos para o campanário da igreja de Montmin pensando em seu mestre e na trilha que eles
percorreram juntos, há sete anos. Foi Renoir quem o ensinou
a olhar onde pisava. Ruibarbo, canabrás, margarida, alho-sel-
vagem, tramazeira, baga de zimbro, urtiga-comum, ansarinha,
rosa-canina, mirtilo: a poesia do vegetal é uma brisa. "Um
dia, não serão os vegetais que acompanharão a carne, mas o
contrário": Paul Renoir pressentira essa mudança, mas parara
no meio do caminho. Ele não tivera forças para impor uma
versão *verdadeiramente* revolucionária da grande gastronomia.

Uma semana depois, sete horas da manhã. Todos os
funcionários foram chamados. Uma névoa úmida cola nas
roupas. Christophe convocou inclusive as camareiras, que se
perguntam o que estão fazendo com grandes botas de borracha
e um carrinho de mão. Eles cochicham, fazem sinais para não
acordar os clientes que ainda dormem. Na véspera, um camponês da região limpara um terreno de encosta, atrás do spa.
Hoje, pequenos terraços estão sendo construídos. A brigada
ouve em silêncio os conselhos do novo patrão, dividido entre
a agitação e um leve desconforto: ele cava, arrasta, arqueja e
parece querer inverter o sentido de rotação da Terra sozinho.
Amanhã, ele diz, plantaremos brócolis, repolho, cenoura, ru-
tabaga, aipo, ervilha, ruibarbo, couve-flor, espinafre, rúcula,

beterraba, couve-frisada, alho; as pessoas ignoram como o inverno é uma estação propícia para semear.

– O que faz a qualidade de um vegetal é o conforto de que ele dispõe. Espaço, luminosidade, exposição ao sol, clima suave. Ele é como nós, precisa ser amado.

Acima deles, à janela e de roupão, Natalia Renoir não tira os olhos dos vultos que se delineiam no nevoeiro. Às vezes, o reflexo de uma pá ou de uma enxada chega até ela. Eles até parecem estar desenterrando alguém daquele matagal. Ontem, Mathias Renoir falara com ela ao telefone, por longo tempo. Pela primeira vez desde a morte de seu marido, ela se sente tomada de dúvidas.

Fazia tempo que Christophe não se sentia tão vivo. O dia foi incrível. A cerração acabou se desfazendo, o trabalho avançou mais rápido do que o esperado. Eles dividiram uma garrafa de Apremont, da região de Chambéry. Os rapazes, suados, pareciam felizes. Até Diego esquecera de se queixar e Christophe tivera que admitir um certo prazer em ver Yann Mercier sujando sua linda pessoa. Depois da ducha, eles começaram o serviço do meio-dia, seguido de uma hora de descanso e de outra ducha (obrigatória para o pessoal da sala, a fim de evitar odores de transpiração), para começar o serviço da noite. Agora, os últimos clientes vão embora, alguns passam pela cozinha para falar com o chef, agradecer ou tirar uma fotografia com ele. Christophe participa, ouve com atenção os "pequenos conselhos" daqueles que assistem *Top Chef*, "estava muito bom, mas no quesito apresentação, eu teria feito diferente". Por fim, o silêncio. As equipes limpam as cozinhas, Christophe percorre a sala, pronta para o dia seguinte. Ele sempre a achou excessivamente carregada, com dourados demais, espelhos demais, nichos demais. Ele nunca entendeu essa obsessão dos grandes restaurantes de querer agradar os ricos. Por acaso a clientela se sente mais segura quando tem a impressão de jantar na própria casa? Ele se detém por um momento sob o monumental lustre de murano que lembra o polvo gigante de *Vinte mil léguas submarinas*. Se dependesse dele, seria retirado imediatamente. Christophe termina sua ronda e pensa ouvir um murmúrio abafado. O restaurante está vazio, ele fica de ouvido em pé. O choro vem do subsolo.

– Algo errado, Yumi?

A jovem está de costas, diante da bancada de mármore. Com o dorso da mão, apenas roçando a superfície gelada, ela espalha um pouco a farinha. Na noite anterior, Yumi falara com os pais por Skype. Ela prometera que iria a Osaka depois do Natal. Isso antes que o chef solicitasse a equipe pelos próximos três meses. Sem férias naquele ano, sem bônus também. Em tempos normais, ela entenderia, ela nunca se queixava. Mas seu irmãozinho aparecera, todo agitado. Haru falara dos coleguinhas e mostrara seus últimos brinquedos, um robô musical e uma corda de pular luminosa, até que fora interrompido pela tosse. Sua mãe dissera que ele estava melhor, mas seus olhos contaram outra coisa. As dores abdominais tinham recomeçado. Yumi sabia: não havia cura para aquela doença. A jovem estava sem a touca, e um coque alto oferecia uma visão aberta de sua nuca desnuda. Christophe se lembra da primeira vez que a vira. Ela ainda não falava muito bem o francês, mas entendia melhor do que os que o falavam correntemente. Entre eles, sempre houvera um respeito mútuo e uma relação hierárquica, pouco afeita a ambiguidades; na moto, ela não passara o braço em torno de seu peito, na cozinha, eles nunca se encostavam. Yumi reinava no mundo gelado do subsolo, Christophe cuidava do calor. Mas agora ele se surpreende examinando sua nuca suave, tão suave.

– Yumi, fale comigo, por favor.

Ela se vira, surpresa. Eles estão frente a frente. Ela cheira a leite de amêndoas e avelã tostada, ele a caldo de peixe. Sem se dar ao trabalho de tirar o nó do avental, Yumi tira as calças e deixa cair a seus pés a calcinha bordada. Ela levanta as abas da jaqueta e se senta no mármore cheio de farinha. Seu sexo é preto e sedoso, os pelos abundantes, cortados em pirâmide invertida. Sua carne se abre como uma massa de pão. Christophe tem as mãos úmidas e a virilha que desperta. Deve fazer dois anos que não dorme com uma mulher; na última vez, ele saíra com uma adolescente de uma boate, ela pegara no sono antes que ele gozasse, ele não ousara terminar sozinho. Yumi sufoca um grito quando ele entra nela. Ela se retrai e o empurra. Depois pega uma colher de mel, de madeira, passa as ranhuras por seu clitóris, que incha e enrubesce como uma groselha, e, sem esperar, enfia o pedaço de madeira, ela sabe exatamente o que quer. Christophe observa aquele momento de intimidade ao qual não foi convidado, ele se pergunta se deve desviar os olhos ou assumir o controle. "Agora", e Yumi puxa para si o corpo do jovem. Com os olhos semicerrados, o queixo sobre seu ombro, ela segue o avanço da raiz que se infiltra por dentro dela e toca em mil pontos diferentes. O invasor está em toda parte, ela logo perderá os sentidos. Encaixado bem no fundo de seu ventre, Christophe a desperta. Suas coxas tremem, ela não se sabia atraída por ele (triste demais, distante demais, patrão demais), não imaginava que ele pudesse se sentir atraído por ela. Agora ela quer que ele vá mais rápido, me morda, me machuque, me faça pagar por meus erros, ela se endireita, mordisca o lóbulo da orelha dele, eu menti, a morte de chef Renoir matou minha inspiração, não sirvo para nada, ela contém o ritmo da fera dentro dela, controla sua selvageria, o fim se aproxima, ela reconhece os sinais, Yumi se lembra de sua primeira mordida de torta de maçã, do dia em que foi buscar Haru na saída da escola, ele caminhava na direção dela, sob um raio de sol, ela é invadida por uma felicidade luminosa, um halo de ternura, semelhante à sensação do corpo que mergulha numa banheira quente e relaxa, seus ouvidos zumbem, prostrados e mudos. Christophe recua e ejacula sem fazer barulho sobre a farinha. Yumi continua atordoada, seminua, com o avental sujo. Eles não ousam se olhar. Yumi, de costas, levanta a calcinha sem pressa, Christophe se demora sobre suas costas, sua bunda pequena e redonda, mais baixa que a das ocidentais. É a primeira vez que ela solta os cabelos, lisos, espessos, brilhantes. Bruscamente, ele sente vergonha, nunca deveria ter feito aquilo, não é típico dele. Então, como para se justificar, ele se ouve dizer, com a voz mais serena de que é capaz:

– Fomos convidados para a cerimônia de entrega das estrelas. Você foi selecionada na categoria dos melhores confeiteiros.

Yumi se inclina, imperceptivelmente.

– Será uma honra representar nosso restaurante. Enquanto isso, posso dormir na sua casa?

Capítulo 27

Nunca se viu tanta gente famosa na região. Sou uma etapa incontornável, como a basílica Saint-Sernin e as festas de Bayonne. Fico amigo de Depardieu, para quem preparo leitões pincelados com mel e pimenta de Espelette, lentamente assados no espeto, sob uma brisa suave. Ele me traz John Malkovich, que janta às dezoito horas, e Robert de Niro, um comedor de legumes profissional. "Se não me enxergar em seu retrovisor, Paulo, é porque ultrapassei você!", me diz um colega de Bordeaux, também com duas estrelas, durante uma coletiva de imprensa que reúne, em Biarritz, a fina flor da profissão. Todos o dizem na disputa do Graal. Eu solto uma risada, mas de volta ao quatro de hotel já não sorrio mais: e se eu calasse a boca daquele imbecil? E se eu ganhasse a terceira antes dele? Sejamos francos. Além do ego (apaziguado por certo tempo), a segunda estrela só me deu dor de cabeça. Gasto quantias monstruosas para satisfazer uma clientela cada vez mais antipática – em linguagem gastronômica, dizemos "exigente". Sim, sou grande no sudoeste, mas continuo sendo um senhor provincial, um pequeno rei sem vassalos. Não há ninguém para se dizer meu sucessor ou me chamar de mestre. A razão deveria ter gritado em meus ouvidos que eu devia me contentar com o que tinha. Só que eu também queria ver o céu aberto de cima. Todos dizem: a última é a melhor. Ela é a que finalmente realiza a vida de um chefe e justifica seus sacrifícios. Depois, você pode morrer. Eu já tinha dado meu coração à cozinha, me preparava para lhe oferecer minha alma. Primeiro, de acordo com os termos consagrados, é preciso "consolidar a segunda estrela". Depois de três anos, no entanto, sinto que ela está bem consolidada. O risco é que ela se enraíze. E nada no horizonte. As críticas são unânimes, a cada ano meu restaurante é citado entre as melhores mesas da França, meu pato de Mazet com mirtilos selvagens é louvado, assim como minhas rãs com alho-rosado de Lautrec, meu suflê com parmesão e sorbet *peperoncino*. Num ano, os rumores me coroam, no seguinte me dizem fora de jogo, e depois de novo com esperança. Nunca questionei o poder nem a autoridade do Guia, da mesma maneira que não se duvida do poder de um soberano de direito divino. O Guia é o único e exclusivo ator da cena gastronômica mundial. Os outros são medíocres imitadores, lacaios com roupa de imperador. Mas nem por isso me considero seu súdito. Impensável ir à sede dos Invalides para receber sua palavra sagrada. Pois através conselhos, murmurados discretamente, é a confiança do chef que é invalidada. A melhor maneira de uniformizar e diminuir a cozinha francesa é seguir, de olhos fechados, os ensinamentos de um mestre absoluto. Por isso não fui me ajoelhar em Paris.

    Gérard Legras, que tem entrada no monte Olimpo, me garante que sou considerado um "sólido duas estrelas". Pergunto-lhe se isso é bom sinal, ele assente sem convicção: não é mau sinal. O que ele não me diz, eu já sei. A curiosidade arrefeceu, o chef promissor não cumpriu suas promessas, sente-se a necessidade de encontrar um substituto, um talento fresco, um rosto desconhecido. Dizem que o filho de Renoir abrirá um restaurante. Levo um susto. Do outro lado da ligação, Betty me dá uma lição de moral, coisa de que tanto gosta.

– Você deveria ficar orgulhoso, em vez de resmungar! Se tem dúvidas, ligue para seu amigo Jacques, ele acredita em seu filho o suficiente para lhe dar uma chance. E como você esqueceu de perguntar, o restaurante de Mathias se chamará Les Goûts.

Atiro o telefone e Betty na parede, ao inferno com todos eles! Meu rugido deve ser ouvido até a Rue Lauriston, no 16º arrondissement de Paris. Lá, um filho indigno e um falso amigo se abraçam e se felicitam, contentes por me apunhalar. Imagino os dois, satisfeitos com a peça pregada ao velho, enterrado em seu matagal. De volta à cozinha, explodo, trovejo, acuso-os de complô. E desabo no chão. O choque me quebra um incisivo. "Sopro no coração, manter sob observação", escreve o médico. O sujeito me aconselha repouso. Férias em mente, sr. Renoir? Caio na gargalhada e ele me prescreve um coquetel de antidepressivos.

– Talvez seja o momento de fazer as pazes com seu filho, Paul. Ligue para ele, diga coisas amáveis. Palavras de pai.

– Palavras de pai? Não me faça rir. O que você sabe sobre isso, se nunca teve filhos nem mulher? Ele que me ligue! De todo modo, não tenho o número.

– Eu tenho, se quiser.

Gérard Legras está sentado no terraço do Paul Renoir, fechado para o dia. Na época, ele ainda não precisava de bengala para andar. Nós não somos exatamente amigos: não nos telefonamos para saber notícias, mas estamos ligados por uma certa ideia de gastronomia e, consequentemente, de França. Legras é um conspirador, um ardiloso, isso vem de seu ofício, mas não é um hipócrita: ao contrário de seus colegas, ele nunca sacrificou a independência de seu paladar a qualquer tipo de obediência, e já o vi queimar os louros do imperador que ele mesmo consagrara no ano anterior. Acima de tudo, é um homem letrado; a cozinha não é seu único interesse. Na véspera, no restaurante de Paul Bocuse, ele fora vítima de uma tentativa de assassinato à trufa do Périgord. Ele quer comer algo leve. Cozinho um pedaço de *suprême* de pato *sur coffre*, bem cozido e rosado, acompanhado de minibeterrabas e groselhas assadas. Esvazio meu copo de aguardente de ameixa, Gérard molha com cuidado os lábios espessos em sua xícara de chá, como se hesitasse.

– Você sabe como adoro ouvir as pequenas oscilações de minha alma. Hoje fui tomado por um pressentimento. Observo aquela criatura pré-histórica, prisioneira de seu próprio corpo. Ele tem uma maneira de falar um tanto desconcertante, com os olhos voltados para o céu, como se falasse a um ser superior.

– Você precisa de sangue novo. Alguém que você formará e que, em troca, dará vigor a seus pratos. Alguém que o tire de sua zona de conforto.

Eu quase me engasgo. Legras come seu sorbet de urtigas.

– Descobri um pequeno restaurante em Arcachon. Nada muito complicado, mas com tudo que é preciso. Produtos da horta, pesca local e ostras a dar com pau. Vá visitá-lo, quando puder. Um final de semana no litoral fará bem a você, está um pouco pálido. Mas não demore. Ou se juntará à geração sacrificada.

A geração sacrificada. Sempre há uma. Os chefs que passaram a um fio de cabelo da consagração. Que ficaram esperando até o fim. Quando você é chamado assim, uma estrela negra cai sobre sua cabeça, o ostracismo opera imperceptivelmente, a mídia o convida menos, os festivais não o chamam mais e você logo se vê obrigado a organizar jantares

a quatro mãos para atrair para si um pouco da luz dos outros.
Despeço-me educadamente de meu interlocutor:
– Durma aqui hoje, Gérard. Seu quarto está pronto.
Legras, lentamente, consegue chegar à posição vertical. Cada um de seus movimentos é um desafio à gravidade terrestre.
– "Quando queremos que um exército seja vitorioso, devemos inspirar-lhe uma confiança tão grande em si mesmo que ele fique convencido de que nada o impedirá de vencer" – ele murmura. – Maquiavel.
A noite está fria. Amanhã, haverá orvalho.
– Vá almoçar lá, Paul, é a única coisa que lhe peço.
A advertência de Legras me perturba mais do que estou disposto a admitir. Sua profecia parece acelerar tudo a meu redor. De repente, as preocupações do cotidiano adquirem proporções homéricas. Um dia, entro na cozinha e um cheiro de maconha me invade as narinas. Alinho a brigada na mesma hora, como num processo stalinista, inclusive as mulheres. Todos são obrigados a esvaziar os bolsos, abrir as bolsas. O interrogatório dura vinte minutos, saio de mãos abanando. Ficarei com as gorjetas de todos enquanto o culpado não se apresentar! Ninguém abre a boca, ninguém denuncia ninguém.
O restaurante se chama Au Bulot! Mais ridículo, impossível. Sento no terraço, com vista para a baía e para os viveiros de ostras. Lá dentro, há quinze lugares; uma cozinha minúscula permite entrever a presença de duas pessoas. Na sala, o patrão de avental passeia sua barriga, conversa com os clientes e espanta as gaivotas com um pano de prato. Naquele dia, no cardápio, abóbora à grega, amêijoas, navalhas e molho iodado; filé de atum branco de Saint-Jean-de-Luz, funcho, alhos-porós crocantes, vinagrete acidulado. A comida é fresca, harmoniosa, aromática. De chef, o velho só tem o uniforme: ele não pisa

na cozinha. Quando o verdadeiro piloto dos fogões aparece, quase engasgo com meu café: é uma mulher!

– Sim, uma mulher! Vai precisar colocar uma focinheira em seus rapazes.

Legras começa a rir. Impaciente para saber minha opinião, ele me ligou na mesma noite.

– Notei algumas imprecisões, um vinagrete ácido demais no atum, apresentações afetadas.

– Escute, Paulo – ele me interrompe –, confie em mim. Afora os trejeitos da juventude, essa pequena entendeu o que alguns veteranos nunca entenderão: a força soberana da simplicidade. A garota está trinta anos à frente de seu tempo! Sei reconhecer um talento de amanhã. E o amanhã, na cozinha, começa hoje. Ela, associada a suas capacidades técnicas? Garanto a você o topo do mundo, em dois anos.

Um mês depois, café da estação de Arcachon.

– Sou Éva Tranchant, sim, como uma faca.

Eva tem 22 anos. Outra pessoa se sentiria mal pelo patrão cujo restaurante eu decapitava, mas deixo meus escrúpulos a meus concorrentes. O tempo urge. Sou informado de que o restaurante do meu filho é um sucesso em Paris, não me surpreendo: ele usa o glorioso sobrenome como uma marca de sucrilhos. Éva desembarca na estação de Auch no sábado seguinte. Firmin, que me acompanha, lhe lança olhares furtivos, ele nunca viu aquilo, uma mulher chef, que animal estranho, ela usa até esmalte nas unhas. Éva é apresentada à brigada. Eu a nomeio segunda sous-chef, ela é colocada sob a autoridade direta de Firmin. Como ele, Éva se hospedará numa das quitinetes da fazenda.

– Ela não tem a menor chance, chef.

– Não tenho tanta certeza, Firmin. Faça com que se sinta em casa. E ajude a carregar suas malas.

Legras estava certo. Éva tem boas intuições, às vezes iluminações, que ela pena para traduzir para o fundo de um prato. Eu a convido a não se proibir nada, olhe ao redor, dê uma volta, tudo é inspiração, um cheiro, até mesmo a tristeza. Mas ela tem pressa, quer ser rápida, nocautear os produtos, acertar os clientes, tirá-los de seus hábitos. A moda é a cozinha complicada, cheia de hortaliças, brotos e picles. Acalmo seu entusiasmo. Cozinha é ternura. Exige preliminares, preparação psicológica, uma certa languidez. Progressivamente, com trabalho, obstinação e alguns fracassos também, nossas personalidades conseguem se entrelaçar. Levamos um ano para nos desfazer de nossos respectivos papéis, de professor e aluna, e conseguir pintar pratos com as cores de nossos temperamentos, sem que um dos dois se sobreponha ao outro. Eu nunca tinha trabalhado em semelhante osmose. E nunca mais trabalharei. Nem mesmo hoje, com um rapaz talentoso como Christophe. Eu decido, ele executa. Ele precisaria me deixar ou eu precisaria morrer para que seu talento se emancipasse. Tenho consciência de que o retenho, às vezes até que o sufoco, mas com 62 verões, já não tenho tempo de esperar as crisálidas eclodirem. Com Éva, era diferente. Ficávamos lado a lado, em silêncio, em equilíbrio na borda de um prato. A brigada se transformava num rumor, numa presença turva.

 Certas noites, Éva vinha beber comigo em casa depois do serviço. Descobrimos, siderados, a partida de Pierre Gagnaire de Saint-Étienne, arruinado pelas greves de 1995. Um chef que fecha seu restaurante é um marinheiro que desaparece no mar. Éva compra uma mobilete, e com ela vai fazer compras em Lectoure, de onde volta com discos de 33 rotações. Uma melodia de trompete sempre ecoa em seu apartamento, Miles Davis, Chet Baker, Coltrane. Para seu aniversário, coloco um aparelho de som na cozinha, com carrossel para cinco CDs, alto-falantes de teto e controle remoto desenhado pela NASA: a ideia é amaciar minhas equipes como se amacia uma carne, mas com música. Ela se dá bem com a brigada, joga futebol com os rapazes, provoca Firmin gentilmente, se impõe sem levantar a voz, através do exemplo. Uma mulher nunca trancará um ajudante de cozinha na câmara fria, uma mulher não passa a mão na bunda (ou só por curiosidade). Eu não saberia descrever a febre dos dois anos seguintes. De nossa cumplicidade nascem associações impensadas, poéticas, espontâneas, menos pratos do que devaneios. A brigada pedala atrás de nós para nos alcançar, com uma energia imperiosa. Quando sou informado de que uma equipe da BBC deseja visitar o Paul Renoir (um dos donos da emissora tem uma casa nas redondezas), decido fechar o restaurante por dois dias para preparar todo mundo. Durante 24 horas, dois repórteres de tweed acompanham a intimidade de meu restaurante. Todos fazem a barba e se perfumam, Éva, que fala um inglês correto, se ocupa de passar as ordens. Para a ocasião, crio uma moleja de vitela *pochée* com água do mar que se torna um marco. A carne é coberta por uma *chapelure* de alho e limão confitado. Na cozinha, ouvimos bossa nova, Astrud Gilberto murmura notas ensolaradas, e tenho a ideia de engrossar o caldo de cozimento com uma cachaça brasileira, com notas defumadas. Agora sim tenho um prato, ou quase – só falta o giro final, a assinatura: frutos silvestres (colocados na última hora para evitar que cozinhem) difundem o toque acidulado, gracioso, feminino. O doce se torna tônico, o untuoso descobre sua personalidade. Essa é a beleza da cozinha, capturar um gosto, desenganá-lo de si mesmo, levá-lo a ser outra coisa. Essa moleja de vitela se manterá fiel a mim, às vezes *pochée*, às vezes assada com cardamomo ou café, acompanhada por figo gelado ou um simples sorvete de pistache. A reportagem tem uma repercussão inesperada. Recebo ligações de Estocolmo, Johannesburgo, Vancouver. Em um dia, meu restaurante fica lotado pelos próximos dez meses. Compro cristais, prataria, pratos Bernardaud. Sem liquidez, ligo para Betty: precisamos vender o La Gargote. Ela passa o telefone na mesma hora para Jacques Tardieu, de quem não tenho mais notícias, mas que (acasos da vida) está justamente com ela naquele dia: ele quer comprar o restaurante, "para que fique na família". Betty continuará na gestão, ele promete. O preço sugerido é decente, estou com pressa, aceito. E quando peço notícias de Mathias, Jacques tem a ousadia de me responder: "Nunca se sentiu tão realizado. Cuido dele como de um filho". Sinto um aperto no peito, não por causa de Mathias (afinal, ele tem o direito de escolher o pai que quiser), nem mesmo pelo La Gargote, abandonado com menos dor que o previsto, mas porque percebo bruscamente que Jacques e Betty são amantes há muito tempo, talvez desde a visita dele à nossa casa, sem que eu soubesse de nada. Sou um cretino.

Uma noite, Éva chega ao restaurante de cabelos curtos. Ninguém parece surpreso. Alguma coisa muda. Alguns dias ela parece totalmente calma, em outros ela se torna mais sombria, se irrita, insulta os desajeitados ou retardatários. No dia em que atira na parede um prato com apresentação ruim, chamo-a até meu escritório. Nunca mais quero ver esse tipo de coisa em minha cozinha. Tire um ou dois dias de folga, espaireça. Ela me tranquiliza, foi mal chef, estou passando por uma fase difícil.

"Você está no páreo, Paul. Então sem besteiras e *low profile*." Legras não tenta dissimular a excitação. Por prudência, não digo nada aos rapazes. Somente Firmin e Éva são comunicados. Não se deve distrair uma falange de espartanos com uma tempestade no horizonte. Eles trabalham vinte horas sem parar, o que eles tomam não me diz respeito, são adultos.

Agora, esperamos a vinda *deles*. Das sombras misteriosas, os Provadores. Com quem conversam quando não estão comendo? Eles sonham com banheiras cheias de trufas, montanhas de ouriços-do-mar? Eles vão ao cinema, leem livros, têm amantes? Eles gostam de algo que não o maldito emprego? Criaturas solitárias, quase marginais. Malucos, em suma, como os cozinheiros. Às vezes, me queixo deles. Da mesma forma que desprezo a mim mesmo, quando me surpreendo, ansioso, espreitando pela janela o fabricante dos pneus de meus clientes. Dizem que os agentes do Guia só circulam a bordo de veículos com os pneus de uma famosa marca de Clermont-Ferrand.

Numa sexta-feira à noite, tudo dá errado. A sala está lenta, a cozinha se arrasta, um cliente passa a noite reclamando, o que importuna seu vizinho, que o acusa de estragar a refeição – eles precisam ser separados antes de chegarem às vias de fato. No fim do serviço, repreendo Firmin: ele é o responsável por manter o tempo na orquestra fora de fase. Cabe a ele restabelecer a calma. Há algum tempo, ele parece ter perdido o senso do coletivo. Ele acumula erros, parece estar apaixonado. Cada deslize me custa tempo e dinheiro. Você sabe ao menos o que significa ter duas estrelas? Quando você sai de meu restaurante, quando você vai ao banheiro ou compra uma baguette, você é responsável por elas! E adivinhe, quando você usa um avental branco, é cem vez mais responsável por elas! Já pensou se tivéssemos que prestar uma prova? Enfim, dou uma bronca histórica, daquelas que silenciam até quem só ouve seu eco. A terra treme. Ele baixa a cabeça: chef, sim chef, eu sei, chef, o senhor tem razão. Dias depois, nomeio Éva primeira sous-chef no lugar dele. A vida segue seu curso.

Tudo muda em poucos segundos. Estou de costas, não vejo nada. Rodolphe, meu chef de partie, seção carnes, geme no chão, todo encolhido. Ele segura a barriga com as duas mãos.

Em torno dele, pratos quebrados, cinco escargots arruinados. Firmin está em cima dele. Uma lâmina um pouco avermelhada prolonga sua mão direita. O rádio toca *In the Mood*, de Glenn Miller. Meu único reflexo é enviar os lavagantes antes que esfriem.

Capítulo 28

"Para termos certeza de que nada de ruim aconteça, façamos com que nada aconteça", esse foi o lema dos diretores do Guia por muito tempo. Até a chegada *dela*. De repente, no espaço de três edições, sete restaurantes emblemáticos caíram do pedestal. Quando decapitou o intocável Paul Bocuse, Marianne de Courville ganhou um adorável apelido: Drácula. É preocupante ter um xerife mandando no topo do Estado: de onde tinha saído a maluca que humilhava os Grandes Antigos, sem respeito por sua posição? Ela não entendia que estava sangrando a própria França? Nada predestinava a boa aluna da Escola de Altos Estudos Comerciais a despertar paixões tão violentas. Por toda a vida, ela se dedicara a passar despercebida, levando a modéstia a ponto de trocar as finanças por uma das últimas empresas da Bolsa de Paris com rosto humano, uma empresa paternalista preocupada com o bem-estar de seus funcionários. O dinheiro não a interessava; ela só amava um homem: o seu. Depois de quinze anos no Grupo, Marianne de Courville foi nomeada diretora internacional do Guia. Era a época do #MeToo e das hashtags vingadoras, falava-se em teto de vidro e em assédios, tornava-se urgente dar garantias à modernidade justiceira. Consciente de que devia sua nomeação às circunstâncias,

Marianne de Courville garantiu aos membros do comitê diretor que eles não se arrependeriam.

Por muito tempo, reservavam-lhe dois lugares na primeira fila, um para cada uma de suas nádegas. Mas desde a chegada da "donzela", ele era obrigado a mendigar sua parte a uma assessora de imprensa em saltos Louboutin. Ele, tratado como um jornalista vulgar? Ele acabara boicotando a grande cerimônia e, no dia da entrega das estrelas, jantava um frango assado no delicioso anonimato de uma brasserie parisiense. Para um homem que tinha livre acesso a todas as mesas da Europa, aquela refeição sem aparatos, com a "gente simples", adquiria a dimensão de um gesto militante. Enquanto a máquina de café trabalhava, ele pensava no passado, no La Gargote de seu amigo Renoir, e às vezes deixava uma lágrima cair sobre o *crème brûlée*, que sua mãe elevara à categoria de grande arte. Em seguida, ele voltava para casa pelo caminho mais longo e, várias horas depois de seus colegas, redigia um texto que colocava tudo em perspectiva, louvando algumas nomeações, prevendo a efêmera notoriedade de outras. E todos os anos, o seu texto, e nenhum outro, era enviado no despacho da AFP.

Assim, qual não foi sua surpresa naquela manhã ao encontrar em sua caixa de correio o convite vermelho e dourado com uma mensagem gentil de Marianne de Courville: "Não perca a ocasião de escrever seu melhor artigo".

Parc de la Villette, dezenove horas. Engarrafamento, buzinas, chuva fina. Uma grande bola inerte flutua no centro de um espelho d'água retangular, onde pombas cor de asfalto bebem uma água turva. Christophe lembra de ter visitado o La Géode no ano de sua inauguração. Na época, a cúpula representava tanto uma utopia fantástica quanto uma visão tranquilizante e familiar do futuro. Vítima da banalização das novas tecnologias da imagem, a relíquia dos anos 1980 envelhecera. Apesar de tudo, com a chegada da noite e sob certa iluminação, o Géode recuperava toda a antiga glória, com certa pompa.

– Droga – suspira Christophe –, fizeram tudo em versão grandiosa.

A música de Vangelis, *Conquest of Paradise*, se eleva de doze alto-falantes, dispostos como um relógio em torno do Géode. Feixes luminosos varrem a noite. Sedãs de luxo deslizam na direção do tapete vermelho, grandes seguranças abrem cerimoniosamente as portas. Natalia abraça Yumi e sussurra a Christophe: "Sem brigar com ninguém dessa vez, chef". Ele nota seu perfume: Yann Mercier às vezes usa o mesmo. Na entrada, jovens recepcionistas se precipitam, rodopiam, elas se chamam Manon, Alice, Luisa, todas lindíssimas, de tailleur, vinte anos de idade em média, elas entregam os crachás de identificação; a entrada fica ao fundo, boa noite, senhoras, boa noite, senhor. No longo corredor que leva à sala de projeções, pendurados nas paredes, os retratos dos mortos prestigiosos encaram seus sucessores. Natalia baixa os olhos ao passar sob o de seu marido. O amplo teatro de quatrocentos lugares já está quase cheio. Todas as profissões da cozinha estão representadas; há sommeliers, diretores de sala, jovens chefs, cozinheiros de hotéis mediterrâneos, um empresário da Bolsa, a italiana do *fifty best* e até um escritor incensado que, sob o pretexto de estar escrevendo o "verdadeiro romance da gastronomia francesa", veio beber de graça.

É a hora dos diplomatas e cortesãos. Jacques Tardieu abraça Natalia, "minha querida, Paul estaria orgulhoso de você" e, virando-se para Christophe, com um olhar zombeteiro: "Então você é o pequeno gênio que quer nos deixar para trás?". Mas o pequeno gênio não ouve, ele viu o homem que caminha em sua direção: Giuseppe Albinoni. Para sua surpresa, o chef do Sensazioni lhe estende a mão: "Esqueçamos nossas diferenças e juntemos nossas forças para que a bacia de Annecy se torne a nova San Sebastián. Venha jantar comigo uma noite dessas, conversaremos". Christophe aceita sua mão estendida. "Sinto muito pelo que aconteceu no Les Promesses", acrescenta o italiano, "quem fez isso não tem o menor respeito por nossa profissão." Christophe tem a sensação de reviver o enterro de Paul Renoir, dessa vez patrocinado por Porsche, Mumm e Nespresso. Refugiado num canto escuro, Legras observa os personagens da intriga, por enquanto as adagas afiadas permanecem comportadamente dentro dos aventais. A luz da sala é diminuída, o burburinho silencia. Marianne de Courville aparece no palco, usando um tailleur escuro, o rosto pálido. Com um gesto, ela pede silêncio.

– Olho para todos, chefas e chefs, sommelières e sommeliers, confeiteiras e confeiteiros... e penso: que alegria passar a noite com vocês! Jamais a gastronomia francesa foi tão promissora. Um sangue novo irriga o mundo da cozinha, sob o olhar atento dos antigos, que transmitem e acompanham a nova geração... (aplausos calorosos) Antes de dar início a esta edição, eu gostaria de homenagear um grande chef. Ele nos deixou esse ano de modo súbito e trágico. Não o esqueceremos.

A imensa tela do La Géode mostra fotografias de Paul Renoir em diferentes etapas da vida, ainda campônio ao lado de Paul Bocuse, em posição de sentido com uniforme de marinheiro, na frente de seu primeiro negócio em Clichy, mais tarde ao lado do filho, por fim no palco, no dia de sua consagração. Na última imagem, o chef, de costas, está tirando o avental. Chamado pelo fotógrafo, Paul Renoir olha para trás antes de entrar na escuridão. A luz é novamente acesa.

– Paul Renoir faz muita falta. Ele sem dúvida teria encontrado as palavras certas para essa noite tão especial. Agora, que a cerimônia comece!

Os diferentes *awards* são conferidos a toda a velocidade, ninguém é esquecido, *purple stars* (que recompensa um chef sensível aos valores da diversidade), *best young chef*, *queer kitchen*, melhor promessa feminina etc. Dionysos Chronopoulos recebe o cacho de uva de "melhor sommelier da França": "Chega de sommeliers de palácio!", alguém grita da plateia, "ele nem é francês", murmura outro. Yumi é chamada ao palco: ela vence o segundo lugar de confeitaria, atrás de um certo Max Marin, seu vestido é muito aplaudido. Marianne de Courville finalmente anuncia a hora fatídica: a entrega das estrelas. A sala parece diminuir de tamanho, o silêncio é absoluto. De repente, a escuridão é total. Ouve-se apenas o assobio da ventilação. Legras se empertiga, com o coração acelerado. Em volta dele, murmúrios. Um spot se acende e vaga por um momento acima da sala, parando sobre a mestre de cerimônias. A luz aumenta à medida que Marianne de Courville avança.

– Desculpem a encenação um pouco solene, mas eu precisava da atenção total de todos. Eu disse que a gastronomia de nossos país nunca foi tão geradora de empregos e riquezas. Acredito sinceramente nisso. A gastronomia francesa é, ao lado da literatura, do luxo e talvez do mau humor, um tesouro nacional. Uma potência como essas atrai a cobiça dos outros. Alguns gostariam de usurpar o sucesso de vocês. Eu nunca poderia aceitar uma coisa dessas.

Ah, essa voz cortante, esse "eu" assumido, estremece Legras, a condessa vestiu sua armadura e ele precisa admitir que ela lhe cai muito bem.

– Decidi proclamar um ano branco.

Um arrepio de surpresa percorre a plateia, ao qual se sucede um ruidoso alvoroço. No palco, a diretora eleva a voz. Em suas mãos, um Guia de cor desbotada.

– No ano que vem, por trezentos e sessenta e cinco dias, não haverá na França mais nenhum restaurante estrelado.

Os presentes se levantam, os telefones tocam, ela perdeu a cabeça, que piada é essa? Ela ousou, caramba, ela ousou. Os figurões não conseguem acreditar. Georges Blanc permanece prostrado em sua poltrona, Alain Passard ri nervosamente, Bruno Verjus se delicia, Jean-François Piège se consola: o eterno perdedor não é mais o único a perder. O ano branco é o pesadelo dos competidores. Ele fora brevemente evocado na virada do ano 2000, mas desde então todos o acreditavam morto e enterrado. Ele se tornara uma piada, como quando ameaçamos as crianças de não viajar à praia no primeiro dia de férias. Marianne de Courville desinfecta a gastronomia francesa com álcool. Algumas sombras flutuam até o bufê. Os chefs com três estrela se reúnem na frente dos pratos de frutos do mar, com alguns promissores duas estrelas. Ninguém toca nas ostras, a hora é grave e eles planejam o tom de seu comunicado à imprensa, quando uma voz suave os interrompe:

– Senhores, eu gostaria de pedir desculpas por estragar a noite – começa a diretora. – Hoje, vocês me odeiam...

As feras cercam o antílope, prestes a pular em sua garganta. Gérard Legras é todo ouvidos.

– Em breve, vocês me agradecerão. O destino do Guia e o da gastronomia francesa estão intrinsecamente ligados. E não estou falando apenas de vocês, os nobres do reino, estou pensando no povo, nas pequenas estalagens, nos restaurantes de província, dos vinhos da casa e das tolhas xadrez, esse formigueiro de energia e talento, estou pensando nos audaciosos que preferem a satisfação dos clientes aos elogios das mídias e o bom produto a improváveis estrelas: o Guia também os considera como seus filhos. Iguais ao mais poderoso de vocês.

Ofendidos, os capitães se justificam. Se eles amam tanto as estrelas, é apenas para recompensar suas equipes! E satisfazer os clientes, que dizem que se come melhor em seus restaurantes estrelados do que no palácio ao lado! Marianne de Courville já ouviu tantas vezes esses argumentos que não se dá o trabalho de responder. Nossos chefs imponentes de jalecos sujos de divinos macarons exclamam e se espantam: eles se revoltam justamente para repercutir em alto e bom tom a palavra dos pequenos estrelados, dos sem patente, eles não precisam disso, já têm sua notoriedade, já não precisam de recompensas... Marianne de Courville evita sorrir, tanto suas atitudes contradizem suas palavras.

– Entendo sua frustração, mas não se enganem: o Guia, que vocês julgam eterno, pode desaparecer. Por mais quanto tempo nossa sociedade tolerará a existência de um grupo de indivíduos com julgamento soberano? Quantos anos ainda teremos antes que os Provadores sejam intimados a justificar suas escolhas diante de tribunais, com o apoio de provas? E não estou falando dos tribunais midiáticos, muito ativos e hábeis em destruir reputações... Minha decisão, por mais cruel que pareça, é um ato de resistência. Tenho esperança de que um dia vocês entendam o que aconteceu esta noite.

Alguns poucos aplausos, vindos do fundo da sala, pontuam sua última resposta. Puxa-sacos, murmura um colarinho tricolor (líder oficial da luta mortal dos *pains au chocolat* contra as *chocolatines*), que com um olhar assassino cala os infelizes. Marianne de Courville cumprimenta a todos e se afasta. A multidão se abre para ela passar. Um alto-falante toca o tema original de *Piratas do Caribe*, e para de repente. Na tela, Paul Renoir volta a aparecer, com um sorriso zombeteiro, como se estivesse feliz de que tudo aquilo estivesse acontecendo, e volta a desaparecer. Naquela noite, Gérard Legras é o único a exultar: a diretora do Guia não se enganara, ele escreveria um texto e tanto.

Quando Marianne de Courville liga o celular na esplanada à frente do Géode, instantes depois, ela é informada de sua demissão. "Sem aviso prévio", informam-lhe.

Capítulo 29

Os policiais interrogam todo mundo. Os ajudantes de cozinha, bodes expiatórios de Firmin, aproveitam para se vingar. O advogado alega um "ataque de raiva", o juiz avalia que o agressor não tentou atingir nenhum órgão vital. A ausência de ficha criminal e premeditação advogam a favor da clemência. Veredito: dois anos de prisão, com onze meses em liberdade condicional. Firmin cerra as mandíbulas até o fim do processo. Procuro seu olhar, tento captar alguma coisa, qualquer coisa que possa explicar seu gesto: ele não levanta a cabeça nem para ouvir sua condenação. No mesmo dia, uma tia velha se apresenta para buscar a cafeteira de sua quitinete, que ela dera a Firmin mas que "ele não precisaria mais". Um mês depois, fico sabendo que Firmin tentara se matar em sua cela com o cinto de um avental da enfermaria. Rodolphe volta ao trabalho, sai da história com uma grande cicatriz. Dou a Éva quinze dias de férias. Uma noite, ela bate em minha porta. Ela se senta à minha frente sem tirar o casaco e não toca no chá que lhe ofereço. Ela parece nervosa e exausta. Fazia vários meses que Rodolphe a encurralava, é a palavra que ela usa: "encurralar". Ela sentira as mãos dele dentro de sua calcinha e, por trás do tecido do avental, um sexo contra sua bunda. Ela menciona a cena com uma voz apagada, distante, como se ela tivesse sido

vivida por outra pessoa. No dia da facada, Rodolphe a trancara na câmara fria com a ajuda de outro rapaz.
— Eles abaixaram minhas calças, seguraram meus braços...

Interrompo sua história, saio de casa e vou correndo até a cozinha, Rodolphe não está. Quando volto, Éva está de pé, com as mãos no espaldar da cadeira.

— Por que não me disse nada?
— Pensei que daria um jeito sozinha... Fiquei com medo de decepcioná-lo.

Eu desabo numa cadeira.
— Firmin ficou sabendo e decidiu agir.

Éva concorda, em silêncio.
— Não vou prestar queixa, chef.

Não entendo mais nada. Tento convencê-la, mas não consigo.

— Ser, pelo resto da vida, aquela que foi estuprada numa câmara frigorífica de restaurante? Nunca. Prefiro carregar isso sozinha.

Éva segura minhas mãos entre as suas. É a primeira vez que nos tocamos.

— O senhor sempre me tratou bem. Sinto muito pelo que aconteceu.

Eu, Éva, é que sinto muito por não ter visto nada, fui desatento, isso nunca mais acontecerá, prometo, ninguém nunca mais tocará em você. Rodolphe e os outros nunca mais pisarão nessa cozinha.

— Não sei, chef. Falei com meu pai ao telefone... Depois do que aconteceu, ele quer que eu volte para Arcachon. Ele disse que desde que fui embora, o Bulot não é mais o mesmo.

Ela tenta sorrir. O velho chef das gaivotas era o pai de Éva! Mais um que deve me adorar. Éva vai embora assim como chegou, sem efusividades inúteis. Perco meus dois melhores cozinheiros, a poucas semanas da publicação do Guia. Rodolphe e seu acólito vão para a rua. Eles logo me acusam de "demissão injusta" e ganham o processo: sem o testemunho de Éva, não posso justificar a demissão. Antes de ir embora, eles entopem as privadas e levam uma garrafa de conhaque Hennessy Paradis de vinte mil francos. Meu único consolo é que Éva acabará mudando de ideia e contando tudo, sua história inspirará outras. Ele leva vinte anos para fazer isso.

Estamos em 1998, o ano preferido dos franceses. Chirac é presidente, Pierre Gagnaire ganha sua terceira estrela e a seleção francesa de futebol obtém uma vitória inesperada na Copa do Mundo. O *La Dépêche du Midi* dá o primeiro tiro: "Violência e assédio na cozinha. Paul Renoir por um fio". Sem dúvida um repórter que esqueci de convidar para jantar. Fala-se em "horários impossíveis", "condições de trabalho desastrosas", "falta de respeito pelos assalariados" e até em "revistas corporais". O sujeito fez bem seu trabalho: todos os idiotas que passaram por mim nos últimos anos voltam à tona mais rápido que carpas na superfície de um lago. Um paparazzo procura meu filho, esperando fazer o retrato de um mau pai: não sei de quem você está falando, ele lhe responde. Mathias na veia. Quem comanda essa ofensiva? Querem que eu pague pelo quê mesmo? Sempre trabalhei em meu canto, não apareço nos jornais nem na televisão, nunca pisei no território de ninguém, sempre respeitei as regras do meio. Meus rapazes não são infelizes, e são bem pagos, aliás. Mas os clientes cancelam suas reservas, recebo cartas anônimas. Torno-me o chef a ser derrubado, um alvo fácil, a touca pode ser vista de longe. Aquele que pagará pelos outros. Ninguém, no meio, sai em minha defesa. "Não é o homem que conheci", murmura Jacques Tardieu. E só.

Quando o Guia é lançado, meu restaurante perde as duas estrelas. Minhas equipes ficam petrificadas. Eu vomito de dor. Tento em vão falar com a direção, só pode haver um engano. Um comunicado à imprensa me informa que a decisão foi motivada "pelas acusações de violência na cozinha". Sério mesmo? Covardes, miseráveis! A direção acrescenta que está à espera dos resultados da investigação em curso. Ora, a investigação foi encerrada há muito tempo. Em Paris, ninguém quer problemas. E agora o quê? Querem que eu me retire para o fundo da floresta? Que eu desapareça?

– Ouça, você vai ficar na lista negra por um bom tempo... Dessa vez, não posso ajudar. Você está sozinho nessa, meu velho.

Legras tem o humor sombrio e o hálito pesado de licor de anis – adivinho-o por sua dicção, menos clara que o normal.

– Você tinha o destino nas mãos, Paulo, e o deixou escapar.

Ele desliga. Não ouvirei o som de sua voz pelos próximos três anos.

Num primeiro momento, resisto. Continuo comandando meus linguados e lavagantes, minhas trufas e meu wagyu. Por arrogância ou orgulho imbecil. Também me recuso a diminuir o preço de meus cardápios ou demitir. Para mostrar a todos que ainda acredito. Que não sou facilmente domado. Na verdade, não há nenhum motivo objetivo para que meu restaurante se restabeleça. Sem as estrelas, meus preços se tornam delirantes. Qualquer estudante de primeiro ano de psicologia veria nisso um suicídio disfarçado. Uma última ofensiva cavaleiresca antes de morrer. Betty me aconselha a vender antes que seja tarde demais. Ninguém vai me impor a derrota, está ouvindo? Ninguém! No restaurante, silêncio, um silêncio constrangido, doloroso. Quando um cliente aparece, três pulam em cima dele, com medo que ele mude de ideia, até que, uma noite, a silhueta encurvada de meu pai se desenha na entrada. A sala está vazia. Ralho com o pessoal que ainda não o sentou.

— Hoje é um dia calmo, pai.

— Que bom. Assim você pode comer comigo.

É a primeira vez que janto com meu pai. Nunca nos vimos frente a frente sem um motivo especial. Falamos de coisas triviais, das greves que se anunciam, da Liga dos Campeões, da igreja da aldeia, cujo campanário desabou. Não temos pressa, os silêncios são dedicados aos pratos, a noite passa na ponta dos pés. Quando chega o momento de nos separarmos, meu pai coloca o braço embaixo do meu.

— Você é que estava certo, filho. Talvez não haja lugar para um talento como o seu aqui. O que você faz precisa de um público informado. Aqui, somos todos camponeses.

No dia seguinte, uma ligação matinal. Meu pai parece sem fôlego.

— Ontem à noite, não tive coragem de estragar nossa refeição com notícias ruins. Estou doente, Paul. Peguei uma porcaria que me consome os pulmões.

— O que eu posso fazer?

— Você já está fazendo.

Salvar o restaurante. A única coisa importante. Talvez eu salve meu pai junto. Baixo o preço das refeições, congelo os salários e dispenso os últimos contratados, três ajudantes de cozinha, um chef de partie e uma sommelière. Interrompo as obras em curso; chamo os rapazes para fecharmos o buraco que receberia a piscina, corto as despesas. Adeus, salmão de Adour e vieira-de-mergulho. Cozinho alimentos locais, conforme a disponibilidade do mercado e da horta. Os apartamentos de Firmin e Éva são sublocados a produtores que dirigem um filme na região. O cardápio da Mère Yvonne volta a ser honrado. Com a partida de minha clientela estrangeira, os locais retornam. O restaurante vive assim por alguns anos, meu pai também. Vou vê-lo todos os finais de semana, levo aguardente de cereja, pequenos pudins de ovos. A maneira como os acontecimentos se precipitam é estranha. Tudo é ao mesmo tempo lento demais e rápido demais. No início, não nos damos conta, às vezes até nos pegamos desconfiando do abismo, mesmo quando já estamos dentro dele. Só falta a América me declarar guerra. Isso acontece no dia 10 de agosto de 2003.

Em 24 de fevereiro, Bernard Loiseau pede a seu filho Bastien que vá brincar no jardim, sobe até o quarto e se dá um tiro no rosto com uma espingarda de caça. O mundo da gastronomia acorda no meio de um pesadelo. Eu conhecia pouco Bernard. Um sujeito reservado, perfeccionista, feliz nos negócios, infeliz no amor. Ele pagava jantares aos amigos com maços de notas na mão, para mostrar que tinha vencido. E foi o primeiro chef a ser cotado na Bolsa, em 1998! Mas isso não foi suficiente para aplacar sua sede de reconhecimento. Bukowski bem disse: o grande problema do mundo é que as pessoas inteligentes estão cheias de dúvidas, enquanto as pessoas estúpidas estão cheias de certezas. Loiseau era inteligente, angustiado e solitário. Não foi o Guia ou o artigo de um jornalista indelicado que apertaram no gatilho, mas a solidão.

Um mês depois, a coalizão dirigida pelos Estados Unidos e pela Grã-Bretanha declara guerra ao Iraque – sem a França. É a época em que os bordeaux são esvaziados na sarjeta, as *french fries* recebem outro nome e a bandeira tricolor é queimada na Times Square. O *French bashing* organizado por iniciativa do Pentágono culmina no dia 10 de agosto de 2003 com a capa do *New York Times Magazine*: THE NUEVA NOUVELLE CUISINE, HOW SPAIN BECAME THE NEW FRANCE. Afeito a uma boa traição, Marc Veyrat canta os louvores da Espanha, novo *El Dorado* culinário. A arma de destruição em massa do gênio gastronômico francês ganha um nome científico: cozinha molecular. Seu embaixador: o espanhol Ferran Adrià, coqueluche dos gourmets intelectualoides e do lobby farmacêutico. Em uma manhã, seu restaurante El Bulli, aberto seis meses por ano, tem todas as reservas esgotadas (*dois milhões de reservas em duas horas para apenas oito mil clientes por ano, algo nunca visto na história*). É o mais famoso restaurante do mundo, *the gastronome's once-before-you-die Mecca*. Os soldados entram em Bagdá, o nitrogênio líquido invade a Europa. Extração, liofilização e desidratação penetram com estrondo no breviário das cozinhas. Na Suíça, Denis Martin serve morcilha em picolés gelados, acompanhada de purê de batatas sem batatas. No restaurante de Adrià, o consomê de tomates não é consumido, mas inalado! O francês Hervé This, por sua vez, inventa em laboratório uma musse de chocolate sem ovos. Gelificantes, emulsificantes, colorantes, acidificantes: esses são os novos deuses da bíblia dos neocozinheiros. Em toda parte, tenta-se "destruir os grilhões do academicismo culinário". O equilíbrio de sabores é acusado de ser ultrapassado, a única coisa que importa é o desequilíbrio, apresentado ao paladar em temperaturas quase insuportáveis, que oscilam de -20ºC a +65ºC. E as cobaias pedem mais. Não tenho estofo para lutar contra o tubo de ensaio e o emulsionador a gás comprimido. Até Éva, fico sabendo, se converte aos sifões. Enfim, estou do lado errado, sou um perigoso reacionário.

*

Os chefs têm três tipos de amigos. Os que sinceramente gostam deles, amigos de infância ou de longa data; os que os respeitam por seu trabalho; e os outros, que são a maioria, que os invejam e odeiam. Obviamente, quando o vento fica forte, quase todos abandonam o navio. Eu acrescentaria uma quarta categoria: os amigos que acreditávamos perdidos e que reaparecem sem avisar. "Olá, pequeno confeiteiro!" Confesso que fico pasmo. Jacques, Enrique, o pessoal do Maxim's e do Moulin Rouge desembarcam em meu restaurante. A pele está enrugada, a voz rouca, dois ou três companheiros bateram as botas. Tiro a prataria. No cardápio, porco, galinha caipira, *baba au rhum*. Para beber, apenas o melhor. Por um dia, minha brigada revive. Bebemos, rimos. Ao fim do serviço, as cozinhas sentam conosco para a aguardente e o café. A noite chega rápido demais. O pequeno grupo se demora no jardim. Jacques me puxa para o lado.

– Escute, Paulo, você está morrendo lentamente aqui. O mundo quer outra coisa. Brazier e Bocuse acabaram. Dê às pessoas o que elas querem. Emulsões, vento. Você vai ver, é ridículo. E você economiza. Nada no prato, tudo na conta. Ninguém diz nada. Enquanto isso, você se recupera.

Ele me entrega um maço de notas.

– Não preciso de seu dinheiro. Os maus passos, por definição, passam.

– Está cometendo uma tolice.

– Bem, não será a primeira.

Jacques balança a cabeça. Em tempos normais, teria feito uma piada, pois não suporta não ter a palavra final. Ele vai até os amigos: "Maldito cabeçudo..." e, mais baixo, "está acabado". Apunhalado por um tubo de ensaio, que ironia.

Recebo uma ligação da enfermeira de meu pai. É urgente. O quarto está mergulhado na escuridão. Meu pai tirita de frio, apesar da temperatura havaiana. Sua respiração é difícil, entrecortada. Ele quer notícias do restaurante.

– Estamos voltando aos poucos. Fazemos o possível. Sou otimista.

– Que bom, que bom – ele sussurra.

Com um dedo, ele aponta para um copo d'água sobre a mesa de cabeceira. Levo-o a seus lábios, e quando estou prestes a guardar o recipiente, ele segura meu punho: "Não, fique aqui".

Aproximo minha orelha.

– Perdoe-me, Paul, por ter duvidado de você.

Meu pai fecha os olhos.

– Tive ciúme, invejei você... Ciúme de Yvonne ter convidado você para conhecer o La Tour d'Argent. Ciúme da cumplicidade entre vocês, das suas qualidades. Eu queria que trabalhássemos juntos, mas teria sido um erro, eu o teria impedido de se tornar Paul Renoir...

Um leve sorriso estica seus lábios craquelados sobre os dentes amarelos.

– Nosso restaurante está vivo.

Ele levanta a mão áspera, encontra minha bochecha: "Está chorando, Paul?". Meu pai morre naquele mesmo dia, durante o sono. Eu o enterro ao lado de minha avó. De longe, percebo uma silhueta longilínea sob um guarda-chuva. Minha mãe talvez espere que eu vá até ela. Saio do cemitério sem me virar, mas é de minha própria presença que fujo: que tipo de homem mente ao próprio pai no leito de morte? Ligo para Betty para contar da morte de André. Ela parece sinceramente comovida. Em relação aos negócios, é evasiva. Três meses depois, Mathias recebe sua primeira estrela.

"Logo nos veremos de novo, patrão." Os rapazes entendem, é o que eles dizem, encontraremos outra coisa. Ofereço garrafas da adega, antes que elas sejam confiscadas. Traí meus funcionários, minha herança familiar. Saio de meu restaurante com a cabeça baixa, as pessoas me encaram, comentam, se calam quando passo. Uma parte de meus bens é apreendida para reembolsar os fornecedores, o resto vai a leilão. O comprador, um grupo imobiliário irlandês, quer construir um hotel com uma piscina voltada para as colinas circundantes. E por que não um campo de golfe, me diz o corretor. Assino os papéis, prometendo a mim mesmo nunca mais pisar na terra de meus fracassos. Aos 45 anos, sou um velho, e meu reinado chegou ao fim.

Capítulo 30

"Gastronomia, ano zero", "Ressaca na cozinha", "A piada de mau gosto do Guia", "Apagar tudo e recomeçar"... Ninguém ignora o terremoto que abalou ontem à noite o mundo da gastronomia francesa, seus tremores ainda se propagam pelo mundo todo. A França não tem mais nenhum restaurante estrelado em seu território. Como chegamos a esse ponto? Texto e análise do jornalista Gérard Legras.
Está longe a época em que os gourmets eram os únicos que se interessavam pelos chefs. A gastronomia passou a integrar o campo político. Os líderes de Estado admiram o espírito conquistador dos pioneiros, filhos de donos de estalagens, operários, curtidores de peles, horticultores, tropeiros e queijeiros, que exibem suas raízes com orgulho. Como os chefs, os políticos se fazem por si mesmos. A verdade é que os chefs e seus restaurantes representam incríveis polos eleitorais. Querendo ou não, seu poder se tornou uma realidade. Um chef estrelado defende uma linha férrea ou a velha mercearia da aldeia com mais eficácia que um prefeito ou um deputado. "Dê-me bons cozinheiros, eu lhe darei bons tratados", já dizia Talleyrand.

Uma estrela tem virtudes benéficas. Ela tranquiliza banqueiros, salva casamentos, hotéis e restaurantes, e contribui para erradicar a morosidade das regiões sem crescimento. Menos cara e mais eficaz que uma estação de TGV ou um centro cultural de subúrbio, que sempre acaba fechando as portas porque sua presença perturba o tráfico de drogas. No início dos primeiros cinco anos de Emmanuel Macron, um comunicado publicado no *Diário Oficial* passou despercebido: "O Guia é um bem nacional. O governo se compromete a garantir sua independência". E o Estado propôs ao Grupo uma presidência rotativa, um ex-primeiro-ministro se disse "disposto a encarar essa responsabilidade" e a Oferta Pública de Aquisição foi lançada. O Grupo nomeou à frente do Guia uma jovem mulher de quem ninguém jamais ouvira falar: Marianne de Courville. A nomeação de uma personalidade feminina irrepreensível foi um ato de sutileza política. As pessoas pensavam que o Guia estava enfraquecido, mas ele estava apenas adormecido. Primeiras vítimas expiatórias: as casas veneráveis, que descansavam à sombra dos astros que elas tinham tido a imprudência de acreditar eternos. Por cinco anos, Marianne de Courville cumpriu a tarefa, tão nobre quanto ingrata, que lhe fora confiada: recuperar a nobreza da gastronomia francesa e praticar as sangrias necessárias. Seus inimigos pediram sua cabeça, ela lhes foi concedida. Pressionado por lobbies estatais, o Grupo ofereceu o título de vice-diretor a um político eleito. Mas antes de ir embora a diretora deixou uma pequena bomba embaixo do travesseiro. A abolição dos privilégios.

A noite de 4 de agosto da gastronomia. O Estado herdou um cofre vazio que somente a perícia dos Provadores seria capaz de preencher. Pessoalmente, fico muito feliz. Além de o Guia ter demonstrado com força sua independência, algo finalmente emocionante acontece num reino adormecido! Meus colegas estrangeiros não estão errados quando dizem lamentar a uniformização da cozinha francesa. A bistronomia, essa herdeira egoísta, filha mimada dos burgueses-boêmios parisienses, influenciou sua irmã mais velha. Para aparecer nas capas de revista, qualquer chef se enche de tatuagens, compra três galinhas e acrescenta dois picles em pratos de beterrabas. Os autoproclamados rebeldes se tornaram a norma. Supostamente mais digestos, os pratos parecem de mau humor, sem gordura, sem glúten, sem açúcar, sem prazer. Aqui jaz a lebre *à la royale*, a *bouchée à la reine* e o rim *à la crème*, fadados às gemônias pelos hegemônicos lobbies *antigourmandise*. Brillat, Escoffier, Bocuse, se vocês soubessem como a comida se tornou tediosa! Faz muito tempo que não como algo realmente original. Podemos criticar o bando de Adrià, mas o que ele fazia nos deixava pregados na cadeira. Essa momentânea decapitação melindrou o orgulho de nossos chefs. Os cozinheiros são como cães de caça, eles precisam sentir o cheiro de seus concorrentes, farejar seus traseiros para começar a correr. O "ano branco" será um revelador de talentos. Acabaram os salvos-condutos, as distinções honoríficas por serviços prestados: Marianne de Courville restabeleceu o serviço militar obrigatório.

Duas pessoas de talento nos deixaram esse ano: a primeira por causa da segunda, a segunda por causa da primeira. Não me preocupo com a sra. De Courville, ela é uma mulher inteligente e de caráter. Quanto a meu amigo Paul Renoir, que ele descanse em paz, no alto de sua montanha. Sua lenda está apenas começando.

GÉRARD LEGRAS

Na pequena lareira no meio da peça, o texto de Legras queima lentamente. Christophe se solta do abraço de Yumi. Em seus lábios, o gosto de sua intimidade, película morna, um pouco salgada. Christophe se levanta, se espreguiça, observa as curvas macias da confeiteira, prisioneira dos lençóis, seus seios pesados, sua cintura fina, seus antebraços fortes, fortalecidos pelo exercício de sua profissão. A felicidade comum, ele pensa, deve se parecer mais ou menos com isso: uma mulher adormecida, cheiro de café e a vida pela frente. Ele não se satisfará com ela. Seu destino o aguarda no horizonte. O que acontecera há dois dias em Paris era o sinal que ele esperava. A gastronomia tal como conhecida desde os anos 1970 não existia mais: a diretora do Guia pronunciara sua morte oficial. Acabar com as estrelas significava *literalmente* trazer os chefs de volta para a terra. Aquela busca insensata pelas estrelas endividava os restaurantes, esgotava as energias e refreava a criatividade. O verdadeiro artista não deveria nunca se preocupar em agradar. Eles receberam um ano para reinventar o mundo. Natalia Renoir o chamara ao Les Promesses: que bom, ele tinha algo a dizer.

*

Uma endívia fresca. É com isso que ele se parece, uma chicória, como eles dizem no norte. Gilles tinha acordado às oito horas de ressaca e bíceps doloridos. Quando ficava bêbado na véspera, ele se achava feio na manhã seguinte. Ele contrai os míseros peitorais e desvia os olhos do espelho ao ver arranhões em seu torso. Na noite anterior, ele levara alguém para casa. O outro fora embora ao amanhecer, deixando seu número de telefone na mesa de cabeceira. Gilles não se lembra de seu nome, não faz mal, ele não ligará, ele nunca liga. Gilles tenta não pensar no futuro, os dias de descanso o deixam triste e nostálgico. Para incentivar a si mesmo, ele escrevera num post-it as atividades do dia: arrumar o apartamento de quarenta metros quadrados onde ele vivia em Talloires, ver *Perguntas para um campeão* ou algum desses jogos que passam na televisão à tarde. A enxaqueca não passa. O chef se fora, as estrelas tinham sumido: nada o detinha em Annecy. Gilles nunca conseguira fazer amizade com nenhum membro da brigada. Ele respeitava Christophe, talvez sentisse falta de Yumi se fosse embora, e só. Fazia muito tempo que ele não via o mar.

 Depois de se masturbar duas vezes sem muito sucesso, Diego liga para seu fornecedor. Faz duas horas que ele espreita pela janela, está com dor nos olhos. O sujeito alega péssimas condições meteorológicas. Da próxima vez, ele culpará a jornada de trabalho. Enrolado num cobertor, ele vê a cidade desaparecer sob a neve, uma neve mais leve que cinzas, sob a qual ele de bom grado se deixaria enterrar. Antes de conhecer Paul Renoir, Diego era um fedelho que trabalhava durante as temporadas na costa. Ele teria sido punk se tivesse nascido trinta anos antes, mas os cachorros cheiravam mal: então ele se contentou em ser um brigão, duro de queixo, um cabeça-dura. Um cozinheiro, enfim. Ele assistira à cerimônia do Guia com os outros e ninguém entendera nada. Primeiro, ele imaginou que fosse uma pegadinha, uma bobagem dessas que os franceses adoram, mas foi preciso se render às evidências quando Gilles, o sr. Henry e os outros ficaram boquiabertos na frente da tela. Até o bonitão do Yann se calara. O que aconteceria, depois que tudo ruiu? A rua está extremamente silenciosa, e o *maricón* do Slimane não chega. Naquelas horas, ele sente falta de Yumi, ela tinha uma maneira de aliviar o silêncio, então ele lhe escreve. Deitada em sua cama de camisola, Yumi vê o telefone se iluminar. Ela movimenta os músculos das coxas. A neve a faz lembrar das férias em Nagano, onde ela esquiava enquanto seu irmãozinho inalava enxofre no *onsen*. À noite, eles se encontravam em família em frente a uma tigela de *udon* ou *soba*. O pai falava de seus projetos arquitetônicos, a mãe inclinava a cabeça sorrindo, sem nunca tirar os olhos de Haru. Os últimos dias estão sendo estranhos. A terra parece reter a respiração. A direção do Les Promesses dera três dias de descanso a todos. Ela passara o tempo todo na cama, entre os braços nodosos daquele que às vezes chamava de "chef", sem querer. Pela primeira vez na vida, Yumi experimenta a ociosidade e, para sua grande surpresa, ela gosta. Uma inquietação lhe dá um nó no estômago: estaria apaixonada? E, se fosse verdade, não deveria ser no coração a sua dor?

– Obrigada por ter vindo, Christophe. Sente-se.

Natalia o leva para a pequena sala onde Paul Renoir respondia a entrevistas bebericando um café com armanhaque. Ela usa um jeans, uma camisa marfim e não está maquiada.

– Marianne de Courville cometeu um erro. Seu ano branco é um fósforo numa poça de gasolina. O ano que se anuncia será pior que o anterior. Nem todos os restaurantes vão recuperar as distinções perdidas. A guerra será sangrenta e cega. Precisamos nos armar. Proteger o Les Promesses. Por isso o chamei, Christophe, para falar do futuro. E de nosso principal problema: não temos dinheiro.

Christophe responde que não vê muita novidade: o restaurante sempre esteve no vermelho, mesmo na época do chef – que estabelecimento não está? Natalia abre uma pasta, da qual tira um relatório de compras no qual Christophe reconhece sua própria assinatura.

– Explique-me como um quilo de café pode custar – ela finge decifrar um número – quatrocentos euros? Ele é moído à mão por jovens virgens?

Christophe sorri, os clientes certamente gostariam disso.

– Quase. As sementes de café são retiradas de excremento de *luwak*, um pequeno mamífero indonésio.

– É uma piada?

– De forma alguma. A digestão do *luwak* libera aromas vegetais únicos, levemente ácidos, com um toque de chocolate, desprovido de amargor...

– Entendi a ideia – interrompe Natalia. – Você se lembra do: "Um restaurante que lucrasse mais e custasse menos?". Não estaria traindo suas próprias palavras, estaria?

Nesse momento, os pneus de um carro fazem a neve estalar. Natalia arruma rapidamente os cabelos. "Ele chegou." O homem sai de um Porsche com um cigarro apagado nos dentes e, sem olhar para as montanhas tomadas de luz, entra no hall deserto. É disso então que Natalia quer falar. Esse é o verdadeiro motivo daquela conversa. Um arrepio de nojo percorre o corpo de Christophe quando ele aperta a mão de Mathias Renoir.

Capítulo 31

Refugio-me no apartamento acima do La Gargote, o único bem ainda em meu nome. Deitado na cama, ouço o tempo passar com uma garrafa de aguardente de ameixa ao alcance da mão. Às vezes, com o cair da noite, entro na adega do anexo e pego uma ou duas garrafas. Até o dia em que descubro um cadeado e um post-it: "Eu sei que é você". Betty não me quer mal, me traz biscoitos, uma coletânea de poemas, *blanquette* com cogumelos de Paris. Ela se senta, beberica um chá, fala de nosso filho, dos contratempos do dia. Tenho a impressão de que vem visitar seu velho pai, que está perdendo os parafusos.

– Você deveria sair, espairecer, ver os amigos.

Pergunto de que amigos ela está falando: ela hesita e se cala. Os meses passam numa semiescuridão preenchida por sonhos idiotas e tentações mórbidas. A única vantagem das tempestades é que elas passam. Contra a fúria dos elementos, não há nada a ser feito, o homem precisa se entregar ao destino. Pela primeira vez, ninguém me pede para vencer. Apenas sobreviver. Então mendigo meu reconforto junto a almas mais desesperadas que a minha. Leio Rimbaud e Verlaine, descubro Lamartine, *As flores do mal*, eles não iluminam minhas trevas, mas a povoam. Chateaubriand: que milagre fez com que a língua francesa desse o nome de um escritor a um pedaço de filé? O que seria um Baudelaire? Uma carne crua e sangrenta! E um Verlaine, um prato de caça ainda com a munição. Por que ninguém me responde? Porque não há ninguém aqui – nem mesmo eu. Pergunte aos outros, os vizinhos, eles talvez comentem sobre o velho sujeito barbudo com quem cruzam no corredor no fim da tarde e que resmunga um cumprimento esperando que ninguém o ouça. Pouco importa como ele ocupa seu tempo. O certo é que não será essa campainha horripilante que o fará sair de sua toca. Nem o barulho do andar de baixo, onde alguém se diverte batendo portas com toda a força. Saiam daqui! Me deixem em paz! Mas os miseráveis insistem, eles não querem saber, e o marco da porta acaba cedendo. Uma horda entra no apartamento, sou levantado, arrancado do sofá, auscultado, apalpado, reconheço o rosto de Betty, você nos assustou, Paul. Explicam-me que faz uma semana que não me alimento e não tomo banho. "Mais um pouco e você se tornava uma parte do mobiliário", ri Jacques, ao me ver procurar restos de álcool na mesa de meu quarto de hospital. Sou liberado depois de dois dias de soro, com a promessa de passar por uma reabilitação. Volto a meu apartamento, decidido a dormir para sempre. Não reconheço o homem no marco da porta, à contraluz. Um sujeito alto, seco e cheio de tiques nervosos. Um cheiro ao mesmo tempo acre e açucarado invade o apartamento, tabaco misturado com perfume. Com sua botina, Mathias afasta com nojo uma garrafa vazia. Ele acende um cigarro e olha em volta.

– Quando penso que já vivi aqui. Éramos pobres na época. Não lembro de nada.

Ofereço-lhe uma cerveja. Mathias não está com sede, e não tem tempo.

– Vim propor uma parceria. Vou abrir um restaurante, Les Couleurs. Você cria o cardápio, nós o assinamos juntos.

Sem me dar tempo para responder, ele coloca um cartão de visita sobre a mesa de centro.

– Pense rápido, falei com mais dois chefs. E abra as janelas, este lugar tem cheiro de morte.

A visita durou o tempo de meio cigarro. Que audácia! Vir me oferecer uma esmola! Mas que maravilha deve ter sido para ele constatar o estado de minha degradação. Os papéis finalmente se invertem, o filho vem socorrer o pai. Ele se autoriza até um ultimato. Não lhe darei esse prazer. No dia seguinte, Betty me passa um sermão: isso é orgulho. Mathias foi longe demais mas ele precisa de você, não perca essa chance, e se não fizer isso por ele, nem por você, faça por mim. Apesar de minhas reticências, preciso admitir: mais alguns meses daquele regime e eu estaria pronto para o hospital psiquiátrico. Me diga uma coisa, Betty, quanto ele vai me pagar?

O escritório da Mat&Co fica no número 7 da Rue Troyon. Fiz a barba e vesti minha jaqueta estrelada, para deixar tudo bem claro. Ninguém me reconhece. A média de idade é vinte anos, todos se tratam por tu, o ambiente cheira a café e juventude apressada. Mathias está passando a semana em Hong Kong. Ele sabe fazer seu sobrenome frutificar muito mais do que eu: um restaurante estrelado, Les Goûts, um segundo em preparação (aquele para o qual devo criar o cardápio) e M., uma brasserie chique com vista para a torre Eiffel, a máquina de dinheiro de seu pequeno império. Cerise (como alguém pode se chamar Cerise?), uma garota, me leva a um pequeno gabinete sem janela, me traz um copo d'água, um cardápio e uma ordem: "Para o Les Couleurs, Mathias quer a cozinha do mar e do alto-mar. Ele o aconselha a se inspirar no cardápio do M., que gira em torno do peixe". O M. de fato faz uma cozinha de Saint-Tropez, abacate, atum cru, caviar e, a dizer pelas fotos, filés de peixe tão finos que se pode ler a marca do prato através deles. Dentro do cardápio, o *press release* explica: "Inspirado por seu sucesso, o M. agora abre as portas para o brunch, numa decoração futurista entre o Sena e a torre Eiffel. O jovem chef Mathias Renoir apresenta um cardápio *street food* cheio de vitalidade: tempurá de salmão teriyaki, ceviche de robalo ou *cold pèpè soupe* (sopa de peixe apimentada típica da África Ocidental). No cardápio de bebidas, saquê e coquetéis. Um lugar sem precedentes e multicultural, em que a música e o design se aliam à experiência gastronômica". Tudo menos eu, em suma. O texto, cheio de adjetivos, me faz pensar em pratos soterrados de ervas e especiarias, não se entende mais nada.

– O que o senhor não entende?

Inclinado sobre mim, descubro o rosto mais gracioso, mais adorável e mais inesperado que jamais me foi dado admirar. Por uma criatura daquelas, eu estaria disposto a abrir uma barraca de batata frita em Berck-sur-Mer. A criatura sorri.

– Natalia Orlov, diretora dos restaurantes. E o senhor é Paul Renoir. Mathias me falou muito no senhor. Ele o respeita muito.

– O sentimento é recíproco – eu digo, sorrindo de volta.

Hoje, Natalia contaria outra história. Ela lhe diria que estou sempre resmungando, que não gosto de micro-ondas, ela se queixaria de ter que me dividir com a brigada, você a julgaria ciumenta, mas na verdade eu é que sou. Não mereço uma mulher como ela. A vida quis zombar de mim. Todas as manhãs, aguardo a revelação da pegadinha, o momento em que todos rirão de Paul Renoir. Você se lembra da cena em que Robert de Niro vê Sharon Stone pela primeira vez em *Cassino*? Ela atira os dados, só vemos sua boca, só ouvimos seu riso. Ainda ouço a facilidade sedosa com que Natalia rola meu sobrenome entre os lábios: cada "r" torturado é uma descarga elétrica na virilha. Ainda hoje, a beleza de Natalia

é daquelas que carregam tudo ao passar, os impertinentes, o tédio dos jantares mundanos, até a noite abre caminho para ela. Fazia seis dias que trabalhávamos juntos no cardápio do Les Couleurs e eu já estava apaixonado. Certa manhã, surge o patrão apressado, de volta da Ásia. Ele parece satisfeito com a viagem. Ele traz amendoins japoneses para os funcionários.
– Oi, Paul. Você conheceu minha diretora, que bom. Posso pegá-la emprestado?
Ele passa o braço por sua cintura e a leva consigo. Naquele exato momento, decido que Natalia se tornará minha mulher, custe o que custar. É uma decisão irracional e de uma imodéstia absoluta, sou um velho brinquedo quebrado e não estamos num conto de Andersen, a linda bailarina deve achar o soldadinho de chumbo bem feio. A única coisa que sei sobre ela é que nasceu na Rússia e que, sob o lenço, esconde uma cicatriz. Faz dois anos que não me vejo à frente de um fogão. Minha mão relembra o contato sedoso do inox escovado, a elegância das lâminas japonesas, o peso das caçarolas de estanho. E o que devia acontecer, acontece: volto a mergulhar. Especialidades da casa: vieiras assadas, musseline de brotos de espinafre e *coulis* de cebola e trufa, robalo selvagem com escamas sopradas. O jovem que cuida dos peixes se chama Gilles, tem cara de mórmon e dedos de fada. Um dia o surpreendo levantando os filés de uma tilápia em minha ausência: sua faca afasta a carne com um respeito e uma suavidade que me dão calafrios. A abertura do Les Couleurs é um sucesso absoluto. Os jornais incensam meu sorvete com pontas de aspargo sem saber que a receita é de 1925! Encontro-a no *Grand Livre de la cuisine*, de Salles e Montagné: um chef não inventa nada, ele imita e melhora.

Se me mantenho fiel a Mathias, é por sua mulher. A colaboração com meu filho dura três anos. Tenho um pequeno apartamento na Rue La Condamine. Natalia e eu nos vemos por várias horas todos os dias. Nós nos ligamos nos sábados e domingos para preparar a semana. Acho que ela não desconfia de meus sentimentos: sou um imbecil. Em todo caso, ela não tenta fugir. O Les Couleurs é coroado com uma estrela no primeiro ano. Começam a surgir rumores de que o pequeno Renoir é aconselhado por seu pai: "Quem se lembra de Paul Renoir?", pergunta-se um especialista de uma grande emissora pública, mas é um texto do *Figaro Magazine*, assinado por Gérard Legras, que acende o rastilho de pólvora: "Um chef pode ocultar outro".

– Mathias se entristece com esses rumores – se queixa Betty. – Por favor, pare de responder aos jornalistas. Você já teve seu momento de glória, deixe que ele tenha o dele. Você deveria ficar feliz por seu filho. Não esqueça o que deve a ele.

Quando a segunda estrela chega, sou o primeiro a ficar surpreso. O Guia (que considero magnânimo demais com meu filho) saúda uma "cozinha do instinto e dos produtos marinhos de frescor absoluto". Durante a cerimônia, Mathias sobe ao palco, agradece à mãe, ao staff e principalmente a Natalia, com quem anuncia a intenção de se casar. A câmera a procura em vão. A feliz eleita prepara as malas, depois de cuidadosamente picotar todas as gravatas do companheiro. Por um tempo, ela havia tolerado as amantes de Mathias no exterior, mas ele tomara gosto pela coisa, e até a pequena Cerise fora traçada. Natalia esperara, então, que ele conseguisse o que queria e foi embora. Ah, mas ela não foi longe: na mesma noite, encontrei-a em meu corredor, cercada por malas Louis Vuitton. Ela fumava um Vogue, sentada num degrau. Abri a porta e ela entrou. Dias depois, celebramos no Les Couleurs a segunda estrela. Todos estavam presentes, menos Natalia. O que Mathias disse, não posso repetir. É desnecessário, seria uma crueldade para com ele, mas posso dizer uma coisa. Meu filho decidiu quebrar o fio das gerações. No fundo, ele só quer uma coisa: se vingar do pai, de seu sobrenome e, se possível, ser o único a carregá-lo. Quando deixei a mesa sob os olhares horrorizados de todos, Betty não tentou me segurar.

*

– As únicas coisas que tenho, Natalia, são meu sobrenome e minha reputação. Meu sobrenome agora é seu. Quanto à minha reputação, ela me foi tirada tantas vezes que já não sei mais o que vale.

A grandiosidade da igreja Saint-Charles confere a minhas palavras uma dimensão profética involuntária. Natalia quis casar em Monte Carlo, como a princesa Grace. Serei enganado, sofrerei, isso está escrito nas letras miúdas de nosso contrato de casamento. O preço de sua beleza, de sua juventude e de seus mistérios. A realização de um sonho vale o sacrifício de um pouco de dignidade, sem dúvida. Quando nos juntamos aos convidados nos jardins do Hôtel de Paris, vários têm a seu lado outras Natalias. Um verdadeiro enxame de cinturinhas de vespa, em versão morena, ruiva e negra. O tipo de mulher para admirar, não casar. Os zombeteiros zombam, os bondosos sentem pena de mim, pobre coitado, essa aí vai depená-lo e, quando tiver acabado, ele terá que ir embora. Muito bem, que assim seja! Amo minha mulher porque ela sempre me será inacessível. Procuro Natalia mesmo quando ela está nua a meu lado. Nossa filha nasce dois anos depois, num dia de neve. Escolhemos o nome Clémence, para agradecer ao destino por sua indulgência. Clémence Evgenia tem o olhar perturbador da mãe e o apetite furioso do pai.

– Agora que você realizou meu sonho, vou realizar o seu – murmura Natalia. – Vou recuperar o que tomaram de você, e cem vezes mais.

Quando digo a ela que não tenho nada, nem restaurante nem panelas, ela pega meu rosto entre as mãos e me beija, as unhas enfiadas em minha nuca: "Paul Renoir, você se tornará o maior chef do mundo".

Minha mulher começa a levantar fundos para nosso futuro restaurante, do qual será proprietária junto comigo, em partes iguais. Dou meu consentimento e já sou convidado para *events*, banquetes em que pessoas ricas e interessadas por gastronomia (banqueiros, empresários filantropos, donos de clínicas) patrocinam velhos lobos pelados como eu. Quando Natalia passa, as carteiras mais reticentes se abrem milagrosamente. De minha parte, devo me mostrar afável e falar de meu projeto como de uma "atitude" e com uma "vontade de sutilmente abalar os códigos da gastronomia". Natalia trabalhara como organizadora de eventos e sabia vender. E assim, numa noite, na Côte d'Azur, me vejo encurralado entre um radiologista de Menton e um cirurgião alsaciano. É o tipo de jantar em que só se serve vinho branco, verrines e ceviches, mais saudáveis e chiques. Um jovem chef *saucier* me reconhecesse e me passa seu número: ele se chama Diego. Acabo admitindo para mim mesmo que me entedio mortalmente e me desculpo junto a meus companheiros, algo urgente surgiu. Vai nos deixar no meio da refeição?, eles se surpreendem. Não está gostando?, pergunta alguém. Sorrio e respondo: o pão estava bom.

Esse dia me liberta de qualquer sentimento de culpa em relação a Natalia, o que aqueles dentistas todos entendem de comida, senão daquela que fica presa no meio dos dentes? Mas disponho de um meio rápido de ganhar dinheiro: colocar meu talento a serviço dos outros. Na profissão, chamamos isso de "fazer faxinas". Existe uma Tabela Fipe dos cozinheiros, assim como existe uma Fipe dos atores e dos escritores. Cada cozinheiro tem um valor de mercado diferente, em função de sua notoriedade. Posso me vangloriar de ter obtido *na minha época* duas estrelas, mas minha ideia é pedir menos que os outros: os bilionários são pessoas mesquinhas. É assim que me torno "cozinheiro de aluguel". Segunda-feira, sirvo um carpaccio de lagosta ao caviar beluga para noventa pessoas em Moscou, por ocasião do desfile da Chanel, na semana seguinte sou chef residente na casa do irmão do rei do Marrocos, depois pego um voo para Santorini, onde um restaurante de luxo escavado na rocha, de frente para o mar, acaba de ser inaugurado. Por dois anos, estou em toda parte. Minha esposa se ocupa das viagens, faz com que as condições do contrato sejam respeitadas e coloca polaroids de nossa filha entre minhas camisas. Ela arruma minhas malas, guarda tudo quando chego, lava minhas roupas. O local de nosso restaurante ainda não foi definido, mas ela já imagina meu retorno às mídias.

— As pessoas gostam de ver cicatrizes no corpo dos sobreviventes. Mostre-as! Aprenda a se fazer amar e as pessoas vão amar sua cozinha sem nem precisar experimentá-la.

Ouço seus conselhos com ouvidos moucos. Na verdade, tenho minhas dúvidas. A lembrança de minha queda ainda é recente. Eu não suportaria ver tudo se esfumaçar de novo. Eu não sobreviveria.

Capítulo 32

— E eu estou dizendo que ele sempre quis me humilhar! Mathias Renoir atravessa o pequeno salão pela décima vez, fumando selvagemente um cigarro eletrônico.

— Quando eu era pequeno, nada estava certo nunca. Ele reclamava o tempo todo, se queixava de acordar cedo, de deitar tarde, de não ter tempo para nada. Mas que merda, ele escolheu essa profissão! E eu em tudo isso? Por que você acha que eu fazia tanta bobagem? Por mais que eu gesticulasse, ele não me enxergava. E quando ele notava minha presença, era sempre para me dar uma bofetada sem aviso. E hoje preciso chorar sua morte?

Betty Pinson ouve o filho distraidamente. Ela ainda não protegeu os rododendros da geada anunciada. Mathias não tirou as botinas, não se deve usar botinas sobre um tapete de lã virgem, não é higiênico.

— E você, o que fez esse tempo todo? Ficou submissa, essa é a verdade. Nunca ouvi você me defender. A única coisa que sabia dizer era "deixe seu pai em paz, ele precisa trabalhar".

Betty nunca sentiu ter sido uma mãe ruim, ou uma má esposa. Por baixo dos panos, ela nunca deixou de tentar uma reconciliação entre pai e filho. Tinha sido ela quem convencera Mathias a chamar Paul para o cardápio do Les Couleurs.

Sua paciência, sua tenacidade e suas esperanças deviam ter se concretizado durante o jantar de celebração das duas estrelas. Mas não. Seu entusiasmo materno deixara de levar em consideração uma coisa: as pessoas não mudam. Ao fim da refeição, Mathias pediu silêncio.

– Então, Paul, quase cinquenta anos e quase cinquenta de profissão... Você passou a vida tentando chegar às três estrelas e no fim eu que as recebo! Uma no Les Goûts, duas no Les Couleurs... Pode fazer a conta.

Seis meses depois da desastrosa intervenção do filho, Betty trocara Paris por Albi, onde sua irmã mais velha morava. Depois que se aposentara dos papéis de mãe e ex-mulher, ela redescobrira as virtudes da jardinagem e da serenidade interior. No ano anterior, ela salvara os pessegueiros do míldio e de tumores. Essa pequena vitória contra um fungo microscópico a mergulhara numa alegria tão intensa que ela quase chorou. Todos os anos, pouco antes do Natal, Betty recebia a visita do filho em sua casinha de tijolo rosa, encostada no museu Toulouse-Lautrec. Ele sempre levava o mesmo presente, um lenço de seda Hermès e uma caixa de macarons *infiniment cassis* de Pierre Hermé. Depois, ele passava o dia no jardim, com um fone de ouvido enfiado no tímpano, e voltava a Paris no dia seguinte, com a sensação de dever cumprido. O único momento em que Betty conseguia trocar algumas palavras com ele era na hora do jantar. Mathias se tornara "semivegano" (ou "flexivegetariano", ela não sabia mais), e a pobre Betty tinha dificuldade de saber onde ficava a fronteira entre o comestível e o proibido, então pedia sushi, que eles comiam com um riesling bem gelado. De sobremesa, arroz com caramelo. Mathias falava pouco. Ele era menos loquaz sobre suas vitórias do que sobre a "montanha de problemas cotidianos". Betty ouvia, um pouco triste de não o ver casado nem pai de família. "É verdade que ele não tem um temperamento fácil", ela confessava às amigas de lábios *infiniment cassis*.

Ela engordara. Fazer o quê, a província amaciava, o corpo relaxava, as virtudes enfraquecem. Ele não suportaria viver longe de Paris nem por um segundo. Ele precisava dos canos de descarga, do barulho, da seiva urbana, daquela descarga elétrica que todos os dias o enviava para o front. Na primeira vez que fora para Annecy, ele se perguntara o que seu pai fora fazer ali. Então ele entendera, quando vira dez Maserati de cores diferentes passando num mesmo dia. Ali, os que dirigiam um Porsche se escondiam de vergonha, quase recebiam auxílio social. O dinheiro corria solto até o lago, aquele grande reservatório de dinheiro. Não surpreendia que tivesse a fama de mais limpo da Europa. Ao longo de suas margens se erguiam mansões de herdeiros, *traders*, banqueiros: de seus pontões, eles mijavam ouro. Por trás dessa escolha, Mathias percebia a sombra de uma mulher. Natalia sempre o impressionaria. Em algumas noites de bebedeira, ele ainda se acreditava apaixonado. É com ela que ele tem um encontro no Les Promesses em trinta minutos, o tempo exato para cheirar uma antes. Ele espalha o pó sobre um CD do *Concert in Central Park*, de Simon e Garfunkel, e aspira uma carreira. Na categoria "acelerador de partículas", ele nunca experimentara nada melhor que a branquinha. Seu polegar úmido captura os microgramas de pó que escaparam das narinas e os fricciona nas gengivas. Vinte minutos depois, ele estaciona rugindo no restaurante. Quando Mathias pisa no chão impecável da sala imensa, ele finalmente entende o motivo de sua presença. Ele está prestes a cometer uma loucura, "uma bela asneira", como dizia Tardieu, ele se endividaria por séculos. Mas seu projeto poderia curar as injúrias passadas. Ele nunca tinha sido capaz de se reconciliar com o pai em vida, chegara a hora de fazer as pazes com sua memória.

Christophe ouve educadamente. Ele morde os lábios mas não interrompe ninguém. Então Mathias quer salvar o Les Promesses. O filho quer seguir os passos do pai, continuar seu sonho, recuperar as três estrelas a partir do ano que vem. Natalia continuaria sendo a diretora do restaurante. Ela acha que alguém, uma mulher forte, poderia ajudá-la a desenvolver as atividades internacionais.

– Christophe, preciso de você. Seu nome está ligado a esta casa. Você terá total liberdade, tem minha palavra.

Christophe costuma estudar o olhar de seus adversários de boxe. Mathias mente. Mathias transpira. Mathias está nervoso. E drogado, sem dúvida. Talvez Christophe devesse se dar um tempo para pensar. Para não se deixar levar pela intuição, não dar ouvidos à raiva. É tarde demais, ele se levanta, precisa dizer alguma coisa.

– Desejo boa sorte a vocês. Mas será sem mim.

Christophe está no estacionamento, o capacete na mão, sob a neve. Um vento glacial espalha as folhas. Natalia o alcança. Ela treme de frio.

– Não tive escolha. Era Mathias ou fechar as portas.

– Você acabou de colocar o lobo para dentro do cercado e pede desculpas por ter deixado a porta aberta, é isso?

– Você precisa ficar para proteger o rebanho. Pense no restaurante. Poderia ser um novo começo. Você finalmente terá os meios necessários para perseguir suas ambições.

– Mathias é um idiota.

– E você estaria disposto a renunciar a seus sonhos porque não gosta dele? Que tipo de sonhador é você, Christophe?

E dizer que ele acreditara nela. Ela lhe prometera a liberdade e hoje o traía com um dos piores representantes da gastronomia financeira. Ele conhece os sonhos de Mathias, são fantasias de banqueiro, ilusões passageiras. O que um ex-

-jardineiro e agora ex-cozinheiro poderia contra a estupidez e a inércia do mundo?

*

Com a ponta do garfo, Yumi espeta um nabo assado. Eles estão à mesa do Confidentiel, em Menthon-Saint-Bernard. Christophe não tocou em seu prato, mas a garrafa está vazia. O termômetro na rua marca -5 ºC, mais ou menos a temperatura de seu humor.

– Chef Mathias quer que eu fique.
– Chef Mathias?
– Eu disse que pensaria.

Christophe sorri com amargura.

– Você realmente vai pensar? E ousa se dizer fiel à memória de Renoir?
– Porque você sempre foi, não é mesmo?

Num pulo, Christophe se levanta, veste o casaco, pega a moto e acelera. Quinze minutos depois, ele chega ao apartamento de Diego. Ele aperta na campainha até ouvir algo se mexer lá dentro. Diego tem os olhos de um coelho morrendo de mixomatose. Um pesado cheiro de maconha escapa da sala. Depois de um primeiro minuto difícil, Christophe fica sabendo que Mathias oferecera a Diego o cargo de chef executivo. Christophe deixa seu sous-chef com seus vapores herbáceos e vai correndo até a casa de Gilles. Ele precisa saber se a traição é unânime. Yann, Cassandre, o sr. Henry, todos aceitam o *deal* do filho. A verdade, vocifera Christophe, é que eles nunca me levaram a sério! O apartamento de Gilles está trancado e mergulhado na escuridão. Sua caixa postal não aceita mais nenhuma mensagem. O pescador evaporou. De volta para casa, Christophe distingue um vulto, sentado nas escadas de seu prédio. Está nevando. A rua está deserta. A luz de um poste ilumina dedos finos, entre os quais repousa um cigarro apagado.

– Alguém sabe que você está aqui?

Clémence sorri.

– Não, justamente. Essa é a magia do momento, estamos sozinhos e ninguém sabe.

– Sua mãe vai ficar preocupada.

A jovem abafa uma risadinha irônica.

– Minha mãe saiu. E ela não está sozinha, aliás.

Christophe hesita.

– Entre para se aquecer. Um chá e levo você para casa.

– De moto?

– Quantas cervejas você bebeu?

Clémence dá de ombros. Ela tenta acender o cigarro e não consegue. Quando Christophe volta para a sala, alguns instantes depois, ele a encontra totalmente nua.

– O que está fazendo, Clémence?

– Vou tomar um banho.

Ela se parece cada vez mais com a mãe, ele pensa, vendo-a se afastar. Seus longos cabelos caem em cachos claros nas costas. Do pai, ela herdou o porte atlético, um corpo ereto e firme, mas mais firme ainda é seu olhar, de um azul quase transparente. Quando ela visitava a cozinha, o silêncio era unânime. A órfã emanava uma aura potente e tenebrosa. Os rapazes se afastavam para sua passagem, a sombra sagrada de seu pai iluminava cada um de seus passos. Vinte minutos depois, Clémence volta, enrolada no roupão com capuz de Christophe. Ela finge dar socos no ar. A cor voltou a suas bochechas.

– Melhor?

– Me dê sua mão, Chris.

Clémence coloca a palma de Christophe em seu seio esquerdo. Dentro, a vida bate intensamente. A firmeza de uma maçã, a pele de um bebê. Christophe retira suavemente a mão.
– O que foi, não gosta de mim? Sou jovem demais, é isso?
– Ouça, Clémence, tive um dia longo...
– Sabe quantos da brigada tentaram me pegar? E você se faz de difícil?
– Mas que bobagem é essa? Você tem quinze anos!
– Esqueça isso e me beije.
Christophe atira as roupas de Clémence em cima dela.
– Agora se vista.
– Você é realmente chato.
Christophe observa suas formas adolescentes entrando no jeans apertado. Pobre garota.
– Esse apartamento não tem nenhum luxo. Você deveria ter pedido um aumento a meu pai. Posso dormir aqui, Chris?
Ela diz isso e se deixa cair no sofá.
– Hoje falei com Mathias. Ele queria conversar comigo. Pensou que, me pagando uns drinques, seria mais fácil.
– Ao que tudo indica, errou.
– Meu pai não podia ter outros filhos – Clémence continua. – Por causa dos remédios que tomava para o coração.
A jovem inspira profundamente.
– Mathias nunca deixou de ver minha mãe.
– O que isso quer dizer?
Clémence cerra os dentes sem conseguir conter uma lágrima.

Capítulo 33

O imóvel, construído nos anos 1920 por um arquiteto misantropo, é triste e silencioso. Dizem que traz azar. Que atrai desgraça. Não acredito nas superstições locais. Para começo de conversa, chamamos o restaurante de Les Promesses e o hotel de Le Château. Nos anos 1920, Agatha Christie teria se hospedado aqui na companhia de um belga excêntrico de bigode, o mesmo que teria inspirado o personagem de Hercule Poirot. Quem verificaria essa informação? Certamente não meus clientes. O uso do condicional autoriza "verdades prováveis". Os quartos são inspirados nos detetives famosos. É permitido fumar cachimbo na suíte Sherlock Holmes, decorado com tecido xadrez. Os ingleses adoram a suíte Rouletabille por seu amarelo-mostarda de *chicken gravy*. Depois de decidida a história, bastava colocá-la em prática!

Com exceção de Christophe, meus rapazes estão comigo desde o começo. Diego é o melhor *saucier* que conheço, um alquimista. Das carcaças de carne ele produz um suco âmbar, a casca do lavagante lhe fornece a matéria-prima para uma *rouille* escarlate. E é preciso vê-lo limpando as caças, vasculhando os intestinos ou experimentando a carne crua para determinar seu tempo de cozimento: o rapaz só descansa com a mão enfiada em entranhas mornas. Gilles tem um perfil mais singular, é um tímido que se adaptou. Pescou o atum vermelho na Córsega e o espadarte na Sicília. "Não posso lhe oferecer o oceano", eu lhe disse, "mas nos dias de vento o lago de Annecy cria uma ilusão aceitável." Um dia, ele voltará para o mar, até lá navegaremos juntos. Yann Mercier é outra história. Desconfio dele. Talvez porque tenha sido apresentado por Natalia e trabalhou para Mathias. Bonito demais para ser honesto. Não entendo o que um playboy quer na cozinha. Nariz reto, maçãs do rosto bem altas, uma pose esculpida pela implacável autoridade de seu espelho. É preciso estar calejado, ser um pouco excêntrico para apreciar a camaradagem perversa dos fogões, os mestres-cucas não gostam dos simples mestres de sala. Aceitei-o para não ofender minha mulher. Com o tempo, ele se tornou um dos pilares do restaurante. Ao lado de Yumi, Cassandre, Christophe e até Alonzo, meu primeiro lavador de pratos. Minha brigada é uma família: amo cada um de seus membros como se eles fossem meus próprios filhos. Gilles e Diego poderiam aspirar ao posto de sous-chef.

 Eu estava nesse dilema quando um sujeito apareceu no restaurante e disse: "Quero trabalhar com o senhor". Ousado, o pequeno, e totalmente sem noção. Os rapazes e eu rimos, não por maldade, mas querer se tornar cozinheiro aos 32 anos, sem nunca ter segurado uma panela... O mesmo que começar uma carreira de ditador aos 67! Respondi: Meu caro, não se iluda. Ser cozinheiro é como ser serralheiro ou ferreiro, é ser um artesão. É uma profissão de risco. Cara, ela liberta, coroa, ela corrompe. Acredite, sei do que estou falando. Mas o sujeito não desiste e eu o contrato, porque tenho um pressentimento. Christophe, com suas intuições, às vezes me lembra de Éva, e, como eu, ele tem uma história. Christophe e eu temos um vínculo especial, nós nos cruzamos em vidas passadas.

Ainda lembro de seu primeiro patê *en croûte*. Crosta dourada e crocante, carnes e medalhões de *foie gras* ligados por uma geleia perfumada realçada com flor de sal. Não ria, muitos grandes cozinheiros são incapazes de fazer um bom patê. Na boca, o dele é aerado, quase aveludado. Tudo é equilibrado, um objeto de ourivesaria e técnica. Christophe toma o cuidado de molhar a carne em armanhaque, como minha avó fazia. À noite, voltando para casa, ele estuda a anatomia do pato para entender como destrinchá-lo sem estragar a carne. Christophe assinou seu primeiro prato quando estava conosco havia apenas seis meses. Um dia, ele zelará por meu nome e meu restaurante.

Você sabe o que vem a seguir: a terceira estrela chega cinco anos depois da inauguração. Ninguém antes de mim conseguira esse prodígio. A estratégia midiática de Natalia colhe seus frutos. Segui as modas, me comprometi a defender a região, a trabalhar com as estações e a respeitar meus produtores, as coisas de que os jornalistas mais gostam. Defendi, cheio de entusiasmo, uma "cozinha provocante, moderna, antecipada", sem nunca correr nenhum risco. Era (obviamente) nos jovens que eu pensava, nas novas gerações a quem eu desejava transmitir os valores fraternos desse belo ofício. Fui altruísta, sábio e humilde. E quando não encontrava nada de novo a responder às perguntas a que já tinha respondido mil vezes, eu balançava a cabeça com gravidade. A imagem encantava. No dia seguinte à minha coroação, o *Le Monde Magazine* me dedicou um dossiê de dez páginas: "O retorno de um gigante". Meu filho, de seu olimpo, não deve ter reagido bem.

Eu deveria logicamente começar o período mais excitante de minha vida de cozinheiro. O astro triunfante em minha lapela deveria me conferir uma aura sobrenatural e me libertar das exigências da realidade, o artesão se transforma em artista, Paul Renoir se torna uma assinatura, como Saint Laurent, Lenôtre ou Ferrari. Durmo em Singapura e acordo em Atenas, almoço em Madri. Em Tóquio, os homens tiram o chapéu e as mulheres se inclinam. Quando passo, uma chuva de flores cai das sacadas. Recebo até declarações de amor, as mulheres entediadas sonham com cozinheiros. O mundo, que me parecia tão vasto, encolhe bruscamente e se assemelha em toda parte: não há nada mais igual a uma cozinha do que outra cozinha, não importa a altitude ou a latitude. Quando o Élysée recebe o presidente chinês, é Paul Renoir que solicitam para um jantar em vermelho, embora ele nunca tenha pisado no Império do Meio. A algazarra midiática, que todos conhecem. Mas assim que viro as costas, a sombra ganha terreno. As brigas com Natalia se tornam frequentes. Ela assina contratos publicitários sem me avisar e eu me vejo bancando o Robuchon em embalagens de presunto. Não precisaria fazer isso se gastasse menos!, ela me responde. As portas batem, Clémence chora, e eu desço para a cozinha para me isolar por alguns minutos na câmara frigorífica a 2ºC e não descarregar no primeiro que passar por mim.

Todos me observam, à espreita de um passo em falso, meus clientes se consideram chefs de verdade desde que seguem Jamie Oliver no Instagram, os jornalistas vêm almoçar com ares conspiratórios, me elogiam com intimidade e afetação, mencionam em voz baixa os restaurantes que os decepcionaram, mas depois de saciados de luxo e trufas, seus dedos sujos correm por seus caderninhos na esperança de encontrar o detalhe que os colegas teriam deixado passar, um cozimento, uma garfada mais fraca que as outras, um café morno. Quem procura, acha. A alta gastronomia não é uma ciência exata, ela se baseia em julgamentos pessoais, profundamente subjetivos e assumidos como tais. Sou informado de que faltam especiarias a meu purê de brócolis e que a harmonia gustativa entre a lula e o abalone não é evidente, mas também é possível achar redonda demais a nádega esquerda de Scarlett Johansson.

Minha única armadura é minha brigada, esse corpo vivo do qual sou o coração pulsante. Quando desapareço dentro dela, me torno inacessível. Mas basta que eu perca o foco, na pausa da tarde ou depois do serviço noturno, para que o medo me invada. Dizem que o mundo pertence aos que acordam cedo. Não é verdade. O mundo pertence aos que ficam felizes por acordar. Certas manhãs, não tenho mais forças, à noite, já não durmo sem remédios. O dia de amanhã me aterroriza tanto quanto o de ontem. O que estão falando de mim? Fui bom o suficiente? Serei bom amanhã, depois de amanhã? Imagine um Usain Bolt colocando o título em jogo duas vezes por dia! As três estrelas são uma maldição. Um ano se passou desde minha sagração e me tornei irreconhecível. Perdi dez quilos, tenho olheiras profundas de medievalista, sou obrigado a ajustar meus aventais com um alfaiate, para não parecer um palhaço. Minha mudança física alimenta os mexericos, que falam em doença, depressão, câncer. Tenho sobressaltos assim que ouço um flash. Me entrego a contragosto ao ritual de percorrer a sala: meus traços emaciados e minha tez amarela não me dão vontade de ver ninguém. Um chef deve ter a cor de suas carnes, vermelho vivo. Eu pareço ter maturado tempo demais.

Por ocasião de nossos dez anos de casamento, decido me reconciliar com minha mulher. Convido discretamente seus amigos (mesmo os que não suporto, isto é, a grande maioria) para festejar nossas bodas de estanho. Em sua homenagem, cozinho um *coussinet pour dame*, leve e sedoso, "o travesseiro da bela Natalia". Preparado como um patê *en croûte*, eu o apresento saindo do forno e o corto pessoalmente sobre a mesa, diante de meus convidados. Por fora, uma massa amanteigada e crocante, cozida diretamente na placa do forno; dentro, uma superposição de lamelas de peixe, folhas de acelga e cogumelos porcinos, cortados em tiras, cubos e dados. O recheio, em camadas, forma um mosaico. O acompanhamento é um molho cremoso com dashi para o amargor e um chutney de laranja e butarga, uma associação que sempre achei expressiva. Bebo um pouco, nada de alarmante. À noite, desabo no corredor do apartamento. Reconheço os sintomas. Crise cardíaca. Consultamos um figurão de Annecy, que não tem papas na língua: "Nesse ritmo, você vai se matar de tanto trabalhar". Esse é o momento que meus pares internacionais escolhem para me eleger "melhor chef do mundo". O Oscar honorário premia o conjunto de minha carreira, a inscrição "saída por aqui" pisca no troféu. Quando subo no palco em Milão para pronunciar o discurso escrito por Natalia (que ela tenta, em vão, me fazer memorizar), estou chapado de neurolépticos e betabloqueadores, tenho a garganta seca e a língua mole, meus pés se enroscam no tapete bordado. Pouco importa, minha mulher está radiante: "Estão falando da capa da *Time*! Sua vida é um romance com final feliz, Paul". Já cheguei lá, Natalia? Volto para Annecy com a esperança de reencontrar um pouco de intimidade e quietude. Sou chamado nas ruas, parabenizado, agarrado pelo ombro, aplaudido. Sou admirado pelo padeiro e pela vendedora de legumes, que me acham cordial, natural, simpático. Eles não entenderam nada. Sorrio para as pessoas para não ter que falar com elas. A presidência da República quer me conceder a Legião de Honra: Natalia trabalha por minha candidatura, recuso educadamente. Ela fica furiosa: onde foi parar o homem com quem me casei, aquele que me prometia um reino? Minha pobre Natalia, recebi tantas condecorações que logo não conseguirei levantar do sofá. Talvez seja isso que eles queiram, me pregar no chão de uma vez por todas! Embaixo, no vale, os pretendentes afiam suas facas. Conheço o canto das lâminas.

Faz quase doze meses que não saio. Ergo uma barricada em minha torre de marfim. Envio meus rapazes aos produtores, viticultores, queijeiros e até para buscar meus temperos. Minha cozinha se vira muito bem sem mim. Peito de pombo com favas, pregado melissa, lavagante azul em óleo de oliva, tilápia e bolo de *foie blond*... os rapazes sabem os clássicos de cor. Quando há algum problema, Christophe sobe para me ver. Eu me torno o eremita mais famoso da região. "Cuidado, Paulo, você já não é visto na cozinha. As pessoas não estão gostando disso." Legras diz que minhas estrelas estão em perigo: não mais que ontem ou amanhã. O que me cansa são os rumores sem fim, as fofocas de balcão, o zum-zum de fim de ano, as traições odiosas, os covardes copiadores. A profissão quer minha pele, eu me escondo. Mas não é tudo: há pouco tempo, memórias dolorosas começam a vir à tona sem avisar. Quando envelhecemos, nossas recordações rejuvenescem e seus ecos se tornam ensurdecedores. Talvez seja por isso que os velhos fiquem surdos, para não as ouvir.

Em meu aniversário de 62 anos, Natalia me dá uma espingarda de caça, com minhas iniciais gravadas na coronha. A coitada não sabe mais o que fazer para se livrar de mim. Vá passear na floresta, meu amor, você precisa de ar e solidão. Sempre gostei do contato com o fuzil, a coronha encaixada no ombro, o metal frio. A arma traz reconforto, confiança, algo tangível. Esse objeto existe, seu objetivo é claro, ele não tem nenhuma intenção: ele se contenta em obedecer a seu dono. Meu pai caçava patos e pombos, prefiro o cabrito-montês e o javali. Só me recuso a abater corças: inútil ofender os deuses. Meu batedor me falou de um cervo real que percorre as florestas da Borgonha. Um animal gigantesco, uma criatura mitológica, um metro e cinquenta de garrote, galhadas de três metros, um príncipe negro. Deixei-me convencer. Não quero uma batida, com cães latindo e salivando. Quero enfrentar o animal sozinho e olhar para ele nos olhos ao apertar no gatilho. Agora que tenho uma arma, é melhor usá-la.

Capítulo 34

Seis meses se passaram desde a ofensiva vitoriosa de Mathias Renoir no Col du Paron. A sala é redecorada, saem os sinais exteriores de riqueza, entra o "luxo depurado". O urso sobre as patas traseiras é vendido por uma bagatela a um alberguista da região, o Murano parte para o leilão Drouot. Mathias divide seu tempo entre Paris, a Savoia e a Ásia. Em sua ausência, Natalia continua sendo a patroa, assistida por Marianne de Courville, responsável pelas franquias internacionais: a chegada da ex-diretora do Guia ao Les Promesses causa comoção na comunidade gastronômica. Gérard Legras é o único a aplaudir com as duas mãos: uma excelente aquisição, além de uma formidável propaganda! Mathias decide que as experimentações de Christophe serão adiadas para o dia de São Nunca. Diego elabora novos cardápios com lagostas-americanas e caviar chinês como *guest stars*. O chef executivo se dá bem com o novo dono, com quem compartilha o amor pelo futebol e pelas bundas arredondadas. Mathias tem a mania de se atribuir todos os méritos, o que combina com sua mandíbula carniceira. Desde que assistiu aos primeiros cortes do documentário *Chef*, o filho corre atrás da sombra do pai. Em toda parte há cartazes com o retrato de Paul Renoir, e o próprio restaurante é renomeado: *Les Promesses, por Paul e Mathias*

Renoir. Natalia e Clémence se mudam para Annecy-le-Vieux. O antigo apartamento será transformado em suíte presidencial, tendo no centro, como um mausoléu, a câmara fria do falecido chef. Na sala, Cassandre substitui Yann, que vai para o Sensazioni. Mathias não gostava da personalidade do *golden boy*, nem a cumplicidade que havia entre o rapaz e Natalia. O novo patrão agora corteja Cassandre oficialmente: ela decide aceitar um jantar em sua companhia se ele aceitar aumentar seu salário. É o que se chama de feminismo descomplexado. Yumi volta para Tóquio: o estado de saúde de seu irmão piorara. Haru anda com um tubo de oxigênio cheio de adesivos do Pokémon. Gilles desaparece, Christophe pede demissão. Ninguém tem notícias deles, ninguém pergunta por eles. As cozinhas seguem em frente e esquecem rápido.

– É a última casa, no fim da estrada, mas eu ficaria espantado se o encontrasse. Enrique não gosta de visitas de surpresa.

O pequeno Golf passa por uma placa de Rochecolombe e sobe até o pequeno vilarejo da Ardèche quebrando gravetos sob suas rodas. Oliveiras, alguns arpentos de vinha, cascalho a perder de vista. Christophe estaciona ao fim da estrada pedregosa. Seu carro é imediatamente cercado por três pastores-alemães. Os cães o cheiram em silêncio. Um homem alto, passado dos setenta anos, o observa da porta. Ele usa um blusão de lã com ombreiras, sapatos com sola tratorada e um pequeno rabo de cavalo grisalho. Sua silhueta parece familiar a Christophe, mas todos os montanheses se parecem. Com um gesto, o homem dispersa as feras. Os cachorros vão se deitar a poucos metros de distância, sem perder o intruso de vista.

– Entre, eu estava esperando.

Do terraço encimado por um arco duplo de pedra, a vista abarca uma centena de quilômetros ao redor. Nenhum barulho de carro no vale passaria despercebido ao velho Enrique. A casa é escura, a cozinha mobiliada de maneira sumária: uma pia, um fogão de quatro bocas, uma mesa de fórmica e um aparador para a louça. Uma peça tão estreita que, uma vez à mesa, é quase possível usar a pia e a lareira sem precisar levantar do banco. Na parede, uma coleção de espingardas de caça com as coronhas enceradas. Enrique coloca uma panela no fogão. Seu rosto lembra um pergaminho ao sol, um rosto que já não se vê, mais acidentado que a paisagem circundante. O homem convida Christophe a sentar.

– Você está longe de casa.

Sua voz é áspera como uma lixa.

– Estou com tempo livre.

Enrique lhe oferece uma xícara de café "à libanesa". A bebida é intragável.

– O senhor não pareceu surpreso quando liguei – começa Christophe.

Com as costas apoiadas na pia, Enrique mergulha os lábios na borra quente.

– Nunca fico surpreso. Caso contrário, estaria morto há muito tempo.

Por um momento, Christophe se pergunta o que estava fazendo ali. Que relação podia haver entre o chef morto e aquele eremita cercado de cães e armas de fogo? Difícil acreditar que eles tinham sido próximos. Paul Renoir só falava do passado em raríssimas ocasiões, quase sempre quando voltava da caça. Christophe começa a falar.

– Paul Renoir me disse um dia: quando eu não estiver mais aqui e você precisar de respostas, procure Enrique. Três semanas depois, ele deu um fim a seus dias. Por isso estou aqui hoje.

O gigante solta um grunhido, puxa um banquinho e se senta à frente de seu hóspede.

– Ainda preciso entender o que se passou na cabeça de meu chef. E por que ele não deixou nenhuma explicação.

Christophe espera que o outro responda, mas Enrique abre uma caixinha metálica e pega um pouco de tabaco, que coloca embaixo da língua.

– O senhor passou o último dia com ele...

O caçador olha para fora e faz uma careta, sem parar de mascar seu tabaco.

– Percevejos. Ele estava obcecado com os percevejos que invadiam o hotel com a chegada do inverno. Ele falava disso o tempo todo.

Silêncio. O relógio da cozinha bate os segundos sob seu vidro arranhado.

– Tenho a impressão de que não gostou do café.

Christophe está perdendo seu tempo. O velho não sabe nada ou não dirá nada. De repente, uma voz diferente se faz ouvir. Com os olhos semicerrados, parecendo meditar, Enrique recita:

– "O Imperador contemplava seu reino do alto de um promontório. Até onde sua vista alcançava, tudo lhe pertencia, tudo era seu. Pouco tempo depois, adoeceu. Os maiores curandeiros foram chamados: nada adiantou. O Imperador morreu de tristeza. Não lhe restava mais nada a conquistar."

Christophe deixa um suspiro escapar.

– Morreu porque realizou seus sonhos? O patrão? Não acredito nisso nem por um segundo.

– O que você pode saber, *amigo*? Por acaso realizou os seus?

Christophe está de pé. Ele não quer saber de enigmas. Enrique se levanta por sua vez.

– Eu não estava em seu quarto naquela manhã e, mesmo que estivesse, não saberia mais do que sei hoje. As verdades de

Paul são tão múltiplas quanto suas vidas. Seria muito simples se fôssemos apenas uma única versão de nós mesmos. O ser humano é um animal estranho. O tom do homem se torna mais sereno.

– Eu poderia lhe contar muitas coisas, senhor. Mas duvido que vá gostar delas.

De uma prateleira, ele tira um envelope volumoso.

– Tome, é para você. Da parte de Paul.

Christophe passa a palma da mão pelo pacote. Ele quer abri-lo imediatamente, mas a presença de Enrique o constrange, ele tem a sensação de que seria um erro. Ele agradece ao homem e este o acompanha até a rua. O sol está na vertical, agressivo. O tipo de luz que nos faz procurar a sombra.

– Onde foi parar sua moto?

Christophe, perturbado, se vira para Enrique.

– Minha moto? Vendi. Viajo para o Japão em dois dias.

– Sim, claro, a pequena confeiteira.

O jovem fica paralisado.

– Ele lhe contava tudo?

Com a voz apertada, Christophe acrescenta suavemente:

– O senhor sabe, não é mesmo? Por que ele morreu. O senhor não diz nada, mas sabe tudo.

Enrique balança a cabeça como se pesasse o argumento de seu interlocutor e diz, com uma voz entrecortada, abafada pelo vento:

– Nem você nem eu poderíamos proteger Paul de si mesmo.

O coração de Christophe bate em câmera lenta. Um forte cheiro de tomilho chega a suas narinas. Ele tem a impressão de que a terra treme sob seus pés.

– Vai chover – acrescenta Enrique, escoltando seu convidado até o carro.

Dois arbustos espinhosos caminham lado a lado. A direção do Golf está queimando, um pé de vento sopra um pouco de areia no para-brisa. Enrique aproxima a cabeça da janela.

– Sinto muito por seu irmão. Ele com certeza teria se tornado um grande *cocinero*, como você.

Com o dorso da mão, o velho bate no capô. Nesse momento, o céu estala e a chuva martela a rocha vermelha, criando uma miríade de pequenos córregos atraídos pela encosta. Quando Christophe volta a si, Enrique desapareceu. Sozinho sob a chuva, de orelha em pé, um dos cães espera para ver se o visitante não mudou de ideia.

*

É um caderno com capa de couro craquelado, transbordando por todos os lados, que um elástico mal consegue impedir que exploda. Com o coração acelerado, Christophe retira o elástico e descobre receitas e esboços, observações pessoais, uma lista de plantas medicinais digna de um herbário de feiticeiro, mas também "experimentações culinárias", pratos nunca realizados, as anotações do laboratório de Renoir. Todas as páginas estão datadas, à maneira de um diário. A letra muda com o passar do tempo, primeiro caprichada e enérgica, no fim quase ilegível, uma escrita na ponta dos lábios. No meio, um buraco negro de vários anos. Paul Renoir era conhecido por ser o único chef a nunca redigir fichas técnicas. Mas tudo estava ali, anotado, rabiscado, comentado. O presente que ele dava a Christophe tinha um valor inestimável. Mais que uma herança, a obra de sua vida.

Um pouco antes de morrer, Paul Renoir se dedicava ao outono. Uma vez, ele telefonara para o sous-chef no meio da noite para lhe ler uma estrofe de Lamartine, tristemente premonitória. Christophe se lembrava muito bem do som contínuo de sua voz. A filmagem no Gers o deixara exausto, ele dissera. Juntos, a oitocentos quilômetros de distância, no conforto de uma noite silenciosa, eles esboçaram a *Promenade d'Automne* (cogumelos porcinos, morchellas, pleurotes, castanhas assadas com feno, ravioli de *foie gras*, toucinho de Colonnata, tempurá de musse e suco trufado de tamarindo).

– Quero que as pessoas passeiem num bosque e que, na curva de um caminho, se lembrem da *Promenade*... Como o chocolate quente bebido na volta do esqui; nunca esquiei na vida, mas conheço esse gosto. Porque sei o que ele representa, o calor, a doçura, a família reunida em torno de uma mesa. Coisa que nunca tive a chance de conhecer.

Renoir não tivera tempo de colocar o prato no cardápio.

Christophe tenta chamar Enrique de novo, sem sucesso. Por que Renoir lhe contara de seu irmão? Naquele momento, uma folha solta cai do caderno, a página amarelada de um jornal. Christophe logo reconhece o rosto juvenil que encara a câmera, acima da rubrica de notícias locais. Com a mão trêmula, ele encontra a página onde o artigo fora colocado. Na véspera do incêndio, Renoir escrevera: "Castaigne se recusa a vender. Tomar providências".

Capítulo 35

Sacrifiquei tudo por uma profissão que já não reconheço. A cozinha por muito tempo foi um ofício de plebeus, para aristocratas. Os cozinheiros não estão nem aí para a própria aparência, comem mal, gostam de briga, usam gel nos cabelos e fumam como chaminés. Mas são eles que definem os padrões de bom gosto e decidem as modas da gastronomia mais prestigiosa do mundo. Havia nesse paradoxo algo de *infinitamente* francês. Tudo isso acabou. Como os cantores e os atores, o cozinheiro de hoje precisa ser bonito, virtuoso, solidário, benevolente, ele cozinha pensando nos profissionais de saúde e denuncia assédios, ele é humilde mas aparece na televisão, ele tem sotaque mas não muito, sua mulher, uma ex-modelo, lhe dá dois filhos que ele inicia nas virtudes da comida saudável, e duas vezes por semana é ele que prepara os cardápios do jardim de infância que eles frequentam, iniciativa desinteressada que ele se apressa em divulgar em sua conta do Instagram. Nós nos tornamos bonecas midiáticas. Você sabe o que acontece com as bonecas velhas? Antes, um chef a quem você perguntasse como fazer um frango assado diria para colocar um dente de alho no traseiro do bicho que ele começaria a cantar. A gastronomia era a arte da franqueza a serviço da simplicidade. Agora, existe todo um protocolo sanitário. Alergias, intolerância ao glúten ou a crustáceos: a refeição gastronômica se tornou um acontecimento grave, complexo, balizado, analisado pelo Ministério da Saúde. A seriedade assassinou a *gourmandise*. Um esqueleto dentro de um smoking, é isso que se tornou a grande cozinha francesa, um sonho vazio, uma mentira. Eu amava o país da Mère Brazier, da elegância, do orgulho, das risadas noturnas, das mesas à luz de velas, do sol do meio-dia, das receitas das boas mulheres e do café com armanhaque. Eu o entedio com esse discurso de velho ranzinza? Fique tranquilo, estou acabando.

Há três dias, minha mãe morreu, enviei uma coroa de flores. Evito os enterros. Ainda bem que não assistirei ao meu. Mas cuidarei para que se coma uma coisa boa na recepção e que sirvam um bom vinho do Loire se for verão ou um pauillac robusto no inverno. Você pode vir, um americano sempre torna o clima mais leve, as coisas menos sérias.

Clémence, minha pequena, cresceu. Me sinto mal em sua presença, como se um amigo tivesse me confiado uma adolescente com a qual não sei o que fazer. Quando pequena, ela corria com pressa pela alameda e subia em meu caminhão, visitávamos as lojas de queijo ou os rebanhos na montanha. Eu tentava puxar assunto, mas não sabia o que perguntar, eu tinha uma lembrança distante da escola e, além disso, não sabia em que ano ela estava, o que a divertia. Ela gostava de andar de carro comigo. Prometi que a levaria à Disney, que comeríamos hambúrguer e dormiríamos no rancho Davy Crockett, numa cabana de madeira. Os anos passaram, nunca sobrou tempo. Eu gostaria de saber abraçá-la ou de me sentar na beira de sua cama. Pais são criaturas desajeitadas, precisam ser perdoadas. Comigo é diferente, sou um covarde. Há coisas que eu poderia ter revelado às pessoas que amo, segredos que mereceriam não ter sido guardados. Um dia, as pessoas talvez entendam quem realmente foi Paul Renoir.

Agora me deixem, preciso ficar sozinho.

O chef se levanta, massageando a lombar. Fora do campo de visão, ele tosse. Uma porta bate. Na última imagem, Paul Renoir se afasta por uma alameda pedregosa cercada por duas fileiras de ciprestes. A cena dura o tempo dos créditos finais. Ao longe, adivinha-se a entrada de um cemitério, um céu ameaçador. Cães latem. Paul Renoir avança em direção à tempestade.